U0836353

"小而好"系列丛书

古小文精华

张修龄　编著

苏州大学出版社

图书在版编目(CIP)数据

古小文精华/张修龄编著. —苏州：苏州大学出版社，2012.1
(“小而好”系列丛书)
ISBN 978-7-81137-885-6

Ⅰ.①古… Ⅱ.①张… Ⅲ.①古典散文—文学欣赏—中国 Ⅳ.①I207.62

中国版本图书馆 CIP 数据核字(2011)第 272154 号

书　　名	**古小文精华**
编　　著	张修龄
总 策 划	金振华
责任编辑	金振华
出版发行	苏州大学出版社
	(地址：苏州市十梓街1号　215006)
印　　刷	丹阳市兴华印刷厂
开　　本	787 mm×1 092 mm
字　　数	183 千
印　　张	8.5
版　　次	2012 年 1 月第 1 版
	2012 年 1 月第 1 次印刷
书　　号	ISBN 978-7-81137-885-6
定　　价	15.00 元

苏州大学版图书若有印装错误，本社负责调换
苏州大学出版社营销部　电话：0512－65225020
苏州大学出版社网址　http://www.sudapress.com

序

杨海明

我国的古典文学是传统文化中十分重要的组成部分，至今仍闪耀着熠熠生辉的思想和艺术光芒。人们常以浩如烟海、汗牛充栋来形容几千年来积累的这笔祖国文学艺术遗产，殊不为过。诗歌、散文、词赋、戏曲、小说，这些极具中国传统特色的文学样式，都曾达到思想和艺术的巅峰，成为文学殿堂中的瑰宝。因此，业余有暇读一点古典文学作品，既有利于提高个人的思想文化修养，也是一种品位较高的怡养性情和休闲身心的妙方。而这，也就是我们编写这套小丛书的出发点。

然而，也正因为文学典籍品类多样及卷帙浩繁，给我们编写这套丛书带来了难度——名篇名作俯拾皆是，而丛书的容量有限。于是，我们想到了刘熙载在《艺概》中所说的一句名言："齐梁小赋，唐末小诗，五代小词，虽小却好，虽好却小。"借用此言，本丛书所选作品，就立足于名人名作中的小诗、小词、小曲、短篇美文和小小说(亦含少量长篇中的节选),而不选其他篇幅较长的作品,故即以“小而好”冠名之。

本丛书共分五册,包括五种品类的作品(诗、文、词、曲、小说),基本上都以作家时代先后排列。每个作家名下先介绍作家生平及其在某一领域的主要成就;然后选出其“小而好”的若干代表作;注释部分主要是对一些较冷僻的字词及典故进行诠释,但不作繁琐的考证;浅析部分则对作品作一些解析,重点介绍其中所包含的情感体验和艺术意蕴。

这套“小而好”丛书,乃是浓缩的文学精华,适合于初中以上文化层次的人群阅读和欣赏,有些内容甚至也可作为小学生和幼儿的启蒙材料。我们相信,通过对这套丛书的诵读和品鉴,通过在我国古代文学海洋中的徜徉,读者定能得到真善美的感悟,并提升自己的文学艺术素养。

是为序。

(作者系中国宋代文学会副会长
苏州大学教授、博士生导师)

目录

《论语》

《论语》是由孔子的弟子及再传弟子编撰而成的，记录了孔子及其弟子的言行，集中体现了孔子的政治、哲学、道德、教育等思想观念，是儒家学派的重要经典。《论语》也是一部语录体散文著作，有着很高的文学价值，其语言简括精练，内涵丰富深远，风格雍容和雅。孔子（约前551—前479），名丘，字仲尼，春秋时鲁国曲阜人，我国古代杰出的思想家、政治家、教育家。作为儒家学派的创始人，孔子成了中国古代主流意识形态的代表，被尊为“至圣先师”。

宰予昼寝

宰予昼寝①。子曰：“朽木不可雕也，粪土之墙不可圬也②！于予与何诛③？”子曰：“始吾于人也④，听其言而信其行；今吾于人也，听其言而观其行。于予与改是⑤。”

【注释】① 宰予：即宰我，孔子的弟子。昼寝：白天睡觉。② 粪土之墙：秽土所筑之墙。圬（wū）：指抹墙的泥刀。此处作动词，指涂抹墙面。③ 此句谓：对于宰予，我已没什么可说的了。予，宰予。与，语助词。此处同“也”。诛，责备。④ 始：开头，起初。⑤ 此句谓：是宰予让我改变了这种态度，即由“听其言而信其行”变成“听其言而观其行”。是，指这种态度。

【浅析】宰予是孔子的大弟子，曾得孔子的赏识，但在这篇短文中，孔子却对宰予懒惰的生活态度进行了批评。或因宰予好说大话，志大而行不逮，故孔子言辞告诫了一下自己的高第弟子。孔子认为宰予的不良习惯在大白天睡觉,这怎么行呢?儒家强调的是积极勤奋,自强不息,“昼寝”实在有负为师的厚望。孔子责备宰予,运用了比喻的方法,尖锐警醒而又意味深长。腐烂的木头上雕刻精细美丽的花纹,明显难得良效;秽颓的墙壁上涂抹再好的装饰粉料,也是徒劳的。孔子面对宰予“昼寝”的惰行,已觉无话可说,并认为要由“听其言而信其行”变成“听其言而观其行”。“信”而“观”,一字之改,既表明了孔子对言行不一的学生的严苛态度,也道出了以小见大、防微杜渐的人生哲理。

回也不改其乐

子曰:“贤哉回也①。一箪食②,一瓢饮③,在陋巷④,人不堪其忧,回也不改其乐。贤哉回也。”

【注释】 ① 回:颜回(前521—前481),字子渊,亦即颜渊,春秋时鲁国人,孔子最为得意的门生。② 箪(dān):竹器,用以盛饭。③ 瓢:剖葫芦成之,用以盛水。④ 陋巷:即陋室。巷,里中的道路,亦指居住的宅子。

【浅析】 在《论语》中,我们可看到孔子对颜回这位学生多有赞语。颜回好学深思,尊师重道,其德和行均为后世诸儒的楷模,汉代起被列为七十二贤之首。本章围绕颜回的忧乐情感来推扬其贤能德性。颜回就是那么一个人:一竹盒的饭,一瓢的水,住在破旧的房子里,他人往往受不了那份清苦,颜回却并不因此转移内心之所乐。孔子在短短的三十来个字中,前后两次大赞颜回，称其为“贤”人。朱熹在《四书集注》中引程颐之言，以为“颜子之乐，非乐箪瓢陋巷也，不以贫寠累其心而改其乐也”，指出颜子“自有其乐”；至于颜子所乐何事，朱熹认定程子为“引而不发”，“欲学者深思而自得之”。孔、颜所乐，意味深长，大致为一种求仁尚智的精神品性，这种唯贤者具有的精神品性，不会因物质生活的贫乏而产生忧愁。孔子对颜回叹赏有加，也正在于此。

长沮、桀溺耦而耕

长沮、桀溺耦而耕①，孔子过之，使子路问津焉②。长沮曰：“夫执舆者为谁③？”子路曰：“为孔丘。”曰：“是鲁孔丘与？”曰：“是也。”曰：“是知津矣！”问于桀溺。桀溺曰：“子为谁？”曰：“为仲由④。”曰：“是鲁孔丘之徒与？”对曰：“然。”曰：“滔滔者⑤，天下皆是也，而谁以易之⑥？且而与其从辟人之士也，岂若从辟世之士哉？⑦”耰而不辍⑧。子路行以告，夫子怃然曰⑨：“鸟兽不可与同群，吾非斯人之徒与而谁与⑩？天下有道，丘不与易也。⑪”

【注释】 ① 长沮(jù)、桀(jié)溺：两隐者，姓名不传。沮，沮洳，低湿之地。溺，淖溺，消融于水。两人均在水边，故名之。

桀,高而健。两人一长大,一高健。耦而耕:两人并头而耕。②津:渡口。③执舆:即执辔在手。辔,驾驭牲口的缰绳。舆前驾马有辔,所以执辔也叫执舆。④仲由:即子路。子路姓仲名由。⑤滔滔:水流的样子。喻天下尽是浊水弥漫。⑥易:改变。⑦这两句谓:追随孔子这样的“辟人之士”,还不如追随桀溺和长沮这样的“辟世之士”。而,汝,即你子路。辟,同避。辟人之士,指孔子,孔子遇与之思想不合的人往往就避开。辟世之士,指隐者,桀溺自谓。⑧耰(yōu):用土覆盖种子。辍:停止。⑨怃然:怅然、失意的样子。⑩此句谓:我孔子不跟世人在一起,又能跟谁在一起呢?意即不能隐居。与,指“和……同群”。⑪此两句谓:倘若天下有道,我就不去参与改变世道的事情了。长沮、桀溺这样的隐者,以为天下无道则须隐,孔子意正相反,以为天下无道恰应“易”之,而不能隐。

【浅析】孔子心忧天下,周游列国,意欲改变无道的社会现状。当时孔子与跟随其后的子路由楚返蔡,由“问津”而推衍出孔子的道德理想和人生态度。本章以对话为主,子路分别和长沮和桀溺展开问答。当长沮知“执舆者”为“鲁孔丘”后,故意不指明渡口所在,理由或因孔子周游在外,自应熟悉各地津渡。长沮称孔子“知津”,似语含双关,意思是孔子为一执着的儒家学者,不会听取旁人指明的人生方向,所以还不如不说。子路与桀溺对话,桀溺得知子路为孔子学生,就劝导子路,眼下整个社会浊水泛滥,滔滔不绝,已无人能力挽狂澜,扭转乾坤,与其追随孔子这样的“辟人之士”,还不如当个隐者,成为“辟世之士”。此后则只顾覆土于种子,同样不告诉子路津渡在何处,微含招子路归隐之意。孔子听了子路与长沮、桀溺的对话,不禁怅然若失,坚定地表示自己决不能与鸟兽同群,即隐于山林；此时天下正乱，更不能因无道而放弃改变天下。孔子不敢忘世、以仁救世之情，在本章中溢于言表。这段小文，借助子路问津于长沮、桀溺这个特定场景，反映出当时孔子和隐者思想观念上的根本分歧，突出了孔子的悲天悯人、平济天下之心。语言平常，对答自然，而孔子师徒和隐者长沮、桀溺神态毕现。

《孟子》

《孟子》由孟子和他的弟子万章等编撰而成，记录了孟子的政治主张、思想言论，是儒家学派的经典之一。《孟子》这部语录体散文著作，气势充沛，富有论辩力，善用生动形象的寓言和譬喻说明道理，结构精巧，句式多变，文学性很强。孟子（约前372—前289），名柯，字子舆，战国时鲁国邹人。孟子是继孔子之后最大的儒学大师，也是当时重要的思想家、政治家、教育家。孟子维护儒家学派，发展孔子学说，对后世思想产生了深远的影响。

鱼我所欲也

孟子曰：

鱼，我所欲也；熊掌，亦我所欲也。二者不可得兼，舍鱼而取熊掌者也。生，亦我所欲也；义，亦我所欲也。二者不可得兼，舍生而取义者也。

生亦我所欲，所欲有甚于生者，故不为苟得也①；死亦我所恶②，所恶有甚于死者，故患有所不辟也③。如使人之所欲莫甚于生，则凡可以得生者，何不用也？使人之所恶莫甚于死者，则凡可以辟患者，何不为也？由是则生而有不用也，由是则可以辟患而有不为也。是故所欲有甚于生者，所恶有甚于死者，非独贤者有是心也，人皆有之，贤者能勿丧耳。

一箪食[4]，一豆羹[5]，得之则生，弗得则死。嘑尔而与之[6]，行道之人弗受[7]；蹴尔而与之[8]，乞人不屑也[9]。万钟则不辩礼义而受之[10]，万钟于我何加焉[11]！为宫室之美，妻妾之奉，所识穷乏者得我与[12]？乡为身死而不受[13]，今为宫室之美为之；乡为身死而不受，今为妻妾之奉为之；乡为身死而不受，今为所识穷乏者得我而为之：是亦不可以已乎[14]？此之谓失其本心[15]。

【注释】① 苟得：苟且得到。指生存。② 恶（wù）：厌恶。③ 患：祸患。辟（bì）：同“避”。④ 箪（dān）：古代用来盛饭的竹器。⑤ 豆：古代用来盛肉或羹的木器。⑥ 嘑（hū）：同“呼”。嘑尔，轻蔑或粗暴地呼喝。与（yǔ）之：给他。⑦ 行道之人：过路的人。⑧ 蹴（cù）：践踏。⑨ 不屑（xiè）：不以为洁，表示轻视。屑，洁也。“洁”（潔）与“絜”同。⑩ 万钟：指优厚的俸禄。钟，古量器名，六斛(hú)四斗为一钟。⑪ 何加：有什么益处。⑫ 穷乏者：穷困、贫乏的人。得：同“德”，感激。与(yú)：同“欤”，语助词，表疑问。⑬ 乡：同“向”，向来。⑭ 已：止，罢休。⑮ 本心：指羞恶之心。

【浅析】这篇小文，讨论了一个颇具思辨意义的命题：在鱼和熊掌、生和义面前，应该做怎样的选择？按照常人的逻辑，两利相较从其重，两害相较取其轻，得鱼与得熊掌、失鱼与失熊掌，内中的利害轻重自是不言而喻的。由生活的常理进而论证儒家的生死观、价值观，也就是在生和义的选择上，就应如同取熊掌而舍鱼一样，取义而舍生。这种类比产生的结论是很明显的。

然而，孟子所述并没停留在得出一个简单的结论，而进一步论证了人不应苟且偷生的道理所在。正因为这世上“所欲有甚于生者”，也就是有比生命更高的追求，存在着比生命价值更高的东西，那就是“义”；同样，这世上“所恶有甚于死者”，也就是有比死亡更令人厌恶的结局，存在着比死亡更让人避而远之的东西，那就是“不义”。既然义比生命可贵，那么为了义，自不应苟活于世；不义比死可恶，那么宁可死，也不要陷于不义之境地。世人作出舍生取义的抉择，只是“秉彝义理之良心”(朱熹《孟子集注》)，也就是在恪守天之正道、人之常情。反过来，假如有人为私利所蒙蔽，万物以生命为贵，万事以避死为最，那么产生鲜廉寡耻、偷生免死之现象就不足为奇了。经过这番正反考辨，孟子认为“由是则生而有不用也，由是则可以辟患而有不为也”，现实生活中有的是求生避死的方法手段，但有人却偏偏“不用”、“不为”，进而证实了世上应该并必然有舍生取义者。在同篇中，孟子就论道：“羞恶之心，义也。”证明了人们取“义”就是存有“羞恶之心”，而“羞恶之心，人皆有之”。而本节议论中心之“义”，孟子也认定并非“贤者”独具，只是“贤者能勿丧耳”，有的人却昧于私利，其“羞恶之心”尚未激活也。

孟子继而仍就人情事理来分析面对生死、义利所应取的正确态度。孟子将生存基础、丰厚俸禄和礼义廉耻相比照，认为人活世上，不应受嗟来之食，不该图一时之名利而“不辩礼义”，君子当时时守住“本心”。

孟子之论辩，好用比喻，巧设问句，正反对举，排比酣畅，使人感受到无可辩驳的理性思考和逻辑力量。本节文字可为典型一例。

舜发于畎亩之中

孟子曰：舜发于畎亩之中①，傅说举于版筑之间②，胶鬲举于鱼盐之中③，管夷吾举于士④，孙叔敖举于海⑤，百里奚举于市⑥。

故天将降大任于是人也⑦，必先苦其心志，劳其筋骨，饿其体肤，空乏其身⑧，行拂乱其所为⑨，所以动心忍性⑩，曾益其所不能⑪。

人恒过⑫，然后能改。困于心⑬，衡于虑⑭，而后作⑮；征于色⑯，发于声，而后喻⑰。

入则无法家拂士[18]，出则无敌国外患者[19]，国恒亡。然后知生于忧患，而死于安乐也。

【注释】① 畎（quǎn）亩：泛指田野。畎，田间小沟。亩，田埂，田中高处。《国语·周语下》："天所崇之子孙，或在畎亩。"韦昭注："下曰畎，高曰亩。亩，垄也。"② 傅说（yuè）：殷商时贤人，因罪服刑，在傅岩之野筑墙，故以傅为姓。后被商王武丁访得，举以为相。版筑：古代筑墙的方法，用两版相夹，以泥土置其中，用杵舂实，拆版后即成土墙。③ 胶鬲（gé）：殷、周时人。原为商纣王的臣子，遭纣王之乱，隐遁为商。周文王于鬻贩鱼盐之中得其人，举以为臣。④ 管夷吾：即管仲。管仲字夷吾，原为齐国公子纠家臣，纠与公子小白（即后来的齐桓公）争夺君位失败，管仲也自鲁拘押回齐，执于士官。后由鲍叔牙推荐，被齐桓公提拔为相。士：狱官。⑤ 孙叔敖：春秋时楚国隐士，耕于海滨。楚庄王举之以为令尹。⑥ 百里奚：春秋时虞人。虞亡后由晋入秦，又至楚。秦穆公举之于市而以为相。⑦ 任：责任。⑧ 空乏其身：使其身空乏。空乏，指乏资绝粮。⑨ 拂：违背。乱：扰乱。⑩ 动心忍性：动惊其心，坚忍其性。动，惊动。忍，坚韧。⑪ 曾益其所不能：增加其平素所做不到的事情。⑫ 恒：常。过：过失，过错。⑬ 困：困苦，劳累。⑭ 衡：同"横"，阻塞。⑮ 作：产生，兴起。此处指有所作为。⑯ 征：察验。色：神态，气色。⑰ 喻：明白，了解。⑱ 入：指在国内。法家：有法度的大臣之家。拂（bì）：通"弼"。匡过而谏邪。⑲ 出：指在国外。

【浅析】这段文字见于《孟子·告子下》(告子姓告,孟子的学生,兼治儒、墨之学)。孟子在这段话语里提出了"生于忧患"、"死于安乐"的话题。孟子通过舜、傅说、胶鬲、管夷吾、孙叔敖、百里奚等圣贤的事例,证明济世之才的产生,除了伯乐式人物的赏识和提携外,更由于这些人经历了不利的生存环境,才得以"不违仁,困而知勤,曾益其素所不能行"(焦循《孟子正义》)。孟子倒不是一个天才论者,这段话和他"人皆可以为尧舜"(《孟子·告子下》)、"我善养吾浩然之气"(《孟子·公孙丑上》)的观念是一致的。也就是说,圣贤并不是天生的。首先,常人要成尧、舜一样的圣人,就须有明确正大的目标。孟子认为,"尧舜之道,孝弟而已"(《孟子·告子下》),而孝弟又正是"仁之本"(见《论语·学而》);孟子在回答何为"浩然之气"时说,"其为气也,至大至刚"、"其为气也,配义与道"(《孟子·公孙丑上》)。这些都显然合乎儒家的"仁道"、"仁义"。可见,尧、舜等圣贤淑世情怀的思想基础便是"仁",在"仁"的理想目标下,才能忍受人生的磨炼。文中六位圣贤都遭遇过一般人难以承受的磨难:"苦其心志,劳其筋骨,饿其体肤,空乏其身,行拂乱其所为",似乎一切都不遂人意,但这恰是"天将降大任于是人"的征象,正合于"生于忧患"的成就圣贤的规律。反之,假如"入则无法家拂士,出则无敌国外患者",即国内没有法度大臣和谏邪之士,国外没有敌国作对、外患侵扰,当身处庸怠的环境中,那么就会"死于安乐"了。孟子由特殊而一般,道出圣人贤相终成正果的内在必然性,将圣贤的苦难看成是一种上苍的恩赐,从而激励一般士大夫对于"动心忍性"的自觉接受。

孟子还强调了困惑和憔悴对人产生的心理刺激作用,司马迁所说的“屈原放逐，著《离骚》”，“韩非囚秦，《说难》《孤愤》”，“《诗》三百篇，大抵贤圣发愤之所为作也”（《太史公自序》），正是孟子“发愤”理论的有力旁证。孟子声言“困于心，衡于虑，而后作；征于色，发于声，而后喻”，圣贤的思虑受阻滞，面容显枯槁，反而是奋起、警悟的精神动力。在这个意义上讲，孟子道出了圣贤冲破郁结、施仁天下的心理机制。

本文运用广博的比喻和归纳推理，使文章水到渠成，为《孟子》气势滔滔、雄辩有力的文风提供了佐证。

《庄子》

《庄子》是庄周及其后学的著作。据《汉书·艺文志》记载，《庄子》共五十二篇，现存三十三篇，前人将其分为内篇、外篇、杂篇三类，一般认为内篇七篇为庄子所作，其余篇章为庄子门人、后学所作。《庄子》主要的思想倾向在于强调主观精神，表现出相对主义的哲学观、委运乘化的人生观、消极无为的政治观。《庄子》散文构思巧妙、想象奇特，善用寓言、形象生动，汪洋恣肆、波澜起伏，幽默诙谐、饶有情趣。庄子（约前369—前286）名周，战国时蒙（今河南商丘）人。战国时期重要的思想家，是继老子之后最主要的道家学派倡导者。与梁惠王、齐宣王同时，曾任漆园吏，拒绝楚威王厚聘，穷困终生。庄子“天道无为”的哲学思想和浪漫主义的文学风格，对后世文学产生了深远的影响。

庄生梦蝶

昔者庄周梦为蝴蝶，栩栩然蝴蝶也①，自喻适志与②！不知周也。俄然觉，则蘧蘧然周也③。不知周之梦为蝴蝶与，蝴蝶之梦为周与？周与蝴蝶，则必有分矣④。此之谓“物化”⑤。

【注释】① 栩栩:即翩翩,指蝴蝶飞舞的样子。② 喻:同“愉”。适志:得意。③ 蘧(qú)蘧:僵卧的样子。④ 分:区分,区别。⑤ 物化:指物我的界限消解,万物与自我融化为一。

【浅析】庄子在《齐物论》中讲了这么一个故事:从前有一天,庄周梦见自己变成了蝴蝶,在那儿翩翩起舞,非常快乐,悠然自得,早已忘了自己是庄周。突然梦醒了,又变成了僵卧在床的庄周。不知是庄周做梦变成了蝴蝶呢,还是蝴蝶做梦变成了庄周?庄子由此发出感慨:庄周与蝴蝶必定是有区别的,而所谓的“物化”,就是消解物我的界限,达到万物齐一。

对于“庄生梦蝶”的解读,可以有不同的理解。就庄子“齐物论”思想而言,周和蝶自有分的一面,即周是周,蝶是蝶;但在梦境中,周、蝶就不分了,即周同样可以成为“栩栩然”的蝴蝶。从终极的“道”来看,两者是归一的,故王先谦《庄子集解》云:“周、蝶必有分,而其入梦,方觉不知周、蝶之分也。谓周为蝶可,谓蝶为周亦可,此则一而化矣。”从哲学认识论的角度而言,庄子认为主体观照客体往往是真伪难辨的,周和蝶就是那样的虚幻,当人作为认识主体对客体的存在物追问时,确实难以明辨。郭象《庄子注》云:“今之不识胡蝶,无异于梦之不识周也,而各适一时之志,则无以明胡蝶之不梦为周矣。世有梦经百年者,则无以明今之百年非假寐之梦者也。”现实与梦境难分,是由于认识的主体受“有待”的拘限,而客体又因时空条件不同而表现出它的偶然性。这样,存在的真实性便会迷失在现象世界中,人的自我意识也会产生幻觉,即所谓“人生如梦”

也。另外，庄子还通过“庄周梦蝶”表现出他追求自由的人生态度。当庄周化为梦中之蝶时，那“栩栩然”就显现出何等的逍遥自在；一旦梦醒而还原为庄周时，就成“蘧蘧然”一僵卧者了。内中情感上的好恶喜厌，于中也能看出一些端倪。正如张潮《幽梦影》所说：“庄周梦为蝴蝶，庄周之幸也；蝴蝶梦为庄周，蝴蝶之不幸也。”庄子渴望的就是成为逍遥“适志”的蝴蝶，永远摆脱人世间的困窘和烦恼。庄子就是这样以一个通俗形象的寓言故事，来表达他深刻的哲学观、人生观，三言两语，却韵味无穷。

庖丁解牛

庖丁为文惠君解牛[①]，手之所触，肩之所倚，足之所履，膝之所踦[②]，砉然响然[③]，奏刀騞然[④]，莫不中音。合于《桑林》之舞[⑤]，乃中《经首》之会[⑥]。

文惠君曰：“嘻，善哉！技盖至此乎[⑦]？”

庖丁释刀对曰：“臣之所好者道也[⑧]，进乎技矣[⑨]。始臣之解牛之时，所见无非牛者。三年之后，未尝见全牛也。方今之时，臣以神遇而不以目视[⑩]，官知止而神欲行[⑪]。依乎天理[⑫]，批大郤[⑬]，导大窾[⑭]，因其固然，技经肯綮之未尝[15]，而况大軱乎[16]！良庖岁更刀，割也；族庖月更刀[17]，折也。今臣之刀十九年矣，所解数千牛矣，而刀刃若新发于硎[18]。彼节者有间，而刀刃者无厚；以无厚入有间，恢恢乎其于游刃必有余地矣[19]。是以十九年而刀刃若新发于硎。虽然，每至于族[20]，吾见其难为，怵然为戒[21]，视为止，行为迟。动刀甚微，謋然已解[22]，如土委地[23]。提刀而立，为之四顾，为之踌躇满志[24]，善刀而藏之[25]。"

文惠君曰："善哉！吾闻庖丁之言，得养生焉[26]。"

【注释】① 庖(páo)丁：名丁的厨工。先秦古书中常有将职业置人名前的人物标识方法。文惠君：即梁惠王，也称魏惠王。解牛：宰牛。此处指将整牛分解剖开。② 踦(yǐ)：支撑，接触。③ 砉(huā)然：象声词。皮骨相离的声音。④ 騞(huō)然：象声词。用刀开裂物体的声音，较"砉然"更大的进刀解牛声。⑤《桑林》：商汤的乐名。⑥《经首》：尧乐《咸池》中的一章。会：节奏。⑦ 盖：同"盍"，表疑问。相当于"何"、"什么"、"怎么"。⑧ 道：天道，自然规律。⑨ 进：超过。⑩ 遇：会合，接触。⑪ 官知：指感觉器官。神欲：指精神活动。⑫ 天理：指牛体的天然结构。⑬ 批：击，砍。郤(xì)：通"隙"。

空隙，间隙。⑭ 导：顺着，导入。窾（kuǎn）：空穴。此处指关节间的空穴。⑮ 技经：犹言经络。清俞樾认为“技”当是“枝”字之误，枝经即经络。肯：粘着骨头的肉。綮（qìng）：筋肉聚结处。⑯ 大軱（gū）：大腿骨。⑰ 族庖：指一般的厨工。族，众。⑱ 新发于硎：刚从磨刀石上磨过。硎（xíng），磨刀石。⑲ 恢恢乎：宽绰的样子。⑳ 族：指筋骨交错聚结的地方。㉑ 怵（chù）然：警惕的样子。㉒ 謋（huò）：骨肉相离的声音。㉓ 委地：散落在地上。委，卸落，坠下。㉔ 踌躇：指从容自得的样子。满志：满意。㉕ 善刀：拭刀。言好好收拾其刀。㉖ 养生：指养生之道。

【浅析】《庄子》“庖丁解牛”的寓言故事置之《养生主》中，自有其深意在。庄子在“庖丁解牛”文前，说了这么一段话：“吾生也有涯，而知也无涯。以有涯随无涯，殆已；已而为知者，殆而已矣。为善无近名，为恶无近刑。缘督以为经，可以保身，可以全生，可以养亲，可以尽年。”大意是不必以有限的生命去追求无限的智慧，应该顺遂自然，方能全身、养生，尽享天年。王先谦《庄子集解》称：“顺事而不滞于物，冥情而不撄其天，此庄子养生之宗主也。”说的是庄子养生的关键，在于“顺事”，即顺应自然的事理，在于“冥情”，即情思深远；而不“滞于物”、“撄其天”，即受累于物欲、违逆天理。可知，“庖丁解牛”讲的也是这个道理。庄子认为，自然万物有其本来的发展规律，人的生命、精神活动，也应顺应天理。“庖丁解牛”为其养生观点设喻，庄子的本意是在“以无厚入有间，恢恢乎其于游刃必有余地矣”，就是说要能够任意进入社会、人生的空隙，做到“游刃有余”，以达到养生的目的。善于绕开“技经肯綮”的，才算得上好庖厨；善于寻找空隙、避开矛盾的；才可称得养生真谛者。

文中庖丁说自己“所好者道也,进乎技矣”,是将把握牛的内部结构、认识事物的本质特点,区别于具体可感的普通厨工的技能。庄子笔下的庖丁就是世间的得“道”者,已然超越“技”这一层面,所以能得心应手,进入解牛之化境。这样,“庖丁解牛”在客观上赋予了另一种含义,那就是人们固然会“滞于物”,会受到外界的限制和阻碍,但只要认识它、顺应它,“依乎天理”,仍可进入自由王国。

“庖丁解牛”还有其深刻的审美意义,文中“合于《桑林》之舞,乃中《经首》之会”,给解牛增添了视觉和听觉的美感,而“以神遇而不以目视,官知止而神欲行”,则排除一切纷扰,虚静其心,使庖丁犹如艺术家一般深得“澄怀味象”、“以形媚道”之三昧。

《晏子春秋》

《晏子春秋》是记叙春秋时代齐国晏婴言行的一部书,相传为晏婴所撰,现一般以为是后人集其言行轶事而成。晏婴(?—约前500年),字平仲,夷维(今山东高密)人。古代政治家、外交家。春秋时齐国大夫,春秋后期齐国的国相,曾在齐灵公、庄公和景公三朝任事,爱国忧民,敢于直谏,博闻强识,善于辞令。《晏子春秋》语言简练,情节生动,书中寓言多以晏子为中心人物,主题鲜明,讽喻性强,对后世寓言产生较大影响。

晏子使楚

晏子使楚①。楚人以晏子短,为小门于大门之侧而延晏子②。晏子不入,曰:“使狗国者从狗门入;今臣使楚,不当从此门入。”傧者更道③，从大门入。见楚王。王曰：“齐无人耶，使子为使？”晏子对曰：“齐之临淄三百闾，张袂成阴④，挥汗成雨，比肩继踵而在，何为无人？”王曰：“然则何为使子乎？”晏子对曰：“齐命使，各有所主。其贤者使使贤主，不肖者使使不肖主⑤。婴最不肖，故宜使楚矣。”

晏子将使楚，楚王闻之，谓左右曰：“晏婴，齐之习辞者也⑥。今方来，吾欲辱之，何以也？”左右对曰：“为其来也，臣请缚一人，过王而行。王曰：‘何为者也？’对曰‘齐人也。’王曰：‘何坐？’曰：‘坐盗。’”

晏子至，楚王赐晏子酒。酒酣，吏二缚一人诣王。王曰：“缚者曷为者也？”对曰：“齐人也，坐盗。”王视晏子曰：“齐人固善盗乎？”晏子避席对曰⑦：“婴闻之，橘生淮南则为橘，生于淮北则为枳⑧。叶徒相似，其实味不同⑨。所以然者何？水土异也。今民生长于齐不盗，入楚则盗，得无楚之水土使民善盗耶？”王笑曰：“圣人非所与熙也⑩，寡人反取病焉。”

【注释】① 晏子使楚:晏子出使到楚国去。② 延:请,引进。③ 傧(bīn):接引宾客的人。④ 临淄(zī):齐国都城,故址在今山东省淄博市东北。三百闾(lǘ):古代以二十五家为闾,此极言人口众多。袂(mèi):衣袖。⑤ 不肖:不贤。⑥ 习辞:善于辞令。⑦ 避席:离开坐席,表示郑重。⑧ 枳(zhǐ):也叫枸橘,浆果球形,黄绿色,味酸苦。⑨ 实:果实。⑩ 熙:同"嬉"。戏弄,开玩笑。

【浅析】本篇选了两个小故事,一个说的是晏子使楚坚持从大门入,另一个说的是晏子在楚认为橘生于淮北则为枳。晏子的这些言行,生动地显示出这位齐国使者的机敏善辩、诙谐冷隽。面对楚王的两次羞辱,晏婴沉着应对,语藏机锋,维护了齐国和个人的尊严,使楚王自取其辱。先是晏子到了楚国,楚王讥嘲其个矮,设小门以待之,晏子迅速回应,称若出使狗国才从狗门入。当楚王居高临下,藐视齐国,讽以用人不当,晏子当即答道,齐国人才济济,各有所用,我这个不肖者方出使不肖国。楚王欲逞口舌之能,又讨了个没趣。此后,晏婴再至楚国,楚王左右出了个馊主意,想当着晏子的面,把一齐人说成盗贼,借此奚落齐国。对于一次次的挑衅,晏子转守为攻,斥言对方之无稽,这好端端的齐人是到了楚国才偷盗的,所谓橘生淮北便成枳了。楚方还是偷鸡不着蚀把米,以致楚王自认不是晏婴的对手。晏子使楚,真是连连告捷。

春秋时期,诸侯争胜,传统强国齐国已风光不再,而楚国大有后来居上之势,楚王在外交上频频出击,正是仗一时声威,想在气势上压垮齐国。孰料晏婴反唇相讥,大玩类比把戏,出色地完成了大国间聘问的使命。

《礼记》

《礼记》是儒家经典之一，相传由西汉礼学家戴圣所编定。《礼记》又名《小戴礼记》，以别于戴圣叔父戴德编选的《大戴礼记》。《礼记》的内容侧重于阐明礼的作用和意义，记述了古代与礼节制度相关的各种社会情况，反映了儒家对政治、人生的见解和态度。有些记载孔子师生言行的小故事，写得比较连贯通达，简洁生动。《礼记》共有《曲礼》、《檀弓》、《礼运》、《大学》、《中庸》、《乐记》等四十九篇。檀弓，战国时鲁国人，善于礼，《礼记》第三篇首句言及“檀弓”，因以名篇。戴圣（生卒年不详），字次君，世称小戴，西汉梁人。汉代今文经学的开创者。今本《礼记》，即《小戴礼记》传为圣编。

苛政猛于虎

孔子过泰山侧，有妇人哭于墓者而哀。夫子式而听之①，使子贡问之曰②：“子之哭也，壹似重有忧者③。”而曰：“然。昔者吾舅死于虎④，吾夫又死焉，今吾子又死焉。”夫子曰：“何不去也？”曰：“无苛政⑤。”夫子曰：“小子识之焉⑥，苛政猛于虎也！”

【注释】 ① 式：同“轼”。车前用作扶手的横木。此处作动词用，指扶着车轼。② 子贡：端木赐，孔子门生，字子贡。据王文锦《礼记译解》：“子贡：俗本作‘子路’，误。”③ 壹：肯定，确实。④ 舅：丈夫的父亲。⑤ 苛：严苛，苛刻。⑥ 识（zhì）：记住。

【浅析】虎是一种极其凶猛的野兽，世间有所谓"谈虎色变"之说，但与统治者的"苛政"相比，那虎对人类的危害就小多了。《礼记·檀弓下》记录了这么一个故事：孔子路经泰山，遇到一妇人在哭诉祖孙三代惨死于虎口，但妇人却还是不愿离开这块伤心地。不离开的理由竟然是"无苛政"，可见统治者的苛刻暴政比吃人的老虎更为凶险。孔子由此疾呼："苛政猛于虎。"以活生生的现实教材，警策学生们予以深切关注。孔子政治思想的核心是"仁"，推行仁政无疑是孔子"克己复礼"的基本目标，也是《礼记》编著者儒学理想的真切表露。故事的情节是简单的，但叙述者将妇人所言层层累加，将虎患置于避之唯恐不及的危殆境地，这种层叠式的铺垫，已经使"去之"成为万难舍弃的理由，妇人"无苛政"的答词，为陷入虎难的妇人一家选择留下，提供了无法撼动的逻辑结论。生计的天平倾斜了，泰山侧的这一幕惨痛活剧，被孔子用来激活学生们的恻隐之心和爱民情结。本文既无"苛政"状况的具体描述，也不见老虎吃人的惊恐场景，仅以三言两语的侧面告白，已使读者感到真实可信，因为故事情节和百姓的生活经验何其相似乃尔。"苛政猛于虎"得以流传千古，体现的就是信史的力量。

韩婴

韩婴（生卒年不详），汉初燕人，文帝时为博士，景帝时任常山王太傅，武帝时曾与董仲舒等大儒论辩于朝廷。韩婴为汉初传《诗》三家之一的《韩诗》创始人。其《韩诗外传》是一部西汉初年记述前代史实、传闻的著作。韩婴说《诗》，多述孔子轶闻、诸子杂说以及春秋故事，引用《诗》句对政事和诸家观点作出结论，借以发挥其政治思想和伦理道德说教。在运用《诗经》以证明史事和政教方面，《韩诗外传》有其示范性。《韩诗外传》征引荀子言论较多，间采《老子》、《庄子》、《孟子》、《韩非子》诸家言及《吕氏春秋》、《晏子春秋》中的人物事件。今存《韩诗外传》已非原本，其佚文散见于《文选》李善注及唐、宋类书。

公仪休相鲁

公仪休相鲁而嗜鱼①。一国人献鱼而不受，其弟谏曰："嗜鱼不受，何也？"曰："夫欲嗜鱼，故不受也。受鱼而免于相，则不能自给鱼②。无受而不免于相，长自给于鱼。"是明于为己者也③。故《老子》曰："后其身而身先，外其身而身存④。非以其无私乎，故能成其私。"《诗》曰："思无邪⑤。"此之谓也。

【注释】① 公仪休：春秋时期鲁国人，官至鲁国宰相。② 给：供给。③ 明于为己：明白如何为自己打算。④ 后其身而身先，外其身而身存：见《老子》第七章："是以圣人后其身而身先，外其身而身存。"意谓有道的圣人凡事退让，反而能得先机；将自身置之度外，反而能保全生命。⑤ 思无邪：原见自《诗经·鲁颂·駉》："思无邪，思马斯徂。"后被孔子引用："《诗三百》，一言以蔽之，思无邪。"（《论语·为政》）"思"在原诗中本是无意的语助词，《论语》注家常解作"思想"解。孔子所谓"无邪"就是指思想真诚或纯正，而不歪邪，符合儒家的政治道德标准。

【浅析】公仪休当上鲁国的宰相了。此公有个嗜好，就是特别爱吃鱼。这一偏嗜在整个国都传开了，国人争相送鱼给公仪休，即所谓投其所好也。公仪休没有接受都市众人所献的鱼。这似乎就产生了一个疑问：高官，嗜鱼，却不愿受鱼，公仪休忌惮的是什么呢？公仪休不受鱼的理由是这样的：受鱼，即使未必受贿，也是吃了人家的嘴短，难以秉公办事；遇事念及私利，不能出于公心，必将动摇自己的相位；本来还有优厚的俸禄可以买鱼吃，一旦宰相当不成了，就会鱼也买不起了。这样，受鱼最终的逻辑结果就是吃不上鱼。为了日后能长久地吃上鱼，眼下无论如何不能接受国人的献鱼。在《韩非子》、《初潭集》（李贽著）里，“公仪休相鲁而嗜鱼”的故事，重心落在当官须清廉不枉法上，告诫官员切不能目光短浅、因小失大，说的是为官之道。在《淮南子》里，加上了《老子》所言：“后其身而身先，外其身而身存。非以其无私乎，故能成其私。”道出了手段与目的之间的辩证关系：要知所退让，方能保全自己，有时虽有所失，恰恰会有所得，蕴含的是生活的哲理。本篇宗旨在以诗证事，便以“思无邪”为结语，多了一层道德说辞：凡事要恪守正道，万不可有非分邪念。而这就和儒家诗教相合了。

荀况

荀子（约前313—前238），名况，字卿，战国时赵人。荀子是战国后期的儒家大师，重要的思想家、教育家。荀子曾游学齐国，后著述、终老于楚。荀子倡导礼、法并重，反对宿命论，认定世间万物有其运行变化的规律。荀子思想影响了李斯、韩非两位著名的学生。其所著《荀子》是先秦重要的哲学著作和散文集，是荀况综合了春秋、战国时期诸子百家的学术思想而写成的。全书由独立的专题文章组成，汉刘向校定为三十二篇。其中最后的《大略》、《宥坐》等六篇，或系门人所记。《荀子》中的文章已由语录体而渐成体系，注意谋篇布局，结构严谨；设喻明理，长于辩论；好用对偶句法，开骈俪先河。

劝　学（节选）

君子曰：学不可以已①。青，取之于蓝②，而青于蓝；冰，水为之，而寒于水。木直中绳③，𫐓以为轮④，其曲中规⑤。虽有槁暴⑥，不复挺者，𫐓使之然也。故木受绳则直，金就砺则利⑦。君子博学而日参省乎己⑧，则知明而行无过矣⑨。

【注释】① 已：停止。② 青：靛青。一种蓝色的染料。蓝：蓼蓝，草本植物。靛青就是从其叶中提取的。③ 中（zhòng）：合于。绳：墨线。木工用以画直线的工具。④ 𫐓（róu）：用火烤灼竹、木，使之弯曲或挺直。⑤ 规：圆规。⑥ 有（yòu）：通"又"。槁：枯干。暴（pù）：晒。⑦ 砺：磨刀石。⑧ 参：同"三"。此处言多次。省：反省，审察。⑨ 知：同"智"。

【浅析】《劝学》为《荀子》的开篇之作，是一篇讨论学习意义、探索学习态度和方法的散文。本节文字主要论述"学不可以已"、博学省己等有关后天学习的问题。本文旨在说明学习的重要性，以"青出于蓝而胜于蓝"、"冰由水为之而寒于水"作喻，指出只要经过后天努力，完全可以超越自我。而且学习也即"𫐓"的作用，可使直木弯曲成轮，"虽有槁暴"而"不复挺"，可见改恶从善、脱胎换骨同样是可能的。"木受绳则直，金就砺则利”，则阐明了规范行为、不断磨砺之后终成君子的道理。总之，博学和多省是道德完善的必由之路。本节文字形象清新，逻辑性强。那一连串的比喻，浅显直观，通俗易懂，信手拈来，寓意深刻，贴切全面地说明了君子与学习的关系，是荀子理论修养、论辩才能和散文风格的典型代表。

吕不韦

吕不韦（前289—前235），姜姓，吕氏，名不韦，战国末卫（今河南濮阳）人。秦公子异人（即庄襄王）以不韦计得归继位，被任为相国，封文信侯。秦始皇政尊不韦为仲父。后被免职，畏罪饮鸩而死。所编《吕氏春秋》亦称《吕览》，旧本题秦吕不韦撰，一说吕不韦和门客共同编写。书成之日，悬于国门，声称能改动一字者赏千金，即所谓“一字千金”。《吕氏春秋》是杂家的代表作，汇合先秦诸家学说，保存了儒、道、名、法、墨、农等各家各派丰富的思想资料。《吕氏春秋》的文学性体现在文章简练流畅，摆事实明道理，比喻形象生动，富于说服力。

伯牙鼓琴

伯牙鼓琴[①]，其友钟子期听之[②]。方鼓琴而志在太山[③]，钟子期曰：“善哉乎鼓琴，巍巍乎若太山！”少选之间[④]，而志在流水，钟子期又曰：“善哉乎鼓琴，汤汤乎若流水[⑤]！”钟子期死，伯牙破琴绝弦，终身不复鼓琴，以为世无足为鼓琴者。非独琴若此也，贤者亦然。虽有贤者，而无礼以接之，贤奚由尽忠[⑥]？犹御之不善，骥不自千里也。

【注释】① 伯牙:俞伯牙,战国时楚人,音乐家,善操琴。② 钟子期:伯牙之友,亦楚人,善听音。③ 太山:本作“大山”,泛言山之高大者;一说指东岳泰山,亦通。④ 少选:隔一会儿,不多久。⑤ 汤(shāng)汤:大水急流的样子。文中指琴声若水声。⑥ 奚由:凭什么。奚,何,什么。

【浅析】俞伯牙和钟子期是春秋时期的一对好友。伯牙喜欢弹琴,而钟子期有很高的音乐鉴赏能力,两人经常在一起探讨音乐,切磋琴艺。俞伯牙和钟子期常被比作知音、知己,而“高山流水”便是得知音赏识的高妙作品。“伯牙绝弦”则喻指知己亡后,弃绝某种专长爱好,以谢知音,并表示悼念之情。伯牙、子期的故事,成了我礼仪之邦交结朋友的千古楷模。俞伯牙琴为知音者弹,不仅是好友间友情的见证,也是对高雅音乐演奏能力和欣赏能力的形象概括,操琴和听音,正是辩证的对应关系,两者共存,可促进艺术水平的发展;反之,任何一方的消亡,便是艺术事业的极大损失。由此及彼,故事引发出了另外的思考,提出即使世有贤者,而人主却“无礼以接之”,那么贤者又凭什么为之“尽忠”呢?就好比骥虽有行千里的能耐,却没能遇上善御者,那么,骥就不可能自愿驰骋千里以报答主人。这人主和贤者的关系,与御者和千里骥、钟子期和俞伯牙的关系,有其相似之处,可为当政者的鉴戒。“高山流水”、“伯牙绝弦”的故事广泛流传,除《吕氏春秋》外,《列子》、《荀子》、《韩诗外传》、《淮南子》、《说苑》、《风俗通义》等均有记载,演为大众化的民间故事。

韩 非

韩非(约前280—前233),战国末期韩国(今河南省新郑)人。古代思想家、政论家、散文家,法家思想的集大成者,后世称“韩子”或“韩非子”。韩非出身韩国贵族,与李斯同师事荀况,著《孤愤》、《五蠹》、《说难》等,为秦王政所重视。后遭李斯谗害,下狱自杀。韩非提出以“法”为中心的君主统治术,主张加强中央集权,对后世影响很大。有《韩非子》。《韩非子》思想敏锐,笔锋犀利,逻辑严密,说服力很强。书中多寓言,寓意深刻,形象生动,对后世文学散文影响较大。

扁鹊见蔡桓公

古小文精华

扁鹊见蔡桓公①。立有间,扁鹊曰:“君有疾在腠理②,不治将恐深。”桓侯曰:“寡人无疾③。”扁鹊出,桓侯曰:“医之好治不病以为功④。”

居十日⑤,扁鹊复见,曰:“君之病在肌肤,不治将益深。”桓侯不应。扁鹊出,桓侯又不悦。

居十日,扁鹊复见,曰:“君之病在肠胃,不治将益深。”桓侯又不应。扁鹊出,桓侯又不悦。

居十日,扁鹊望桓侯而还走⑥。桓侯故使人问之,扁鹊曰:“疾在腠理,汤熨之所及也⑦;在肌肤,针石之所及也⑧;在肠胃,火齐之所及也⑨;在骨髓,司命之所属⑩,无奈何也。今在骨髓，臣是以无请也。”

居五日，桓侯体痛，使人索扁鹊，已逃秦矣。桓侯遂死。

【注释】① 扁鹊：姓秦，名越人，鄚（mò）地人。战国时医学家。其医术高明，故人们就以黄帝时神医扁鹊之名来称呼他。扁鹊故事可参见《史记·扁鹊仓公列传》。蔡桓公：即下文的桓侯。据《史记·扁鹊仓公列传》，此“桓侯”为齐桓侯，指齐桓公田午，田氏代齐以后的第三位齐国国君，谥号为“齐桓公”。② 腠（còu）理：皮肤的纹理。③ 寡人：古代君主对自己的谦称。春秋战国时，诸侯王称寡人。④ 医之好治不病以为功：谓医生喜欢给无病者治“病”，以显示自己医术高明。⑤ 居十日：过了十天。居，止，停。⑥ 还（xuán）走：转身就走。还，通“旋”。回转。⑦ 汤（tàng）熨（wèi）：汤，同“烫”，用热水焐。熨，用药物热敷。⑧ 针石：金属针和石针。指针灸治疗。⑨ 火齐（jì）：清火药剂。齐，同“剂”。⑩ 司命之所属：司命神所掌管的事。司命，掌管人生命的神。

【浅析】这是一个关于神医扁鹊深察病情、蔡桓公讳疾忌医的故事。仅就故事本身而言，说的是治疗应在病情还不严重的时候，不可坐失良机，以至厄运无可挽回。而《韩非子》在讲完“扁鹊见蔡桓公”的故事后，加了这么一段话：“良医之治病也，攻之于腠理，此皆争之于小者也。夫事之祸福，亦有腠理之地。故曰：圣人蚤从事焉。”显然，韩非引出了另一个话题，即“事之祸福，亦有腠理之地”，“圣人蚤从事焉”。这就将蔡桓公的不听忠告，不懂防微杜渐，延伸出深刻的哲学命题，对于社会政治有发人深省的借鉴意义。《老子》六十三章云:“图难于其易,为大于其细。天下难事,必作于易;天下大事,必作于细。是以圣人终不为大,故能成其大。”老子认为难事的起始是易事、细事,因而事情应在其还是易事、细事时加紧处理。圣人看似解决的都是小问题,但最终完成了大业。韩非利用扁鹊治病的故事,融入了道家创始人老子的难易、细大之辩,显然在提醒当政者必须从小事做起,防患于未然。韩非深入浅出,将哲学道理通俗化、形象化,显示了韩非认识事物本质、把握自然规律的洞察力和剖析力。

《韩非子》这个故事的文学性也很突出,那就是随情节的层层推进,悬念逐渐解开,人物的神态、性格也凸显出来,线索单一,语言明快,叙事和说理相辅相成。

买椟还珠

楚王谓田鸠曰[①]:“墨子者[②],显学也[③]。其身体则可[④],其言多而不辩[⑤],何也?”曰:“昔秦伯嫁其女于晋公子[⑥],令晋为之饰装,从衣文之媵七十人[⑦]。至晋,晋人爱其妾而贱公女。此可谓善嫁妾而未可谓善嫁女也。楚人有卖其珠于郑者,为木兰之椟[⑧],薰以桂椒,缀以珠玉,饰以玫瑰,辑以翡翠。郑人买其椟而还其珠。此可谓善卖椟矣,未可谓善鬻珠也[⑨]。今世之谈也,皆道辩说文辞之言，人主览其文而忘有用。墨子之说，传先王之道，论圣人之言，以宣告人。若辩其辞，则恐人怀其文，忘其直⑩，以文害用也。此与楚人鬻珠、秦伯嫁女同类，故其言多不辩。”

【注释】① 楚王：楚怀王。田鸠：即田俅子、田系、田襄子，战国初齐国人。墨子的学生。② 墨子：（约前468—前376），名翟。春秋战国之际思想家、政治家，墨家的创始人。相传原为宋国人，后长期住在鲁国。主张“兼爱”、“非攻”、“节用”、“非乐”、“尚贤”。现存《墨子》五十三篇。③ 显学：声名显赫的学人。④ 体：以身行之。实践的意思。⑤ 辩：有口才，巧言。⑥ 秦伯：秦穆公。晋公子：重耳。⑦ 媵（yìng）：古诸侯女儿出嫁时随嫁或陪嫁的人。⑧ 椟（dú）：木匣。⑨ 鬻（yù）：卖。⑩ 直：同“值”；或解为实。

【浅析】韩非子好以寓言故事说理，《买椟还珠》即通过楚人鬻珠等事，告诫世人应触类旁通，重实轻饰，重用轻文。韩非借田鸠之口，运用类比之法，为说明墨学的质实可用、言多不辩，举出秦伯嫁女、楚人鬻珠二例作旁证。秦穆公嫁女，陪嫁的媵女衣着光鲜，个个靓丽，实在有点喧宾夺主，使得“晋人爱其妾而贱公女”。同样，楚人卖珠于郑，把个装珠的匣子弄得精美无比，结果是“郑人买其椟而还其珠”。田鸠作为墨子的传人，或为墨子为学讲求质实辩解，而韩非用此数例，更看重于能实践其帝王之术，认为舍本求末，搞花架子，是无补于操弄政治的。

刘 安

刘安(前179—前122),汉高祖刘邦之孙,淮南厉王刘长之子,封淮南王。西汉思想家、文学家。刘安才思敏捷,好读书,善文辞,曾"招致宾客方术之士数千人",与门客集体编写了《淮南子》一书。《淮南子》,又名《淮南鸿烈》,西汉初年杂家著作。《淮南子》夹杂一些孔子、墨子、韩非子的思想,但还是以汉初黄老无为思想为主旨。其文体与《吕氏春秋》相近,蕴含着相当的史学研究价值和丰富的精神智慧。

塞翁失马

近塞上之人①,有善术者②,马无故亡而入胡,人皆吊之③。其父曰:"此何遽不为福乎④?"居数月⑤,其马将胡骏马而归⑥,人皆贺之。其父曰:"此何遽不能为祸乎?"家富良马,其子好骑,堕而折其髀⑦,人皆吊之。其父曰:"此何遽不为福乎?"居一年,胡人大入塞,丁壮者引弦而战⑧,近塞之人,死者十九⑨。此独以跛之故,父子相保。

【注释】① 塞(sài)上:此处指长城一带。塞,边塞。② 善术者:精通《易》学术数的人。术,术数,推测人事吉凶祸福的一种《易》学技术。③ 吊:对遭遇不幸者表示安慰。④ 何遽:怎么就。表示反问。⑤ 居:止,停。此处指经过、过了。⑥ 将:带领。⑦ 髀(bì):大腿。⑧ 丁壮:壮年男子。引弦而战：拿起弓箭去打仗。引弦，拉开弓箭。⑨ 十九：十分之九。意思是绝大部分。

【浅析】“塞翁失马，焉知非福。”这个出于《淮南子》的成语典故，一直被人们用来告慰不幸的遭遇者，或是聊以自慰的常用语。自从老子说过“祸兮福之所倚，福兮祸之所伏”（《道德经》五十八章）以后，崇尚道家学说者，相信祸与福在一定的条件下是会相互转化的，而“塞翁失马”的故事正是老子“祸福论”的形象旁证。

靠近边塞有个善测人事凶吉祸福的人，经历了两次倒霉事：一次是马跑到匈奴那边去了，另一次是其儿子骑马摔断了大腿骨。财产和人身两次遭受重创，招来了前去慰问的人，但那家的老父亲却不以为然，说是为什么就不能带来福分呢？果然，第一次“祸”给他家带回了胡人的骏马，第二次“祸”使受伤的儿子免除了兵役，在边境战争中捡回了性命。真是因祸得福。塞翁失马的故事，出自《淮南子》，从选入这个故事看，《淮南子》的道家色彩还是很明显的。读《淮南子》，多少能感受一下生活的辩证法。

司马迁

司马迁（约前 145 或前 135—？）字子长，夏阳（今陕西韩城南）人，一说龙门（今山西河津）人。汉代史学家、文学家、思想家。太史令司马谈之子。元封间继父职，任太史令。早年研读古文典籍，曾随武帝巡游，名山大川多留其足迹。又广览皇室藏书。因李陵事件下狱，出狱后任中书令，发愤撰成《太史公书》，即《史记》。《史记》记载了从上古传说中的黄帝时期，到汉武帝元狩元年（前 122 年），长达三千多年的历史，为中国历史上第一部纪传体通史，对后世史学和文学影响极大。

一鸣惊人

齐威王之时喜隐①,好为淫乐长夜之饮②,沈湎不治,委政卿大夫③。百官荒乱,诸侯并侵,国且危亡,在于旦暮,左右莫敢谏。淳于髡说之以隐曰:“国中有大鸟,止王之庭,三年不蜚又不鸣④,王知此鸟何也?”王曰:“此鸟不飞则已,一飞冲天;不鸣则已,一鸣惊人。”于是乃朝诸县令长七十二人⑤,赏一人,诛一人,奋兵而出。诸侯振惊⑥,皆还齐侵地。威行三十六年。

【注释】① 隐:隐语。② 淫乐:无节制、过度的享乐。③ 委政:交托政事。④ 蜚:同“飞”。⑤ 朝:坐朝。县令长:人口万户以上的县,长官称令;人口不到万户的县,长官称长。⑥ 振:同“震”。

【浅析】“一鸣惊人”这则成语最早见于《韩非子·喻老》,说的是春秋时代的楚庄王即位后三年内表面不理朝政,实际上暗地里等待时机,以求一逞。楚庄王对此提出“三年不飞,飞将冲天;三年不鸣,鸣将惊人”。经过长时间的励精图治,推行一系列良策,切实整顿朝纲,广纳人才,重农务商,楚庄王终于使楚国日渐强盛,成为春秋五霸之一,实现了“鸣将惊人”的誓言。本文淳于髡以隐语劝谏齐威王,使齐威王受到暗讽的刺激，决意弃旧图新，重整朝政，通过群策群力，分明赏罚，拥兵自强，做到了声震诸侯，“一鸣惊人”。齐威王和楚庄王都以实际作为，证明了胸怀大志的才俊之士可以暂时不那么显山露水，一旦大展宏图，与同道齐心协力，竭诚务实，一定能创出惊人业绩。《史记·滑稽列传》中的这个故事，齐威王固然是“一鸣惊人”的主角，但齐国能收拾河山、威风八面，离不开淳于髡的知人善谏、能说会道，是淳于髡的巧喻暗指，在齐威王身上收到了奇效。

这篇短文，前后对照鲜明，将截然不同的朝政国势，系于淳于髡的进言，君臣二人，相辅相成，使齐国终圆强国之梦。真可谓“一言兴邦”也！

刘 向

刘向（约前77—前6），原名更生，字子政，沛县（今属江苏）人，汉高祖同父弟楚元王刘交四世孙，刘歆父。西汉经学家、目录学家、文学家。汉宣帝时官散骑谏大夫、给事中，汉元帝时擢为散骑宗正、给事中。屡上书言事，得罪权贵，曾被免为庶人。汉成帝时复起用，任光禄大夫，受诏整理五经秘书、诸子诗赋等。刘向著述甚多，《说苑》是其代表作，另撰有《新序》、《列女传》及一些辞赋。其《别录》为我国重要的目录学著作。《说苑》，一名《新苑》，先秦至汉代史事、轶闻的类编。最早著录于《汉书·艺文志》，原二十篇，七百八十四章，后有散佚，清人编订为六百六十三章，分为君道、臣术、建本、立节等二十类。《说苑》是刘向校书时根据皇家所藏和民间流行的书册资料加以选择、整理而成，其中以记述诸子言行为主，时有关于安邦治国、仁民修德的至理名言，故事性很强，一些篇章可视作古代短篇小说。《说苑》广收博采，内容驳杂，有其一定的讽喻诠释作用，不少篇章写得生动形象，细腻传神，颇具文学色彩。《师旷论学》即选自《说苑》。

师旷论学

晋平公问于师旷曰[1]："吾年七十，欲学，恐已暮矣。"师旷曰："何不炳烛乎[2]？"平公曰："安有为人臣而戏其君乎？"师旷曰："盲臣安敢戏其君乎？臣闻之：少而好学，如日出之阳；壮而好学，如日中之光；老而好学，如炳烛之明。炳烛之明，孰与昧行乎[3]？"平公曰："善哉！"

【注释】① 晋平公：春秋时晋国国君。师旷：名旷，字子野，春秋时晋国乐师。双目失明，于音乐有极高造诣。② 炳烛：点燃蜡烛，用以照明。炳，点燃。③ 孰与昧行：（点上烛火照明）比起在黑暗中走路，到底哪个好呢？昧行，在黑暗中行走。

【浅析】刘向《说苑》，以"说"为书名，有如《韩非子》的《储说》、《说林》等篇章、典籍，有比较明显的讲述、说事的意思，不但故事性强，还往往采用对话体，在相与往复的对话过程中展示故事情节，发表省人格言，《师旷论学》可说是个典型。晋平公和师旷，一君一臣，一来一往，议论的是该如何对待学习，这在《说苑·建本》一类中，是圣人君子面临的安身立命的根本问题之一。与这个故事一同收入"建本"类的，有孟子提出的"必勤于学问，以修其性"说，有子思认定的"学所以益才"论，也有孔子强调的"惟学""可以与人终日而不倦"，"可以闻四方而昭于诸侯"的观点，各自从不同角度表达了对学习重要性的看法。师旷回答晋平公"七十""欲学"已晚的担心，认为只要"炳烛"则仍可学习。师旷的谈论，至少含有两层意思：首先，学习应该保持其延续性，俗语有"活到老，学到老"一说，晋平公虽已年迈，但可通过炳烛，夜以继日，使学习一以贯之，不致脱节。其次，学习应坚韧不拔，"炳烛之明"的亮度有欠缺，比不上"日出之阳"、"日中之光"，不过毕竟强于"昧行"，聊胜于无的烛光于七十老人的夜行还是少不了的。师旷以炳烛之举，告诉人君，只有学习不间断，维持学习的增量，才算抓住了事物的本源，才能做到修性、益才，终日不倦，昭于诸侯。

师旷作为人臣，在与君主对话时，不卑不亢，据理力争，三个问句，绵里藏针，把可以炳烛、人臣不能戏君、炳烛之明强于昧行这三句正面话语，用反问句托出，给人以毋庸置辩的语言效果，终让晋平公不得不大呼"善哉"！

马　援

马援（前14—49），字文渊，东汉扶风茂陵（今陕西兴平东北）人。东汉开国功臣之一。少有大志，王莽时为新成大尹，后依光武帝，为伏波将军，曾南征交趾，功勋卓著，后卒于军中。著有《铜马相法》。

诫兄子严、敦书

吾欲汝曹闻人过失①，如闻父母之名：耳可得闻，口不可得言也。好议论人长短，妄是非正法②，此吾所大恶也！宁死不愿闻子孙有此行也。汝曹知吾恶之甚矣，所以复言者，施衿结缡[3]，申父母之戒[4]，欲使汝曹不忘之耳。

龙伯高敦厚周慎[5]，口无择言[6]，谦约节俭，廉公有威。吾爱之重之，愿汝曹效之。杜季良豪侠好义[7]，忧人之忧，乐人之乐，清浊无所失[8]，父丧致客[9]，数郡毕至。吾爱之重之，不愿汝曹效也。效伯高不得，犹为谨敕之士[10]，所谓刻鹄不成尚类鹜者也[11]；效季良不得，陷为天下轻薄子，所谓画虎不成反类狗者也[12]。讫今季良尚未可知，郡将下车辄切齿[13]，州郡以为言[14]，吾常为寒心，是以不愿子孙效也。

【注释】① 汝曹：尔等，你们。指马援侄子马严、马敦。马严、马敦之父为马援兄马余。② 是非：评论，褒贬。正法：正当的法规制度。③ 施衿(jīn)结缡(lí)：本指古代女子出嫁，母亲将五彩丝绳和佩巾结于其身。后比喻父母对子女的教训。《诗·豳风·东山》："亲结其缡，九十其仪。"毛传："母戒女，施衿结帨。"又《仪礼·士昏礼》："母施衿结帨，曰：'勉之敬之。夙夜毋违宫事。'"衿，衣下两旁掩裳际处。缡，古时女子出嫁时所系的佩巾。④ 申父母之戒：申述父母的戒言。⑤ 龙伯高：龙述，字伯高，京兆人。汉光武帝时为山都长，后为零陵太守。⑥ 口无择言：讲话不选择言辞。意为所言皆善。⑦ 杜季良：杜保，字季良，光武帝时任越骑校尉，豪侠仗义。后被仇人上书攻击而免官。⑧ 清浊无所失：指处置诸事皆适宜。⑨ 父丧致客：父亲去世，招请客人（赴丧礼）。⑩ 谨敕（chì）：谨慎而整饬。⑪ 刻鹄（hú）不成尚类鹜（wù）：比喻虽仿效不及，尚不失其大概。鹄，天鹅。鹜，鸭子。⑫ 画虎不成反类狗：比喻弄巧成拙。⑬ 下车：指官员初到任。⑭ 以为言：将这些作为话题。

【浅析】以长辈身份劝诫晚辈的书信有两封比较有名，一封是诸葛亮的《诫子书》，另一封就是马援的《诫兄子严、敦书》。马援的侄子马严、马敦平时好讥刺时政，结交豪侠。对此，马援不太放心，于是写了这封情真意切的信，劝告严、敦二侄不要妄议他人的得失短长，希望后辈不要沾染这类风气。

马援此书在殷殷期许中披露自己的心曲，倾吐对两位侄子的厚爱，告诫晚辈们为人处世应信守的原则。马援在信中主要以龙伯高和杜季良两人为例，告诉严、敦孰可效，孰不可效。龙、杜二位都有着受人尊重的美好品格：龙伯高敦厚老实，周全谨慎，讲话与人为善，待人谦虚有分寸，生活节俭，廉洁奉公，很有威望；杜季良豪爽侠义，敢作敢为，以他人的忧愁当作自己的忧愁，以他人的快乐当作自己的快乐，无论什么人都愿结交，杜父去世时召请宾客，惊动了好多郡的人前往出席丧礼。可是马援希望严、敦要学前者，而不要学后者，其基本的理由在于龙伯高谨慎谦恭，不会招惹是非，而杜季良却一味仗义，稍显鲁莽，交友不计清浊，已埋下被人非议、算计的祸根。凭着政界、军界过来人的经验，马援不想让自家后辈吃亏，这已超越了对道德品行的客观评骘，明显掺入了对至亲骨肉安身处世的现实考量。马援巧妙地运用“刻鹄不成尚类鹜”和“画虎不成反类狗”

两个比喻，形象生动地指出学龙不成，尚得其规模，不会动摇立命的根基；学杜不似，则形神俱背，甚或酿成祸害。从州郡官员到任总有对季良切齿忌恨者，州郡众人以之为议论话题的现实来看，马援之虑也不无道理。马援诫兄子，可谓苦口婆心、计长思远矣！

张　衡

张衡（78—139），字平子，南阳西鄂（今河南南阳）人。东汉文学家、天文学家、地理学家。十七岁时游学三辅，后至京都洛阳，就教于太学，“通《五经》，贯六艺”。尤好天文、阴阳、历算之学。汉安帝时公车特征拜为郎中，迁太史令。曾制造观察天象的浑天仪、测定地震的地动仪。《隋书·经籍志》著录《张衡集》，久佚；明人张溥编有《张河间集》，收入《汉魏六朝百三家集》。

归田赋

游都邑以永久[①]，无明略以佐时[②]；徒临川以羡鱼，俟河清乎未期[③]。感蔡子之慷慨[④]，从唐生以决疑[⑤]。谅天道之微昧[⑥]，追渔父以同嬉[⑦]；超埃尘以遐逝，与世事乎长辞。

于是仲春令月[⑧]，时和气清，原隰郁茂[⑨]，百草滋荣。王雎鼓翼[⑩]，仓庚哀鸣[⑪]；交颈颉颃[⑫]，关关嘤嘤。于焉逍遥[⑬]，聊以娱情。

尔乃龙吟方泽[14]，虎啸山丘。仰飞纤缴[15]，俯钓长流；触矢而毙，贪饵吞钩；落云间之逸禽，悬渊沉之魦鰡[16]。

于时曜灵俄景[17]，系以望舒[18]。极般游之至乐[19]，虽日夕而忘劬[20]；感老氏之遗诫[21]，将回驾乎蓬庐。弹五弦之妙指[22]，咏周孔之图书[23]；挥翰墨以奋藻[24]，陈三皇之轨模[25]。苟纵心于物外[26]，安知荣辱之所如[27]？

【注释】① 都邑：指东汉京都洛阳。② 明略：明智的谋略。佐时：辅佐时政。③ 俟：等待。河清：黄河水清。此句意为等待政治清明未可预期。④ 蔡子：蔡泽，战国时燕人，曾为秦相。慷慨：壮士不得志于心。⑤ 唐生：唐举，战国时梁人，善相面。蔡泽游学诸侯，曾请唐举看相，后入秦，代范雎为秦相。⑥ 谅：相信。天道：自然规律。古人以为天道是支配世人活动的上天意志。微昧：微妙难明。⑦ 渔父：一避世隐居者。以钓鱼江滨为乐，曾劝屈原不必为追求理想而忧伤憔悴。见《楚辞·渔父》、王逸《渔父章句序》。嬉：乐。⑧ 仲春：夏历二月。令月：好的月份。⑨ 原：平原。隰（xí）：低平之地。郁茂：草木繁盛。⑩ 王雎：鸟名，即雎鸠。⑪ 仓庚：鸟名，即黄鹂。⑫ 颉（xié）颃（háng）：鸟上下翻飞。⑬ 于焉逍遥：在此游息。⑭ 尔乃：于是。方泽：大泽。⑮ 纤缴（zhuó）：系在箭上的生丝绳。

以其细,故曰纤缴。⑯ 鲨(shā)鰡(liú):一种小鱼,常伏在水底沙上。《文选·张衡〈归田赋〉》李善注:"鲨,鮀也。"鮀,同"鮀"(tuó)。《尔雅·释鱼》:"鲨,鮀。"郭璞注:"今吹沙小鱼,体圆而有点文。"《字指》:"鰡,鲨属。"清陈大章《诗传名扬集览》:"《广志》:'吹沙鱼大如指,沙中行。'《埤雅》:'鲨性善沈。'故张衡云'悬渊沈之鲨鰡'也。"⑰ 曜灵:太阳。俄:斜。景:同"影"。⑱ 系:继。望舒:神话传说中为月亮驾车之仙。此处代指月亮。⑲ 般(pán)游:游乐。般,乐。⑳ 劬(qú):劳苦。㉑ 老氏:指老子。遗诫:遗留下的警诫之语。指《老子》十二章:"驰骋田猎,令人心发狂。"㉒ 五弦:五弦琴。《礼记·乐记》:"舜作五弦之琴以歌《南风》。"故弹五弦含有仰慕古圣之意。指:同"旨"。㉓ 周孔:周公、孔子。图书:指周公、孔子所著之书。㉔ 挥翰墨以奋藻:指挥笔著述以自我排遣。翰,毛笔。藻,辞藻。㉕ 陈:陈述。三皇:指伏羲、神农、黄帝。轨模:法度。㉖ 物外:世外,世俗是非得失之外。㉗ 所如:指(荣辱得失)所带来的结果。如,往,到。

【浅析】张衡是东汉中期著名的科学家和文学家,能上知天文下知地理,且文学造诣极高。看到天下承平已久,他曾仿班固《两都赋》,创作了《二京赋》那样的传统京都大赋。但张衡晚年目睹宦官专权,朝政黑暗,虽经上书揭弊,亦未见改观,终于萌发了归隐的念头。《归田赋》表达的就是张衡对社会政治的忧虑和归隐生活的向往。

作者称自己留滞京都已有多时,却深感辅政无方,回天乏力。与其白白临河羡鱼,还不如追随渔父,归隐山林。蔡泽之慷慨,唐举之决疑,更坚定了作者长辞世事的决心。在天道微昧难明的境况下,自然界的美好是具体可感的:仲春时节,风和气清，百草繁茂，鸟儿欢唱——那是多么令人向往的逍遥地啊！只是作者似乎还未摆脱官场的阴影，不是么，在虎啸龙吟的山泽，在飞矢垂钓的江天，作者隐隐感觉到了某种不安——难道自己还会不幸触矢、吞钩吗？归隐或许是要全身心地融入自然、浸润于理想世界的，放下尘世里背负的包袱，不再醉心渔猎这样的物质形态上的归田，重要的是要得到精神上的至乐、意识上的升华。作者决意将有限的时间投入到“弹五弦之妙指”、“咏周孔之图书”中去，伴以挥毫奋藻，寄情三皇，真正纵心物外，体味老氏。归田之真谛全在于此。

张衡实际上并没有归田。《归田赋》是一首畅想曲，折射出的是政治生涯中遭遇挫折后文人的冥思遐想。他那精神的自由王国是朦胧的、不确定的，但这篇赋还是给后世真隐士的文字告白提供了一个范本。它和陶渊明的《归去来兮辞》前后辉映，为我国的归隐文学定下了融汇儒、道的艺术基调。

诸葛亮

诸葛亮（181—234），字孔明，号卧龙，琅琊阳都（今山东沂南）人。谥曰忠武侯。三国时期政治家、军事家。刘备三顾茅庐，诸葛亮为刘备分析了天下形势，提出先取荆州为家，再取益州成鼎足之势，继而图取中原的战略构想，即所谓“隆中对”。刘备称帝后，任为丞相。刘禅继位，被封为武乡侯，领益州牧。与魏司马懿对阵渭南，病死于五丈原军中。有《诸葛亮集》。

诫子书

夫君子之行①，静以修身，俭以养德。非澹泊无以明志②，非宁静无以致远③。夫学须静也，才须学也。非学无以广才④，非志无以成学。淫慢则不能励精⑤，险躁则不能治性⑥。年与时驰，意与日去。遂成枯落，多不接世⑦。悲守穷庐⑧，将复何及⑨！

【注释】① 行：指操守、品德。② 澹(dàn)泊：平静而不贪图名利。③ 致远：达到高远目标。④ 广才：拓展才干。⑤ 淫慢：过度享乐和怠惰。励精：振奋精神。⑥ 险躁：偏邪狂躁。治性：陶冶性情。治，通“冶”。⑦ 多不接世：指大多不能贴近社会现实。⑧ 穷庐：破房子。⑨ 将复何及：又怎么来得及。

【浅析】这是诸葛亮写给他儿子诸葛瞻的一封家书，也是一篇充满德性和智慧的家训。诸葛亮《诫子书》劝导儿子应当清静、节俭，励志求学成才，而贪图名利、耽于享乐、偏狭狂躁会让时光白白流逝，最终一事无成。其中“澹泊明志”、“宁静致远”，已成为后人用以激励自己陶冶性情、实现远大目标的座右铭。诸葛亮的家训，凝聚了他的人生体验、思想取向和价值判断，是古往今来年轻人修身养性、确定人生方向可供借鉴的信条和动力。

这篇《诫子书》短小精粹，纯以说理行文，凭其正反的明晰论证和必然的逻辑结论，引人思索，情深旨远。

刘伶

刘伶，生卒年不详，字伯伦，西晋沛国(治今安徽濉溪县西北)人。

"竹林七贤"之一。曾为建威参军。蔑视礼法,放浪形骸,与阮籍、嵇康等思想观念和生活做派相近。好饮酒,常乘鹿车,携一壶酒,使人荷锸随之,还说:"死便埋我。"《世说新语·文学篇》注引《名士传》曰:"伶未尝措意文章,终其世,凡著《酒德颂》一篇。"

酒德颂(节选)

先生于是方捧罂承槽①,衔杯漱醪②。奋髯箕踞③,枕麹藉糟④。无思无虑,其乐陶陶⑤。兀然而醉⑥,豁尔而醒⑦。静听不闻雷霆之声,熟视不见泰山之形。不觉寒暑之切肌⑧,利欲之感情⑨。俯观万物扰扰⑩,焉如江汉之载浮萍⑪。二豪侍侧⑫,焉如蜾蠃之与螟蛉⑬。

【注释】① 捧罂承槽:指捧着酒瓮去接酒。罂(yīng),酒瓮,酒瓶。槽,酿酒的器具。② 衔杯漱醪:指端着杯子喝酒。漱,喝。醪(láo),浊酒。③ 奋髯箕踞:指对贵介公子、搢绅处士关于礼法的陈说并不在乎。奋髯,摆动胡子。箕踞,坐席上而伸其两脚。④ 枕麹藉糟:头枕的是酒母,坐卧处垫的是酒糟。指沉溺于喝酒。麹(qū),酿酒用的发酵物,即酒母。藉,衬垫。糟,酒糟。⑤ 陶陶:和乐的样子。⑥ 兀然:无知觉的样子。⑦ 豁尔:突然清醒的样子。⑧ 切:接触。⑨ 感:感动。情:情绪。⑩ 扰扰:纷乱的样子。⑪ 焉如:何如,乃如。⑫ 二豪:指贵介公子和搢绅处士。⑬ 蜾(guǒ)蠃(luǒ):蜂的一种。青黑色,细腰,寄生产卵于螟蛉幼虫体内,蜾蠃后代即从螟蛉幼虫体内孵出。螟蛉:蛾的幼虫。蜾蠃捕得螟蛉后,将螟蛉作为蜾蠃幼虫的食物,其后好像蜾蠃变成了螟蛉。贵介公子和搢绅处士好比这二虫,受刘伶这样的"大人先生"的感化,由蜾蠃变成了螟蛉。

【浅析】《酒德颂》的前半部分说的是"大人先生"心志旷达,"纵意所如","唯酒是务";另有"贵介公子"和"搢绅处士",对刘伶这样的"大人先生"极表不满,"陈说礼法",声色俱厉。上引文字是《酒德颂》的后半部分,写"大人先生"在"二豪"的追逼声讨下,坦然处之,对公子和处士的态度不屑一顾,只是变本加厉地饮酒自怡,陶然沉浸在物我两忘的境界中,努力促使公子和处士深受感召而有所转化。这段文字不见"大人先生"与"二豪"的正面交锋,极言先生的神情自若,以柔克刚,通过超然的人生态度和人生境界,展示大千世界的深刻哲理。能产生这种精神力量,或许就是酒之"德"吧。

李 密

李密(224—287),一名虔,字令伯,犍为武阳(今四川彭山)人。父早亡,母何氏改嫁,由祖母刘氏抚养成人。曾仕蜀汉为尚书郎。晋武帝征其为太子洗马,李密以侍奉祖母为由上表请辞。刘氏亡后,复出仕。

陈情表

臣密言①:臣以险衅②,夙遭闵凶③。生孩六月,慈父见背;行年四岁,舅夺母志④。祖母刘悯臣孤弱,躬亲抚养。臣少多疾病,九岁不行⑤,零丁孤苦,至于成立。

既无伯叔，终鲜兄弟。门衰祚薄[6]，晚有儿息。外无期功强近之亲[7]，内无应门五尺之僮。茕茕孑立[8]，形影相吊。而刘夙婴疾病[9]，常在床蓐[10]；臣侍汤药，未曾废离。

逮奉圣朝，沐浴清化[11]。前太守臣逵察臣孝廉[12]，后刺史臣荣举臣秀才[13]，臣以供养无主，辞不赴命。诏书特下，拜臣郎中[14]。寻蒙国恩，除臣洗马[15]。猥以微贱[16]，当侍东宫[17]，非臣陨首所能上报[18]。臣具以表闻，辞不就职。诏书切峻，责臣逋慢[19]。郡县逼迫，催臣上道；州司临门[20]，急于星火。臣欲奉诏奔驰，则刘病日笃[21]；欲苟顺私情，则告诉不许。臣之进退，实为狼狈。

伏惟圣朝以孝治天下[22]，凡在故老，犹蒙矜育[23]，况臣孤苦，特为尤甚。且臣少仕伪朝[24]，历职郎署[25]，本图宦达，不矜名节。今臣亡国贱俘，至微至陋。过蒙拔擢，宠命优渥，岂敢盘桓，有所希冀。但以刘日薄西山，气息奄奄，人命危浅，朝不虑夕。

臣无祖母，无以至今日；祖母无臣，无以终余年。母孙二人，更相为命，是以区区不能废远[26]。

臣密今年四十有四，祖母今年九十有六，是臣尽节于陛下之日长，报刘之日短也。乌鸟私情[27]，愿乞终养。臣之辛苦，非独蜀之人士及二州牧伯所见明知[28]，皇天后土，实所共鉴。愿陛下矜悯愚诚，听臣微志，庶刘侥幸，保卒余年。臣生当陨首，死当结草[29]。臣不胜犬马怖惧之情，谨拜表以闻。

【注释】① 臣密言：意即“臣李密上表说”。章表开头语。② 险衅（xìn）：指遭遇的灾难祸患。③ 夙（sù）：早时。闵凶：指忧丧之事。④ 舅夺母志：指密舅父强迫母亲违背己志而改嫁。⑤ 不行（xíng）：指不能行走。⑥ 祚（zuò）薄：福分浅薄。⑦ 期（jī）功：古代丧父名称。为长辈如祖父母、伯叔父母，平辈如兄弟、姐妹服丧一年者，称期服；为服丧九月（如同堂兄弟）、五月（如从堂兄弟）者，称功服。强近：强盛亲近。⑧ 茕茕：孤独的样子。孑立：孤立无依。⑨ 夙婴疾病：平素疾病缠身。婴，环绕，羁绊。⑩ 蓐（rù）：同“褥”。褥子。⑪ 清化：清明的教化。⑫ 太守臣逵：太守名逵者。察：审察，荐举。孝廉：汉武帝时设立的察举考试，以任用官员的科目。孝廉是“孝顺亲长、廉能正直”的意思。魏晋沿用这一选举制度。⑬ 刺史臣荣:刺史名荣者。秀才:原指才之秀者,汉以来成荐举人才的科目之一。⑭ 拜:任命。郎中:官名,分掌各司事务,其职位仅次于丞相、尚书、侍郎的高级官员。⑮ 除:授予官职。洗(xiǎn)马:即太子洗马。太子的侍从官。晋以后改掌图籍。⑯ 猥(wěi):自谦之词。含有“辱”意。⑰ 东宫:太子所居之官。⑱ 陨(yǔn)首:坠首。即抛弃性命之意。⑲ 逋(bū)慢:逃避、怠慢上命。⑳ 州司:州官。指地方官。㉑ 日笃:一日较一日沉重。㉒ 伏惟:恭敬用语。俯伏着思忖。㉓ 矜(jīn)育:怜惜,养育。㉔ 伪朝:指为晋所亡的蜀汉。㉕ 历职郎署:李密在蜀汉时由郎中升任尚书郎。郎署,指尚书台。㉖ 废远:谓抛弃应奉养的祖母而远去。㉗ 乌鸟私情:传说乌雏长大后会衔食反哺以报老鸟。此处借喻李密将报答祖母养育之恩。㉘ 二州牧伯:指梁州、益州的地方长官。㉙ 结草:与报恩相关的典故。《左传》“宣公十五年”载,晋大夫魏武子临死,嘱其子颗杀武子爱妾为殉葬。颗未杀而改嫁之。后魏颗与秦将杜回战,颗见一老人结草绊倒杜回,回因此被擒。颗夜梦结草老人曰:我即妾之父,特来报君不杀之心。后以“结草”喻死后报恩。

【浅析】 李密《陈情表》千古传诵,其感人之处,正在情真意切,理正气沛。李密在晋武帝的征召面前,确实进退两难:进可侍奉东宫,退则奉祖母终老,两者相衡,利害立判。李密是个明白人,晋武帝对自己这么个“亡国贱俘”已算是宽宏大量的了,贸然回绝,于情于理皆有亏。李密的难处是,既要不让晋武帝有所猜忌,又能回报祖母于己的大恩大德。《陈情表》的成败实在是举足轻重的。

李密机智地紧紧抓住“孝”字这个中心,引导晋武帝思索:

不能尽孝的臣子,又何能对朝廷尽忠呢?在章表里,李密不失时机地在"情"字上下功夫,孝不单是一种道德说教,孝是饱含着活生生的情感内涵的,是情动于中的行为外显,情是行孝的源泉和动力。在文中,李密和盘托出了自己的身世:少即失怙失恃,身处"门衰祚薄"的家境,与祖母相依为命。继而感激武帝的征召和新朝的赏识,可惜"侍汤药"于祖母侧的"私情"竟未获上峰认可,为情所煎熬的神状已跃然纸上。为求恩准侍亲,李密倾诉情出无奈的窘迫:"刘日薄西山,气息奄奄,人命危浅,朝不虑夕。臣无祖母,无以至今日;祖母无臣,无以终余年。"何去何从,不言自明。自此,深蕴在文中的"理"字也就呼之欲出了:既然"圣朝以孝治天下",晋武帝标榜以孝为治国之本,那么谢绝出仕以孝敬祖母,完全合"理";其次,"尽节于陛下之日长,报刘之日短",既然来日方长,何必计较一日之短长,那么准予终养,也不应视作出于"理"外。李密的奏表,言必曰"沐浴清化"、"宠命优渥",信守君臣之义,正气充溢,语出肺腑,无悖"奏议宜雅"(曹丕《典论·论文》)之"雅"字。由此可见,李密《陈情表》"孝""情""理""雅"四美相合,能不垂范千古吗?

左　思

左思(约250—305),字太冲,临淄(今山东淄博)人。晋文学家。自幼勤学,才华出众。晋武帝时,因妹左棻被选入宫,举家迁居洛阳,任秘书郎。晋惠帝时,曾为贾谧讲《汉书》,为文人集团"二十四友"的重要成员。永康元年,因贾谧被诛,遂退居宜春里,专心著述。太安二年,因张方进攻洛阳而移居冀州,不久病逝。其《三都赋》精心构思十年乃成,一时争相传抄,以致"洛阳为之纸贵"。原集已佚。

三都赋序(节选)

余既思摹《二京》而赋《三都》①,其山川城邑则稽之地图②,其鸟兽草木则验之方志③。风谣歌舞,各附其俗④;魁梧长者⑤,莫非其旧。何则?发言为诗者,咏其所志也⑥;升高能赋者⑦,颂其所见也。美物者贵依其本,赞事者宜本其实。匪本匪实⑧,览者奚信?且夫任土作贡⑨,《虞书》所著⑩;辨物居方⑪,《周易》所慎。聊举其一隅,摄其体统⑫,归诸诂训焉⑬。

【注释】①《二京》:张衡《西京赋》、《东京赋》的合称。《三都》:即左思所作之《蜀都赋》、《吴都赋》、《魏都赋》的合称。② 稽:考核,核查。③ 方志:地方的志书。④ 附:合乎。⑤ 魁梧长者:高大而显贵的人。⑥ 志:志意,志向。《毛诗序》:"在心为志,发言为诗。"⑦ 升高:登临山水。一说升高堂、高位。赋:泛指写作。《毛诗故训传》:"升高能赋,师旅能誓,山川能说,丧纪能诔,祭祀能语。君子能此九者,可谓有德音,可以为大夫。"⑧ 匪:同"非"。⑨ 任土作贡:根据土地的情况,确定贡赋的品种和数量。任,凭,依据。作,规定。贡,贡赋。《书·禹贡序》:"禹别九州,随山浚川,任土作贡。"《孔颖达传》:"任其土地所有定其贡赋之差。"⑩《虞书》:《尚书》的一部分,包括《尧典》、《皋陶谟》,《古文尚书》又增《舜典》、《大禹谟》、《益稷》，合为五篇。⑪ 辨物居方：辨别众物的性质、条件等因素，使之各得其所。居，处在。方，地方，区域。《易·未济》："君子以慎辨物居方。"孔颖达疏："辨别众物，各居其方，使皆得安其所。"⑫ 摄：提起，统领。体统：体制，规矩。⑬ 诂：以今言解释古代语言文字或方言字义。训：法则。

【浅析】《三都赋》是左思倾其心力，构思十年结撰而成的著名赋作。时京都争相传抄，洛阳为之纸贵。左思为《蜀都赋》、《吴都赋》、《魏都赋》等《三都赋》写了序言，此为《序》的结言部分。左思的《三都赋》虽以"三都"为名，但实际上写的是魏、蜀、吴三个国家的政治经济、地理形胜、民俗物产等情状，强调立国的根本在于"以道德为藩，不以袭险为屏"（《魏都赋》）。这段文字是《三都赋序》的后半部分，提出立言和立国的道理是一样的，都应该抓住根本，切合实际。诗赋的写作，就要做到"咏其所志"、"颂其所见"，赞美事物也要"依其本"、"本其实"。左思以他《咏史八首》为代表的诗歌，征引史实，借古讽今，风格雄浑遒劲，富有批判精神，被誉为"左思风力"。这篇序言，在表达了对司马相如、扬雄、班固、张衡等作赋追求过度夸饰的不满后，明确指出求真尚实才是赋的创作原则和宗旨。上引文字例证恰当，辨析明白，言简意赅，其行文本身就是对华而不实文风的有力反拨。

鲁褒

鲁褒，生卒年未详，字元道，南阳（今属河南省）人。西晋文学家。好学多闻，以贫素自立。隐居不仕，人莫知所终。《晋书·隐逸传》云："元康之后，纲纪大坏，褒伤时之贪鄙，乃隐姓名，而著《钱神论》以刺之。"

钱神论（节选）

钱之为体[1]，有乾有坤[2]。内则其方，外则其圆。其积如山，其流如川。动静有时，行藏有节[3]。市井便易[4]，不患耗折[5]。难朽象寿[6]，不匮象道[7]。故能长久，为世神宝。亲之如兄，字曰孔方。失之则贫弱，得之则富强。无翼而飞，无足而走。解严毅之颜[8]，开难发之口。钱多者处前，钱少者居后；处前者为君长，在后者为臣仆。君长者丰衍而有余，臣仆者穷竭而不足。《诗》云："哿矣富人[9]，哀此茕独。"岂是之谓乎！

钱之为言泉也[10]，百姓日用，其源不匮，无远不往，无深不至。京邑衣冠[11]，疲劳讲肆[12]，厌闻清谈，对之睡寐，见我家兄，莫不惊视。钱之所祐，吉无不利，何必读书，然后富贵。昔吕公欣悦于空版[13]，汉祖克之于嬴二[14]，文君解布裳而被锦绣[15]，相如乘高盖而解犊鼻[16]。官尊名显，皆钱所致。空版至虚，而况有实；嬴二虽少，以致亲密。由此论之，谓为神物。无位而尊，无势而热，排金门，入紫闼[17]。钱之所在，危可使安，死可使活；钱之所去，贵可使贱，生可使杀。是故忿诤辩讼[18]，非钱不胜；孤弱幽滞[19]，非钱不拔[20]；怨仇嫌恨，非钱不解；令问笑谈[21]，非钱不发。洛中朱衣[22]，当途之士，爱我家兄，皆无已已。执我之手，抱我始终，不计优劣，不论年纪。宾客辐辏[23]，门常如市。谚曰："钱无耳，可暗使。"岂虚也哉？又曰："有钱可使鬼。"而况于人乎？子夏云[24]："死生有命，富贵在天。"吾以死生无命，富贵在钱。何以明之？钱能转祸为福，因败为成，危者得安，死者得生。性命长短，相禄贵贱[25]，皆在乎钱，天何与焉？天有所短，钱有所长。四时行焉，百物生焉，钱不如天；达穷开塞，赈贫济乏，天不如钱。若臧武仲之智[26]，卞庄子之勇[27]，冉求之艺[28]，文之以礼乐[29]，可以为成人矣[30]。今之成人者何必然？唯孔方而已。

【注释】① 体:形体。② 乾:指天。坤:指地。③ 行藏:指金钱的流通和贮藏,与“动静”同义。节:规则。④ 便易:便于交易。⑤ 耗折(shé):损耗。⑥ 象寿:象征生命长久。⑦ 象道:象征“道”的运行不息。⑧ 严毅之颜:严肃刚毅的面容。⑨ 哿(gě)矣富人:语出《诗经·小雅·正月》。意谓乐了富人。哿,乐。⑩ 泉:古代钱币的名称。《汉书·食货志》下:“故货,宝于金,利于刀,流于泉。”颜师古注:“如淳曰:流行如泉也。”⑪ 衣冠:此指士大夫,官绅。⑫ 讲肆:讲学之处。⑬ 吕公欣悦于空版:吕公,汉吕后之父。版,谒见时用的名帖。《史记·高祖本纪》载,吕公善沛令,移家沛县,沛中豪杰吏闻令有重客,皆往贺。萧何为主吏,主进,令诸大夫曰:“进不满千钱,坐之堂下。”高祖为亭长,素易诸吏,乃绐为谒曰:“贺钱万。”实不持一钱。吕公好相人,见高祖状貌,因敬重之,以女许与高祖。⑭ 汉祖克之于嬴二:克,同“刻”。铭记。嬴二,多送二百文。《史记·萧相国世家》载,高祖以吏徭咸阳,吏皆送钱三百,萧何独送五百。后列侯受封,高祖以萧何徭咸阳时独嬴奉钱二百,乃益封何二千户。⑮ 文君:卓文君,西汉临邛大富商卓王孙之女。据《史记·司马相如列传》载,卓文君尝夜奔司马相如,同驰归成都。文君久之不乐,相如与俱之临邛,尽卖其车骑,买一酒舍酤酒,而令文君当垆,相如著犊鼻裈涤器市中,与保佣杂作。卓王孙闻而耻之,不得已分予文君僮百人、钱百万。文君乃与相如归成都,买田宅,为富人。⑯ 高盖:很高的车盖。此代大车。犊鼻:即犊鼻裈。古代杂役所穿的围裙,状如犊鼻,故称。参见《史记·司马相如列传》。⑰ 紫闼:指皇宫。⑱ 忿诤:愤怒争执。诤同“争”。⑲ 幽滞:指隐沦未被擢用之士。⑳ 拔:提拔。㉑ 令问:即“令闻”。好名声。㉒ 洛中:指洛阳。朱衣:泛指权贵。㉓ 辐(fú)辏(còu):喻人或物聚集一处。辐,车轮中凑集于中心毂上的直木。辏,车轮的辐条内端聚集于毂上。㉔ 子夏:姓卜,名商,字子夏。孔子学生。㉕ 相禄:享有福禄的面相。㉖ 臧武仲:姬姓,臧氏,名纥,谥武。因祭鲁孝公之祀,故尊称其“臧孙纥(hé)”。矮小多智,号称“圣人”。春秋时鲁国大夫,官司寇。㉗ 卞庄子:春秋时鲁国大夫,食邑于卞,谥庄。有勇力。㉘ 冉求:字子有,通称冉有。孔子学生。多才多艺。㉙ 文:修饰。㉚ 成人:全才,完人。《论语·宪问》:子路问成人。子曰:“若臧武仲之知,公绰之不欲,卞庄子之勇,冉求之艺,文之以礼乐,亦可以为成人矣。”曰:“今之成人者何必然?见利思义,见危授命,久要不忘平生之言,亦可以为成人矣。”

【浅析】晋惠帝元康以后,社会纲纪大乱,官场贪贿成风,而淡泊高远、博学多闻的鲁褒耳闻目睹种种金钱拜物现象,痛心疾首,于是写下了这篇《钱神论》,酣畅淋漓地揭示了钱的本质特点,对奢侈挥霍、以敛财为目的的权贵们的丑行作了尖刻的抨击。文章基本以骈文形式展开,将体物浏亮的汉赋风格运用于议论说理,气势丰沛,掷地有声。

文章假托司空公子与綦毋先生的问答,极论钱之妙用所在。本段文字为《钱神论》的部分节录,全为司空公子的高论(按:即鲁褒本人的看法)。作者多层次说出与钱相关的情态与本性。钱之形:内方外圆;钱之性:有时有节,象寿象道;钱之用:决定贫富、前后,分出君长、臣仆;钱与人之关系:百姓日用之源,达官文士为之惊视,可改换人之虚实、安危、死活、贵贱、胜败、亲疏……总之,钱是不折不扣的“神物”。为证明钱的神通广大,作者找来各类名言警句,充作理据,如:“钱无耳,可暗使。""有钱可使鬼。"甚而不惜反其意而用之,说什么"死生无命,富贵在钱"。作者还胆大妄为,篡改孔圣人关于"成人"的训条,以为"成人者","唯孔方而已"。真是嬉笑怒骂,无所不用其极。作者论钱,用的是明修栈道、暗渡陈仓之法,在大肆抬高、神化钱的同时,却不露声色地揭穿了钱的寄生性、腐蚀性,更对追逐金钱者作了无情的鞭挞。

王羲之

王羲之(303—361)字逸少,号澹斋,原籍琅琊临沂(今属山东临沂),后迁居山阴(今浙江绍兴)。东晋大书法家,后人尊之为"书圣"。因官至右军将军,又称"王右军"。其子王献之书法亦佳,世人合称为"二王"。王羲之兼善隶、草、楷、行各体,广采众长,自成一家,影响深远。王羲之书写的《兰亭集序》为历代书家所仰慕,被誉为"天下第一行书"。亦擅诗文,明人辑有《王右军集》。

兰亭集序

永和九年[①],岁在癸丑[②],暮春之初,会于会稽山阴之兰亭[③],修禊事也[④]。群贤毕至[⑤],少长咸集[⑥]。此地有崇山峻岭,茂林修竹,又有清流激湍,映带左右[⑦],引以为流觞曲水[⑧],列坐其次。虽无丝竹管弦之盛,一觞一咏,亦足以畅叙幽情。是日也,天朗气清,惠风和畅[⑨]。仰观宇宙之大,俯察品类之盛,所以游目骋怀[⑩],足以极视听之娱，信可乐也。

夫人之相与，俯仰一世[11]。或取诸怀抱，晤言一室之内[12]；或因寄所托[13]，放浪形骸之外[14]。虽趣舍万殊[15]，静躁不同，当其欣于所遇，暂得于己，快然自足，曾不知老之将至；及其所之既倦[16]，情随事迁，感慨系之矣[17]。向之所欣，俯仰之间，已为陈迹，犹不能不以之兴怀[18]，况修短随化，终期于尽[19]。古人云："死生亦大矣[20]。"岂不痛哉！

每览昔人兴感之由[21]，若合一契[22]，未尝不临文嗟悼，不能喻之于怀。固知一死生为虚诞，齐彭殇为妄作[23]。后之视今，亦犹今之视昔，悲夫！故列叙时人，录其所述，虽世殊事异，所以兴怀，其致一也。后之览者，亦将有感于斯文。

【注释】① 永和九年：公元321年。永和，晋穆帝年号。② 癸丑：指永和九年，是年干支纪年为癸丑年。③ 会（kuài）稽：郡名，包括今浙江西部、江苏东南部一带地方。山阴：今浙江绍兴。④ 修禊（xì）：古代习俗，于阴历三月上旬的巳日（魏以后定为三月三日），人们临水行祭，沐浴以袚除不祥。永和九年上巳节,王羲之与谢安、孙绰、支遁等名士共四十一人在兰亭集会,举行禊礼,饮酒赋诗。事后将诗作结为一集,王羲之为之作序,以总述其事。⑤ 群贤:诸多贤士能人。指谢安等四十多位社会名流。⑥ 少长:年少与年长者。指不同年龄的社会名流,如王羲之之子王凝之、王徽之是少;谢安、王羲之是长。⑦ 映带:景物相互关联衬托。⑧ 流觞(shāng):流杯。用盛酒之杯,放入流水上游,酒杯漂流而下,停于某人面前,某人即引杯饮酒。⑨ 惠风:和风。和畅:温和畅通。⑩ 游目:流动目光。骋怀:放开胸怀。⑪ 俯仰:一俯一仰之间,表示时间短暂。⑫ 悟言:坦诚交谈。⑬ 因寄所托:依据所爱之事物,寄托自己的情怀。因,依,随着。寄,寄托。⑭ 放浪形骸:不受约束,放纵自己的形体。放浪,放纵,无拘束。形骸,身体,形体。⑮ 趣舍万殊:取舍各不相同。趣,趋向,取向。舍,舍弃。万殊,千差万别。⑯ 所之既倦:(对于)所向往或已得到的事物感到厌倦。之,往,到达。⑰ 感慨系之:感慨随之而生。系,附着,随着。⑱ 以之兴怀:由于这些而引发感触。⑲ 终期于尽:终将到达结束的时候。期,期限。⑳ 死生亦大矣:死生毕竟是件大事啊。语出《庄子·德充符》。㉑ 兴感之由:生发感慨的缘由。㉒ 契:符契,古代的一种信物。在符契上刻上字,剖而为二,各执一半,作为凭证。㉓ 齐彭殇(shāng):把长寿和短命等同起来。彭,彭祖,相传寿命很长,活了八百多岁。殇,夭折,早逝。妄作:妄造,胡说。

【浅析】 晋穆帝永和九年(公元353)三月三日,时任会稽内史的王羲之与友人谢安、孙绰、支遁等四十一人会聚兰亭,赋诗饮酒。王羲之为诸人诗作所成之集作序一篇,即《兰亭集序》。

《兰亭集序》首先记述修禊之会的时间、地点及与会人物。

永和九年，晋室东迁已三十余年，过江诸人，欲借此次雅集祓除不祥，正逢“天朗气清，惠风和畅”的好时节。兰亭地处会稽山阴，山水秀美，为“流觞曲水”的好去处。参与修禊的文人未予具体点明，而以“群贤毕至，少长咸集”概之，给人以一个各路英才纷至沓来的盛大场面。上巳节本可借机诗酒宴游、及时行乐一番，然而本文的重心却似乎不在描述兰亭雅集的欢欣热闹，倒是引发了一系列对社会与人生的思索。经历了晋王朝的历史变局，王羲之于文人生态和生死问题表达了不同于一般玄学家的观感。王羲之认为，尽管人们取舍不同，个性各异，但欣喜之余免不了会成陈迹，而“修短随化，终期于尽”，任何人都在循着这样的步履走向终结。从这个意义上讲，作者深深感觉到“岂不痛哉！”昔人兴感的缘由，总是相合的，都会“临文嗟悼”，难以释怀的。因为死生毕竟是天大的事，生命的价值是无穷的。试想，在以谈玄为时尚的年代里，王羲之没有随波逐流，空论生死，而是认定“一死生为虚诞，齐彭殇为妄作”，该有多大的勇气！生和死，各有其质的规定性，任意“一”之，是对生命意义的漠视，是“虚诞”的；彭祖和夭子，在生命的长度上有天壤之别，对社会发生的作用应该也是不同的，怎么可以等量齐观呢？因而只能说是“妄作”。王羲之不愿随俗，显示出在玄风大炽、文人争相推崇老庄的环境里，坚守住了自己的信念。本来参与修禊、祓除不祥就是一种乐生的生活态度，这和王羲之肯定生命价值的言说，不是十分契合吗？

文章融写景、抒情、议论于一炉，信手拈来，切实可证。语言生动传神，清丽简约，骈散结合中透露出作者的文字功力。

陶渊明

陶渊明(365或372或376—427),字元亮,号五柳先生,私谥靖节,入刘宋后改名潜,浔阳柴桑(今江西九江)人。晋诗人、文学家。曾任江州祭酒、镇军参军、彭泽令等职。因不满当时社会现实,辞官隐居。陶渊明以写作田园诗著名于世,风格平淡自然。亦能文、赋。有《陶渊明集》。

归去来兮辞并序(节选)

归去来兮①,田园将芜胡不归②?既自以心为形役③,奚惆怅而独悲④!悟已往之不谏⑤,知来者之可追⑥。实迷途其未远⑦,觉今是而昨非。舟遥遥以轻飏⑧,风飘飘而吹衣。问征夫以前路⑨,恨晨光之熹微⑩。

【注释】① 归:返回。来兮:助词。② 芜:田地荒废,长满野草。胡:何,为什么。③ 心为形役:指心灵被形体所驱使。心,心神,心灵。形,形体。役,使役,驱使。④ 奚:如何,为何。惆怅:伤感,失意。⑤ 谏:纠正,挽回。⑥ 来者:未来的事情。追:事后补救。⑦ 迷途:迷失的路途,指出仕。⑧ 遥遥:飘荡的样子。飏(yáng):(舟)慢行的样子。⑨ 征夫:此处指行人。前路:前方(回家)的路。⑩ 熹微:天色微明的样子。

【浅析】《归去来兮辞》是一篇描述作者去官归田的抒怀之作,表达了作者归隐田园的洒脱胸襟和高洁情趣。"辞"前之序,说明作者出仕和告归的原委。《归去来兮辞》写的是陶渊明告别官场、回归家园时的乡土风光和欢愉场景，生动地显现出一位迷途知返的隐士陶醉于自然的感慨和遐想。这段文字主要由对句构成，作者充分利用骈偶和对仗句法，将“往”和“来”、“是”和“非”的不同境况和心绪作了鲜明的对照，真实地描绘了作者回家心切和归舟慢行的特殊情状，为下文的感怀和理趣进行了铺垫。语言质朴明快，富于韵律，具有骈体文的整齐美和音乐美等明显长处。

颜延之

颜延之(384—456)，字延年，琅邪临沂(今属山东)人。南朝宋文学家。晋末官江州刺史刘柳后军功曹。刘裕建宋，官太子舍人。孝武帝时，官至金紫光禄大夫。后世亦称颜光禄。与谢灵运俱以诗名，并称“颜谢”。其存世作品，明代张溥辑为《颜光禄集》。

祭屈原文

惟有宋五年月日[①]，湘州刺史吴郡张邵[②]，恭承帝命，建旟旧楚[③]。访怀沙之渊[④]，得捐佩之浦[⑤]。弭节罗潭[⑥]，舣舟汨渚[⑦]。乃遣户曹椽某[⑧]，敬祭故楚三闾大夫屈君之灵[⑨]：

兰薰而摧，玉缜而折[⑩]。物忌坚芳，人讳明洁。曰若先生，逢辰之缺。温风怠时[⑪]，飞霜急节[⑫]。

嬴芈遘纷[13]，昭怀不端[14]。谋折仪尚[15]，贞蔑椒兰[16]。身绝郢阙[17]，迹遍湘干。比物荃荪[18]，连类龙鸾[19]。

声溢金石，志华日月。如彼树芳，实颖实发[20]。望汨心欷[21]，瞻罗思越。藉用可尘[22]，昭忠难阙。

【注释】① 有宋五年：宋少帝景平二年（424），自宋武帝刘裕永初元年（420）建国，至此为第五年。是年五月少帝被废，八月文帝即位，改为元嘉元年。② 湘州：州治在临湘（今湖南长沙）。张邵：字茂宗，吴郡（今江苏苏州）人。③ 建旟（yú）：指张邵在故楚之地湘州任刺史。旟，上画振翅疾飞鸟隼的旗帜，用以指引士众前进。④ 怀沙：怀抱沙石自沉。屈原《九章》中有《怀沙》一篇，被认为是屈原的绝命诗。渊：当指汨罗渊，即汨罗江。⑤ 捐佩之浦：屈原《九歌·湘君》："捐余玦兮江中，遗余佩兮醴浦。"⑥ 弭：停止。节：策。马鞭。⑦ 舣舟汨渚：与上句"弭节罗潭"互文见义。车子停，船靠岸，来到这汨罗江边。汨罗江，在湖南省东北部，上游汨水，流经湘阴县分为二枝，南流者汨水，一经古罗城曰罗水，至屈潭两水复合，故曰汨罗。舣（yǐ）舟，船泊岸边。⑧ 户曹：掌管民户、祠祀、农桑等的官署。后汉、三国魏以下有户曹掾。户曹掌管籍账、婚姻、田宅、杂徭、道路等事。⑨ 三闾大夫屈君：三闾大夫，战国时楚国特设的官职，主持宗庙祭祀，兼管王族屈、景、昭三大姓子弟教育诸事。屈原贬后任此职。⑩ 缜：细致。⑪ 温风：暖风。怠时：松散的时节。⑫ 急节：肃杀的季节。⑬ 嬴：春秋时秦姓。芈(mǐ)：春秋楚国的祖姓。遘(gòu)纷：遭遇纷乱。⑭ 昭：秦昭王。怀：楚怀王。端：正，直。王逸《楚辞章句序》："是时，秦昭王使张仪谲诈(楚)怀王令绝齐交。又使诱怀王请与俱会武关，遂胁与俱归，拘留不遣，卒客死于秦。"⑮ 谋：计谋。折：阻止。仪：张仪。尚：上官靳尚。⑯ 贞：正。蔑：轻视。椒：子椒。兰：楚怀王少弟子兰。⑰ 郢(yǐng)：楚国的都城。阙(què)：皇宫门前两边供瞭望的楼，泛指帝王住所。⑱ 荃荪：香草。⑲ 龙鸾：虬龙、鸾凤。⑳ 实颖实发：《诗·大雅·生民》："实发实秀"，"实颖实栗"。实，同"是"，语助词。颖，指禾穗下垂。发，指禾茎发育很舒展。㉑ 心歔：心情悲哀，歔欷不已。㉒ 藉用：《易·大过》："藉用白茅，无咎。"谓祭祀时用白茅衬垫祭品，无害。白茅作祭品的衬垫物，虽微薄，但可用，而且显得谨慎。尘：指流风余韵。

【浅析】 屈原，战国时期楚国的伟大诗人，以其崇高的政治理想、忠贞的爱国情操、高洁的道德品格，备受后人的仰慕和追思。自贾谊《吊屈原赋》之后，扬雄《反离骚》、班彪《悼离骚》、蔡邕《吊屈原文》等都对屈原表达了哀悼之情。《文心雕龙·哀吊》云："自贾谊浮湘，发愤吊屈，体同而事核，辞清而理哀，盖首出之作也。""扬雄吊屈，思积功寡，意深文略，故辞韵沉膇。班彪蔡邕，并敏于致语，然影附贾氏，难为并驱耳。"刘勰对上述数篇哀祭之作给予了由意到辞的多角度评价，认为贾谊之赋，体制合格，事情信实，文辞清润，意蕴哀切；扬雄之赋，文思厚积，立意深至，旨在反骚，辞韵滞重；班、蔡二文，虽善言辞，毕竟难与贾赋争胜。颜延之《祭屈原文》，写于以上数子之后，特别又是代湘州刺史张邵而写，唯有另辟蹊径，才能为世所认可。颜延之的祭文，首先在语辞简约，全文篇幅极短，概要地回溯了屈子的际遇：生不逢辰，虽芬香明洁，却是备受摧折，身遭肃杀之境；只得心存魏阙，而放迹湘江，最后自沉汨罗。其次，运用鲜明的对比，在强烈的反差中凸显屈原的道德情操：兰花芳草，虬龙凤鸟，“声溢金石，志华日月”，用以象征君子的人品，而与之对应的就是那纷乱、不端的秦楚君主，那谗佞、嫉妒的张仪靳尚辈，善恶高下，一见便知。此外，切时切地，富有真实的现场感：祭文本为他人而撰，发抒情感，本有隙隔，但作者身临楚湘，“弭节罗潭，舣舟汨渚”，“望汨心欷，瞻罗思越”，聚焦般的痛悼之情浓缩在汨罗江边，临景伤感，哀恸难已，正可和贬谪长沙的贾太傅后先媲美。

江　淹

江淹(444—505)，字文通，济阳考城(今河南民权)人。南朝文学家。生于南朝宋，年少时即因文章而声名显著。一生历官南朝宋、齐、梁三朝。梁时官至金紫光禄大夫。晚年诗文大不如前，世人称其“江郎才尽”，至今传为文坛掌故。有《江文通集》。

报袁叔明书(节选)

方今仲秋风飞，平原彩色[①]。水鸟立于孤洲，苍葭变于河曲[②]。寂然渊视[③]，忧心辞矣。独念贤明蚤世[④]，英华殂落[⑤]。仆亦何人，以堪久长。一旦松柏被地，坟垄刺天[⑥]，何时复能衔杯酒者乎[⑦]？忽忽若狂⑧，愿足下自爱也。

【注释】① 影（piào）色：轻浅的色彩。② 苍葭（jiā）：青色的芦苇。河曲：河道弯曲之处。③ 渊：深邃。④ 蚤世：过早去世。蚤，即“早”。⑤ 殂（cú）：死亡。⑥ 坟垄：坟墓。⑦ 衔杯：指饮酒。衔，口中含物。⑧ 忽忽：恍惚。

【浅析】袁叔明即袁炳，字叔明，陈郡阳夏（今河南太康）人。江淹与袁炳是好朋友，曾为之撰《袁友人传》。据江淹《伤友人赋并序》称：“仆之神交者，尝有陈郡之袁炳焉。有逸才，有妙赏，博学多闻，明敏而识奇异，仆以为天下绝伦。”这封信的前半部分，历数前代狂士和能人的奇志高行，对自己身居下位、功绩不显深有愧意。所选文字系书信的末尾部分。作者面对秋风萧瑟，神情恍惚，唯愿神交之友袁炳能珍爱自身，等待把臂共饮的一天。这节文字择取的是一派平原秋景，水鸟孤洲，苍葭河曲，苍茫而深远。因景生情，触发了对先前贤明和英杰的追念，物是人非，想象着坟垄松柏参天的那一日，更觉生命和友情的珍贵，只能遥祝好友“自爱”了。此文时空交错，今昔对照，融真情于秋景，似戛然而止，却意味深长。

孔稚珪

孔稚珪（447—501），字德璋，会稽山阴（今浙江绍兴）人。南朝齐文学家。刘宋时为骠骑将军萧道成记室参军，与江淹对掌辞笔。齐永明间任御史中丞，建武初任平西长史、南郡太守。永元元年迁太子詹事，世称“孔詹事”。不乐世务，性爱山水。有《孔詹事集》。

北山移文(节选)

钟山之英[①],草堂之灵[②],驰烟驿路,勒移山庭[③]。夫以耿介拔俗之标[④],萧洒出尘之想,度白雪以方洁[⑤],干青云而直上,吾方知之矣。若其亭亭物表[⑥],皎皎霞外[⑦],芥千金而不盼[⑧],屣万乘其如脱[⑨],闻凤吹于洛浦[⑩],值薪歌于延濑[⑪],固亦有焉。岂期终始参差,苍黄翻覆[⑫]。泪翟子之悲[⑬],恸朱公之哭[⑭]。乍回迹以心染[⑮],或先贞而后黩[⑯],何其谬哉!呜呼!尚生不存[⑰],仲氏既往[⑱]。山阿寂寥[⑲],千载谁赏!

【注释】① 钟山:在建康(南朝京都,今南京市)东北。英:山灵,神灵。许槤《六朝文絜》:"钟山在今江宁府东北,其先周彦伦(颙)隐此,后应诏出为海盐令。秩满入京,欲却过此山。孔乃假山灵意移之,使不得再至。"按:《南齐书·周颙传》与此有出入,论者以为孔稚珪与周颙均供职朝廷,私交很好,此文或为朋友间游戏文字。② 草堂:周颙在钟山所建隐舍。灵:与上句"英"同指神灵。③ 勒移:刻写移文。山庭:山的前庭,即指山前。④ 耿介:光明正直。标:风度,格调。⑤ 度:比量。方:比。⑥ 物表:指物外。⑦ 霞外:指天外。⑧ 芥:小草。此处用作动词。⑨ 屣(xǐ):草鞋。此处用作动词。万乘

(shèng):指天子。天子能出兵万乘。⑩ 凤吹:《列仙传》:"王子乔,周灵王太子晋也。好吹笙作凤鸣,常游于伊、洛之间。"浦:水边。⑪ 薪歌:《文选》吕向注:"苏门先生游于延濑,见一人采薪,谓之曰:子以终此乎?采薪人曰:吾闻圣人无怀,以道德为心,何怪乎而为哀也。遂为歌二章而去。"濑(lài):水流沙石上为濑。⑫ 苍黄:青色和黄色。翻覆:变化无常。⑬ 翟子:墨翟。《淮南子·说林训》:"墨子见练丝而泣之,为其可以黄,可以黑。"⑭ 朱公:杨朱。《淮南子·说林训》:"杨子见歧路而哭之,为其可以南,可以北。"⑮ 乍:初,刚才。心染:心里牵挂仕途名利。⑯ 黩:污浊肮脏。⑰ 尚生:尚长,字子平,一作向长,东汉隐士。王莽时,大司空王邑荐其做官,固辞不仕。⑱ 仲氏:仲长统,字公理,东汉人。每遇州郡召命,辄称疾不就。⑲ 山阿:山中曲处。

【浅析】"移文"是一种公告类的文体,但本文旨意未必在告喻对方。作者孔稚珪借此文体,对好朋友周颙竭尽讥嘲、谐谑之能事,揭露了当时假作隐士、真求名利者的面目。本文是《北山移文》的节录。北山,也即钟山,本是周颙隐居的好去处,怎么个就耐不住寂寞,应诏出仕,告别了高蹈世外的隐逸生涯。请让我以山中神灵的名义,敲打敲打这位将至京城的周某人。你这样的"隐士",曾经多么地好自标榜,一副超凡脱俗的模样,说是品德冰洁,如同白雪;风度飘逸,直比青云。你这样的"隐士",又是那么气宇轩昂,亭亭玉立,傲然于物外,直视千金如芥草,万乘之主又何足道。你这样的"隐士",总是像王子乔般吹笙作凤鸣,优游洛水滨;以苏门先生为范,羡高人采薪,听隐者行歌。可惜啊!没想到钟山还是留不住你的心。你一改初衷,无端反复,难怪墨子为练丝黄黑无常而悲,杨朱临歧路踌躇南北而泣。你错了，怎么可以刚刚隐居就心生功名之念，明明方正在先却污浊继之。哎呀！我还是要以神灵的名义，请你看看尚子平吧，了断俗事，云游五岳；学学仲长统吧，称病不仕，卜居清旷。这山林原是高士隐居之处，如今已渐显寂寥，千百年后，还能受到谁的赏识？孔稚珪正是假神灵之口，道出了对六朝假名士、真俗人的鄙弃，对曲线求仕、走“终南捷径”者的嘲讽。

陶弘景

陶弘景(456—536)，字通明，自号华阳隐居，丹阳秣陵(今江苏南京)人。南朝齐梁时医学家、思想家和文学家。精通棋术，善于弹琴，亦能书法，被称为山中宰相。陶弘景为道教茅山宗的开创者，其思想脱胎于老庄哲学和葛洪的神仙道教，杂有儒家和佛教观点。于历算、地理、医药均有研究。卒谥贞白先生。有《本草经集注》、《真诰》等。

答谢中书书(节选)

山川之美，古来共谈。高峰入云，清流见底。两岸石壁，五色交辉。青林翠竹，四时俱备。晓雾将歇，猿鸟乱鸣；夕日欲颓，沉鳞竞跃。实是欲界之仙都①。自康乐以来②，未复有能与其奇者③。

【注释】① 欲界：指人世。佛教把世界分成欲界、色界、无色界，合称三界。欲界是没有摆脱世俗的七情六欲的众生所处境界。② 康乐：谢灵运。曾袭封康乐公。③ 与(yù)：参与。

此处含领略、欣赏的意思。

【浅析】陶弘景是南朝梁时道教茅山派代表人物之一，性好山水，亦擅诗文。谢徵，字元度，陈郡阳夏（今河南太康）人。曾任豫章王记室兼中书舍人、中书郎。本文是陶弘景写给谢徵的书札。信中，陶弘景充分罗列了种种山林美景：山石壁立，流水潺潺；树竹葱茏，四季常青；猿啼鸟鸣，潜鱼腾跃。审察大自然，作者细致入微；面对老朋友，作者坦露真情。篇末以谢灵运说事，以为唯有自己方能比肩于山水诗鼻祖康乐公。那份自信和豪气，已溢于言表。

这封短札，意境动静结合，情至韵远；用语清丽简约，纯净洗练；句式小巧灵便，铿锵悦耳。书中情景，体现了南朝山水美学的空前提升。

刘　峻

刘峻（462—521），字孝标，私谥玄靖，平原（今属山东）人。南朝梁学者、文学家。天监初典校秘书，后任荆州户曹参军。齐永明间出都游学，遍求异书，人称“书淫”。曾讲学东阳紫岩山。撰《类苑》，注《世说新语》，引证丰富，为世所重。有《刘户曹集》。

广绝交论（节选）

近世有乐安任昉①，海内髦杰②，早绾银黄③，夙昭民誉④。遒文丽藻，方驾曹、王⑤；英跱俊迈⑥，联横许、郭⑦。类田文之爱客⑧，同郑庄之好贤⑨。见一善则盱衡扼腕[10],遇一才则扬眉抵掌[11]。雌黄出其唇吻[12],朱紫由其月旦[13]。于是冠盖辐辏[14],衣裳云合,辎軿击轊[15],坐客恒满。

【注释】① 乐安:地名,今属山东。任昉:字彦升,乐安博昌人。梁武帝时任义兴、新安太守,颇有政声,士大夫皆厚之。② 髦杰:俊杰。髦,毛中的长毫。③ 绾:绾结,系结。银黄:银印和金印,或银印黄绶,借指曾出仕。④ 昭:彰明,显示。民誉:民间声誉。⑤ 方驾:两车并行。曹、王:曹植、王粲,建安时期文学家。⑥ 跱(zhì):同"峙",独立。俊迈:英俊出众。⑦ 许、郭:许劭、郭泰,东汉末年名士。⑧ 田文:孟尝君,战国齐相。⑨ 郑庄:名当时,西汉名臣,官大司农。为人廉洁,喜荐贤士。⑩ 盱(xū)衡:扬眉举目。扼(è)腕:手握其腕,表示激怒、振奋或惋惜。⑪ 抵(zhǐ)掌:击掌。⑫ 雌黄:即鸡冠石,黄色矿物,用作颜料。古人用黄纸写字,如写错则用雌黄涂抹后改写。比喻信口乱说。唇吻:口,嘴。⑬ 朱紫:喻正邪、是非、优劣等。月旦:品评人物。《后汉书·许劭传》:"初,劭与(从兄)靖俱有高名,好共覈论乡党人物,每月辄更其品题,故汝南俗有'月旦评'焉。" ⑭ 冠盖:官吏的服饰和车乘,借指官吏。冠,礼帽;盖,车盖。辐辏:车辐集中于轴心。喻人或物聚集一处。⑮ 辎(zī)軿(píng)击轊(wèi):辎,辎车,有帷蔽可坐卧载物的车。軿,軿车,妇女所乘四周有障蔽的车。击轊,指车多而车轴头相撞。轊,车轴头。

【浅析】东汉朱穆有感于人心世风不古,朋友追求利交,因撰《绝交论》,提出应与追名逐利者"绝交",表达了对社会交往中丑恶现象的愤懑。刘峻此文在朱文的基础上,进一步论述了绝交的必要性。南朝梁时文学家任昉生前举贤荐能,一时友朋云集,然任昉去世后,任家遗孤流离,不能自振,“生平交友,莫有收恤”(《南史·任昉传》)。刘峻见此,就写了《广绝交论》,讥刺任昉当年的那些旧交。这段文字在描述了各种势利之交的表现形式后,追叙任昉生前广交名流、举荐贤达,一时冠盖如云、门庭若市的情状,与任昉身后的凄凉境地正有天壤之别。本篇虽是骈文,却并不以形式上的刻意雕琢为能事,而是直指现实,激情满怀,用讥讽的力量为文章增色。

丘迟

丘迟(464—508),字希范,吴兴乌程(今浙江湖州)人。南朝梁文学家。初仕齐,官殿中郎。入梁,官司空(一作司徒)从事中郎。善诗赋文章,传世之作不多,《与陈伯之书》是骈文中的佳作。有《丘司空集》。

与陈伯之书(节选)

暮春三月,江南草长,杂花生树,群莺乱飞。见故国之旗鼓①,感平生于畴日②,抚弦登陴③,岂不怆悢④。所以廉公之思赵将⑤,吴子之泣西河⑥,人之情也。将军独无情哉?

【注释】① 故国:指梁朝。② 畴日:昔日。③ 弦:弓弦。陴(pí):城上女墙,上有孔穴,可以窥外。④ 怆(chuàng)悢(liàng):悲伤。⑤ 廉公:廉颇。廉颇原为赵将,后出奔,晚年

无功，曰："我思用赵人。"（见《史记·廉颇蔺相如列传》）

⑥ 吴子：吴起。战国时，吴起为魏守西河，魏武侯信谗，将其召回。吴起泣曰："西河之为秦取不久矣，魏从此削矣。"（见《吕氏春秋·长见篇》）

【浅析】 梁武帝天监四年(505)，临川王萧宏率军伐北魏，使丘迟作书招降陈伯之。陈伯之梁时为江州刺史，于梁武帝天监元年叛降北魏。伯之得书后，即率众归梁。丘迟之能闻名于世，"其最有声者，与陈将军伯之一书耳！"（张溥《汉魏六朝百三名家集题辞》）当年丘迟应临川王萧宏之命，向正在寿阳抗拒梁军的陈伯之写信，晓之以理，动之以情，终于劝说成功，使陈伯之降梁。丘迟深知老友陈伯之的才干和性格特征，在信中肯定了陈助梁的功绩，分析了他"不能内审诸己，外受流言，沉迷猖獗"的致命弱点，希望他理解梁朝的一片苦心，正视自己身处危机的严酷现实，幡然改悔，弃暗投明。上引文字就是在前文的基础上，描述动人的江南美景，勾起陈伯之眷恋故乡的情愫，催促他以前人经历为鉴戒，审时度势，早日归正。"暮春三月"这一节，历来被视为骈文中的名段，形象生动地渲染了盎然之春意，语重心长，情动于中。

郦道元

郦道元(466 或 472—527)，字善长，范阳涿县（今河北涿州）人。北朝北魏地理学家、散文家。官御史中尉，后为关右大使。被雍州刺史萧宝寅杀害。郦道元博览奇书，幼时曾随父访求山东水道，后又考察秦岭、淮河以北和长城以南之河道沟渠，搜集相关风情民俗、故事传说，撰成《水经注》。描述生动，文笔隽永，兼得地理著作与山水散文之长，对后世游记散文的发展影响颇大。

江水·三峡(节选)

春冬之时，则素湍绿潭①，回清倒影②。绝巘多生怪柏③，悬泉瀑布，飞漱其间④，清荣峻茂⑤，良多趣味。每至晴初霜旦⑥，林寒涧肃，常有高猿长啸，属引凄异⑦，空谷传响，哀转久绝⑧。故渔者歌曰：“巴东三峡巫峡长，猿鸣三声泪沾裳。”

古小文精华

【注释】① 素湍：白色的急流。绿潭：绿色的潭水。② 回清：回旋的清波。③ 绝巘(yǎn)：极高的山峰。巘，山峰，山顶。④ 漱：喷射的意思。⑤ 荣：繁茂，盛多。⑥ 晴初：天刚放晴。霜旦：下霜的早晨。⑦ 属(zhǔ)：连接，连续。引：延长。凄异：凄凉怪异。⑧ 哀转：悲哀婉转。

【浅析】郦道元的《水经注》，详细记载了全国各地的河流水道的情况，不仅有着巨大的科学研究价值，同样也属文学研究范畴的山水游记。三峡指在长江上游四川、湖北之间的瞿塘峡、巫峡和西陵峡。《江水·三峡》中的这段文字，描写了不同季节三峡的各种景色和生态环境。作者在摹状了三峡总体的长度和概貌后，转入了对春冬季节三峡山水的重点刻画。这里色调多彩：青山绿水，晨霜素白；这里形态奇异：山势险峻，泉水高悬，怪柏生顶；这里动静相生：绿潭清影，瀑布飞溅，绝巘花木，“高猿长啸”。作者将一幅山水画卷写得如此意韵深长，妙趣横生，特别对三峡的凄冷高寒，用当地的渔歌道出，在自然景观中融入了人文关怀。

吴　均

吴均(469—520),字叔庠,吴兴故鄣(浙江安吉)人。南朝梁文学家。历官郡主簿、记室、奉朝请。其诗文深受沈约赞赏,所为文长于描写山水景物,时称"吴均体"。因私撰《齐春秋》,触犯武帝,被免职。奉旨撰《通史》,未竟即去世。有《续齐谐记》、《吴朝请集》。

与朱元思书(节选)

自富阳至桐庐①,一百许里②,奇山异水,天下独绝。水皆漂碧③,千丈见底;游鱼细石,直视无碍。急湍甚箭④,猛浪若奔⑤。夹峰高山,皆生寒树。负势竞上⑥,互相轩邈⑦。争高直指,千百成峰。泉水激石,泠泠作响⑧;好鸟相鸣,嘤嘤成韵⑨。蝉则千转不穷⑩,猨则百叫无绝。鸢飞戾天者⑪,望峰息心;经纶世务者⑫,窥谷忘反。

【注释】① 富阳:地名,属浙江。在杭州西南,因位于富春江之北得名。桐庐:地名,属浙江。在富阳西南,富春江沿岸。② 许:附整数词后表示约数。③ 漂碧:苍青色。④ 甚箭:甚于箭。指速度比箭还快。⑤ 奔:快跑,急驰。也可指代善跑的马。⑥ 负势:凭借山势。⑦ 轩:高。邈(miǎo):远。⑧ 泠(líng)泠:形容水声清越。⑨ 嘤嘤:鸟鸣声。韵:和谐的声音。⑩ 转:同"啭"。鸣。⑪ 鸢(yuān):鹰类猛禽。戾(lì):至,到达。《诗·大雅·旱麓》："鸢飞戾天，鱼跃于渊。" ⑫ 经纶(lún)：经营的意思。

【浅析】朱元思是吴均的友人，这是吴均写给朱元思的一封信。作者以大量笔墨描绘了富春江及两岸美丽的景色，同时也透露出爱好山水、厌弃功名的心情。吴均笔下的山，"夹岸高山，皆生寒树"，"争高直指，千百成峰"；吴均笔下的江，"水皆漂碧，千丈见底"，"急湍甚箭，猛浪若奔"；吴均叙写的好鸟、鸣蝉、啼猿，正在这奇山异水中发出生命交响乐一般的声音。浙中的自然风光是那样地清丽而壮美，那样地充满了动感和活力。生性敏感的诗人吴均，用诗样的笔触道出自己沉醉于这"天下独绝"的奇妙世界中的心境，全方位地欣赏，全身心地投入，特别感悟到应该活出自在来，应该挣脱世俗名利的羁绊。这封信是作者诗心和外景的会通，诗美和自然的交融，也是将骈文的声律、情韵运用得出神入化的佳作。

萧 统

萧统(501—531)，字德施，南兰陵(今江苏常州西北)人，梁武帝长子。南朝梁文学家。天监元年立为太子，未及即位而卒，谥昭明，世称"昭明太子"。萧统少有才气，遍读"五经"，且深通礼仪，后信佛。对文学颇有研究，曾招集文人学士，广集古今书籍三万卷，选录先秦至梁以前的各种文体代表作品，编成《文选》。有《昭明太子集》。

陶渊明集序(节选)

其文章不群，辞采精拔，跌宕昭彰①，独超众类，抑扬爽朗，莫之与京②。横素波而旁流[3]，干青云而直上[4]。语时事则指而可想，论怀抱则旷而且真。加以贞志不休，安道苦节，不以躬耕为耻，不以无财为病。自非大贤笃志[5]，与道污隆[6]，孰能如此者乎？

【注释】① 跌宕：原指行为无检束。此处指陶渊明行文自在。② 京：人工筑起的高丘。此处指高处。③ 横：横亘，横贯。④ 干(gān)：干犯，触及。⑤ 笃志：专心致志。⑥ 污隆：高下，盛衰。

【浅析】陶渊明的文学成就在当时并未得到彰显，萧统在陶去世后百年，能独具慧眼，编定《陶渊明集》，这就是萧统为陶渊明集所作的序。上引文字对陶渊明诗文作了精到的评介。萧统认为，陶渊明诗文超出常人处，在于他辞采精要，挥洒自如；在于他心性旷达，文如其人；在于他旨意明白，真诚安道。萧《序》将陶渊明的人品志节和文学风范紧密相连，为读者推出了一位令人信服的文学大家。这段文字，举重若轻，评点到位，切中陶渊明作品的实际。而萧文本身也是对举工整，辞旨明了，喻指切当，发人深省。

萧　绎

萧绎(508—554)，字世诚，南兰陵(今江苏常州西北)人，梁武帝第七子，后于江陵称帝，是为梁元帝，在位三年，为西魏军所杀。生平著作甚多，今存《金楼子》辑本。

采莲赋

紫茎兮文波，红莲兮芰荷。绿房兮翠盖，素实兮黄螺①。于是妖童媛女，荡舟心许，鹢首徐回②，兼传羽杯③。棹将移而藻挂，船欲动而萍开。尔其纤腰束素，迁延顾步④。夏始春余，叶嫩花初。恐沾裳而浅笑，畏倾船而敛裾。故以水溅兰桡⑤，芦侵罗荐⑥。菊泽未反，梧台迥见⑦。荇湿沾衫⑧，菱长绕钏。泛柏舟而容与⑨，歌采莲于江渚。歌曰：碧玉小家女⑩，来嫁汝南王⑪。莲花乱脸色，荷叶杂衣香。因持荐君子，愿袭芙蓉裳。

【注释】① 黄螺：指莲荷的果实莲子黄色、螺圆形。② 鹢首：古时船头上所画之大鸟。③ 羽杯：古代饮酒所用状如羽翼的杯子。④ 迁延：退却行走的样子。⑤ 兰桡：张揖《广雅》："楫，谓之桡。兰桡，盖取其香也。"⑥ 荐：垫席。⑦ 梧台：古梧宫之台。梧宫，战国齐宫名，是齐国宫室建筑中最大的一处夯土台基，传说这里是齐国的议事宫室，后因此处多种梧桐树而得名。已轶的古籍《阙子》中有宋愚人在梧台得燕石的故事。迥：高远。⑧ 荇：荇菜，即莕菜。多年生水生草本，叶对生，漂浮水面，夏秋开黄花。⑨ 柏舟：《诗·鄘风·柏舟》："泛彼柏舟，在彼河中。髧彼两髦，实难我仪。之死矢靡他。"容与:安逸自得貌。⑩ 碧玉:郭茂倩《乐府诗集》引《乐苑》:"《碧玉歌》者,宋汝南王所作也。碧玉,汝南王妾名。"另晋孙绰《情人碧玉歌》:"碧玉小家女,不敢攀贵德。"碧玉原为人名,后以泛指平民家的少女。⑪ 汝南王:上引《乐苑》称《碧玉歌》为宋汝南王所作,而杜佑《通典》云:"碧玉,歌者,晋汝南王妾名,宠好,故歌之。"

【浅析】 在我们这个以农业立国的古老国度里,采桑、采莲往往是文学作品中特具民俗风情的题材,在江南水乡,就出现了许多与采莲相关的诗赋。汉乐府《江南》是江南民间采莲时所唱的歌:"江南可采莲,莲叶何田田,鱼戏莲叶间。鱼戏莲叶东,鱼戏莲叶西,鱼戏莲叶南,鱼戏莲叶北。"这首《相和歌辞》,一人唱,多人和,朴实的诗语将荷叶的劲挺秀美、游鱼的活泼灵动表现得十分逼真,特别是采莲人,当然主要是姑娘捕捉到"鱼戏莲叶"的一个个瞬间,表达出民间女孩对生活美、劳动美的敏感和欣喜。假如由"莲"联想到"怜",那"鱼戏莲叶"似乎又是对采莲时男欢女爱的暗示。梁元帝萧绎的《采莲赋》则明显描绘了一幅少男少女细腻逼真的采莲图,为六朝体物抒情小赋增添了轻灵多彩的一笔。且看,那些五颜六色莲荷的茎叶、花朵和莲实,引如许"妖童媛女"倾心相爱,当然,这"心许"的对象已不仅是莲,更是人了。那些俊男靓女所乘的画船,在荷池水面上荡漾,看采莲的观客,借助微微的酒兴,正向采莲的少女眉目传情呢。桨划萍开,船只轻移,水草的牵缠有意无意地留住了看客小伙凝望的眼神:看她"纤腰束素,迁延顾步",采莲女正欲行还止,顾盼间身姿婀娜。那"夏始春余"不知是指节令的时段还是指情感的热度了,那"叶嫩花初"已然是人面花容难分辨了。在观者灼热的目光下,采莲女顾不上水沾衣衫船儿晃，急切切收敛裙裾还以浅浅笑。芬香的兰桡被池水打湿了，舱内的罗荐被芦苇所遮掩，姑娘的春心也快被小伙所俘获。忙碌中的采莲女凭直觉感受到了来自异性的温情，她们在心里遐想甜美的场景：有着菊花般芳泽的俊哥哥没有远去，况且即便到了巍峨的梧台，你也还会深情地望着我。哎呀，一走神就让"荇湿沾衫，菱长绕钏"了。采莲女安定好心头的小鹿，从容自若地泛舟水上，唱出一曲动听的采莲之歌：碧玉小家女，来嫁汝南王……我要把芬芳的荷花送给美君子，我要把清纯的芙蓉留着制衣裳。

整篇《采莲赋》虽唱诵莲花，却无丝毫亵慢之心；虽绘写男女情爱，却能弃去礼教之防。作者身为君主，倒也不乏平民情怀、桑梓意气。《采莲赋》语言之形象，描述之传神，都为南朝文学留下了富有色调的一笔。

杨衒之

杨衒之，生卒年未详，杨或作阳，又作羊，元魏北平（今河北满城）人。北魏散文家。历任抚军府司马、秘书监、期城郡太守等职。博学能文，精通佛教经典。武定五年(547)，杨炫之行经北魏旧都洛阳，目睹昔日耗费巨资所建之千余佛寺多毁于兵火，因撰《洛阳伽蓝记》一书，分别记述洛阳城内外四郊佛寺建筑兴衰梗概。

刘白堕酿酒

市西有延酤、治觞二里[①]，里内之人，多酤酒为业。河东人刘白堕善能酿酒[②]。季夏六月，时暑赫晞[③]，以罂贮酒[④]，暴于日中，经一旬，其酒味不动。饮之香美，醉而经月不醒。京师朝贵多出郡登藩⑤，远相饷馈，逾于千里。以其远至，号曰“鹤觞”，亦名“骑驴酒”。永熙年中⑥，南青州刺史毛鸿宾赍酒之蕃⑦，路逢贼盗，饮之即醉，皆被擒获，因此复名“擒奸酒”。游侠语曰：“不畏张弓拔刀，唯畏白堕春醪⑧。”

【注释】 ① 延酤、治觞：洛阳城之里名，以酿酒出名。里：城邑的廛里、街坊，今称巷弄。② 刘白堕：或即刘堕，《水经注》卷四《河水注》记河东郡民刘堕善酿，时代亦近。范祥雍《洛阳伽蓝记校注》：“白堕疑为刘堕之字。据《河水注》则其始擅业于河东，后盖迁于京师，或者为别设分肆于洛。” ③ 赫晞（xī）：炎热干燥。④ 罂（yīng）：小口大腹的盛酒器。⑤ 登：升迁。藩：偏远的地方。⑥ 永熙：北魏孝武帝年号。⑦ 南青州：在今山东沂水一带。毛鸿宾：骠骑大将军毛遐弟。孝明帝时为北雍州刺史，后转南青州刺史。赍（jī）酒：将酒送与人。蕃（pí）：汉代县名，治所在今山东省藤县。北魏孝昌时，蕃县改名蕃城。⑧ 春醪（láo）：即春酒。

【浅析】 杨衒之《洛阳伽蓝记》是北朝文坛上的散文杰作，本文选自其中的《法云寺》。《法云寺》记载了法云、灵仙、开善、河间四寺的历史，以及洛阳大市的繁荣景况，不少片段揭露了当时达官贵人的奢靡生活，展示了洛阳商业、手工业的发达情景。刘白堕酿酒是洛阳繁华图中的一景。文章选取了酿酒能人刘白堕的故事，以昭示当时与酒相关的社会众相。在延酤和治觞这两个"社区"，会酿酒的人不少，但以刘白堕称最。白堕酒那个香美，喝醉了可能"经月不醒"。话说得有些夸张，不过多少反映了南北朝时酿酒术的高超，另外也说明确有嗜酒如命的人。白堕酒还是权贵们通人情、拉关系的上品。看来馈酒为礼，古已有之。千里赴任的官员还忘不了带上几瓶"鹤觞"或"骑驴酒"呢。让人匪夷所思的是，白堕酒竟可用来擒盗除奸，这功能还奏效了。南青州刺史毛鸿宾的现身说法可以佐证。毛大人带着"鹤觞"履新，准备送给远方的朋友，不料路遇歹人。可奇迹出现了，盗贼喝了那酒就像吃了蒙汗药，反束手就擒。以至一时游侠纷纷惊呼："不畏张弓拔刀，唯畏白堕春醪。"

这是一个被小说化了的街巷传闻，绘出了洛阳地方的民俗社情，还和我们的酒文化沾点边。故事中稍稍放大了的情节，通过白堕酒为媒介，将手工业者、各级官吏、剪径路贼、游侠之士的言行举止剪辑在一起，未加点评，可补史料之不足，抑或蕴春秋笔法焉。

庾 信

庾信(513—581)，字子山，南阳新野(今属河南)人。北周文学家。庾肩吾之子。初仕梁，后出使西魏，值西魏灭梁，被留长安。历仕西魏、北周，官至膘骑大将军，开府仪同三司，世称"庾开府"。早年为梁昭明太子东宫侍读，诗文与徐陵并擅绮艳，号"徐庾体"。入北朝后，多思乡哀愁之作，风格沉郁苍凉。有《庾子山集》。

至仁山铭

山横鹤岭①，水学龙津②。瑞云一片③，仙童两人④。三秋云薄，九日寒新⑤。真花暂落，画树长春。横石临砌，飞檐枕岭。壁绕藤苗，窗衔竹影。菊落秋潭⑥，桐疏寒井⑦。仁者可乐，将由爱静⑧。

【注释】① 鹤岭：雷次宗《豫章记》："鸾冈西有鹤岭，王子乔控鹤所经。"王子乔为古代传说中的仙人。② 龙津：即龙门，在陕西韩城和山西河津之间。欧阳询《艺文类聚》引辛氏《三秦记》："河津一名龙门，大鱼集龙门下数千，不得上。上者为龙，不上者……（句有脱文）故云'曝腮龙门'。"③ 瑞云：吉祥之云。郭宪《洞冥记》："东方朔云：'东海有大明之墟，有釜山。山出瑞云，应王者之符命，如黄帝黄云，尧时有赤云之祥之类。'"④ 仙童：曹丕《折杨柳行》："西山一何高，高高殊无极。上有两仙童，不饮亦不食。与我一丸药，光耀有五色。"⑤ 九日：九月九日重阳节。⑥ 菊落秋潭：陶宗仪《说郛》引陆机《要览》："酉阳山中有甘谷，谷中皆菊花，堕水中，居人饮之多寿，有及一百五十有余岁者。"⑦ 桐疏寒井：曹睿《猛虎行》："双桐生空井，枝叶自相加。通泉浸其根，玄雨润其柯。"⑧ 仁者可乐，将由爱静：《论语·雍也》："知者乐水，仁者乐山。知者动，仁者静。知者乐，仁者寿。"

【浅析】铭是一种可以用来记载功德，也可用以表示警示、誓戒的文体。庾信的《至仁山铭》应该归入后一类。庾信此铭在梁简文为太子时，随侍东宫所作，而至仁山即“梁宫中之小山”（见倪璠《庾子山集注》）。身临至仁山，作者想提出怎样的警戒呢？这小山秋气高爽，感觉到上有仙鹤飞翔，下有鱼跃龙津，瑞云飘散处，有灵童隐约其间。九日登高，放眼望去，虽见“真花”摇落，但“画树”仍生机如春日；漫行于小山的石阶，发现那宫舍的“飞檐”正好架在山岭上，墙壁“藤苗”缠绕，“竹影”映入了扇扇格窗；菊花瓣瓣堕向清洌的水潭，梧桐树安然生长在空寒的水井旁。——这一切似乎在提示作者，景静、物静更要心静，弃去尘思俗念，告别车马喧扰，将身心自我放置到至仁山静谧高寒的境况中，进而体味“仁者可乐，将由爱静”的儒者情结，实践先圣的道德理想。特定的场景，特定的文体，与作者的环境、学养相融，自然产生了本篇的警戒之辞。

颜之推

颜之推（531—590后），字介，祖籍琅邪临沂（今山东临沂）人，世居建康（今江苏南京）。北朝文学家。梁湘东王萧绎镇荆州，被任为国左常侍。后投奔北齐，官至黄门侍郎。北齐亡后入北周，为御史上士。隋代北周，召为学士。不久以疾终。颜之推曾自叹“三为亡国之人”。一生博览群书，传世著作有《颜氏家训》和《还冤志》等。

涉　务（节选）

吾见世中文学之士，品藻古今①，若指诸掌②，及有试用，多无所堪③。居承平之世，不知有丧乱之祸；处庙堂之下，不知有战陈之急；保俸禄之资，不知有耕稼之苦；

肆吏民之上[4]，不知有劳役之勤：故难可以应世经务也[5]。晋朝南渡[6]，优借士族[7]。故江南冠带[8]，有才干者，擢为令、仆已下[9]，尚书郎、中书舍人已上[10]，典掌机要。其余文义之士，多迂诞浮华[11]，不涉世务，纤微过失，又惜行捶楚[12]，所以处于清高，盖护其短也。至于台阁令史[13]，主书监帅[14]，诸王签省[15]，并晓习吏用[16]，济办时须[17]，纵有小人之态，皆可鞭杖肃督，故多见委使，盖用其长也。人每不自量，举世怨梁武帝父子爱小人而疏士大夫，此亦眼不能见其睫耳[18]。

梁世士大夫，皆尚褒衣博带[19]，大冠高履，出则车舆，入则扶侍，郊郭之内，无乘马者。周弘正为宣城王所爱[20]，给一果下马[21]，常服御之，举朝以为放达。至乃尚书郎乘马，则纠劾之。及侯景之乱[22]，肤脆骨柔，不堪行步，体羸气弱，不耐寒暑，坐死仓猝者，往往而然。建康令王复，性既儒雅，未尝乘骑，见马嘶喷陆梁[23]，莫不震慑，乃谓人曰："正是虎，何故名为马乎？"其风俗至此。

【注释】① 品藻：评论，评价。② 若指诸掌：像指示掌中之物一样。③ 堪：胜任。④ 肆：踞。此处指身居高位。⑤ 应世经务：应对世事，处理政务。⑥ 晋朝南渡：西晋亡后，琅琊王司马睿于建武元年（317）南渡，在建康（今江苏南京）即位，即晋元帝，史称东晋。⑦ 优借：优待，推奖。⑧ 冠带：指士大夫。⑨ 令：尚书令。仆：仆射（yè）。已：同"以"。⑩ 尚书郎：尚书省属官。掌管文书起草之事。中书舍人：中书省属官。掌管进呈奏案之事。⑪ 迂诞：迂阔荒诞，不合事理。⑫ 惜行：不忍施行。捶：用木棍打。楚：用荆条抽。⑬ 台阁：指枢府。设立在中央的官署。令史：指供职于枢府的属吏。⑭ 主书：指管理文书的官员。监帅：指监督军务的官员。⑮ 诸王：指藩王。签：签帅。诸王出镇，朝廷派典签佐之。省：省事。名位低微的官员。⑯ 晓习吏用：知晓熟悉官吏的职责作用。⑰ 济办时须：处理好当时应做的事情。⑱ 眼不能见其睫：比喻昧于已见，缺乏自知之明。⑲ 褒衣博带：宽大的袍子和衣带。⑳ 周弘正：字思行，历仕梁、陈，官至国子监祭酒。通《老子》、《周易》，好清谈。宣城王：梁简文帝萧纲之子萧大器，封宣城郡王。㉑ 果下马：一种矮小的名马，可乘之行于果树下，故名。㉒ 侯景之乱：梁武帝太清二年（548），侯景叛乱，攻破梁都建康，梁武帝被困台城饿死。侯景原为北魏大将，后降梁，封河南王。㉓ 嘶喷：嘶叫喷气。陆梁：跳跃的样子。

【浅析】《颜氏家训》成书于隋文帝灭陈后。隋炀帝即位前，作者颜之推本为教诲自家子孙而作，但由于内容广泛，已超出“家训”范畴，包含着颜氏身历乱世的经验之谈、安家治世的精到见解。《涉务》是《家训》的第十一篇。该篇针对的就是文人学士夸夸其谈、不事实务的社会风气。“涉务”意为专注于从事某项实务工作。本文一开始摆出了“文学之士”好空论时势的种种表现，他们谈古论今可以了如指掌，口吐莲花，一旦有事就不堪其任了。面对复杂的社会现象，他们“不知有丧乱之祸”，“不知有战陈之急”，“不知有耕稼之苦”，“不知有劳役之勤”，怎么可能处理那些实在的世务呢？南渡后这种情势更甚，原来的权贵士夫们，有的忙于“典掌机要”，有的迂阔虚华、自命清高，还不如一些低层文士，倒忙于案牍诸事，能人尽其用。作者由一般而特殊，把中心人物圈定在骑马郊郭的周弘正和以马为虎的王复身上。周弘正行为放达，常御马而行，不同于“肌脆骨柔”的高贵者；王复生性儒雅，未曾骑马，以至指马为虎，徒留笑柄。作者对两人的褒贬态度，也跃然纸上。身处北地，历经战乱，作者对社会政治具有深刻理解，其表达方式平易而警策，生动形象，发人深省。从语言角度看，本文具南人之细腻婉曲，又得北人之干脆厚实。颜之推以其文学名作，展示了南北朝散文内容尚实、艺术精巧的一面。

魏　徵

魏徵(580—643)，字玄成，巨鹿（今属河北）人，后移居相州内黄（今河南内黄西）。唐朝政治家。少孤贫，出家为道士。曾任谏议大夫、左光禄大夫，封郑国公。以直谏敢言著称，其言论见于《贞观政要》。曾主持梁、陈、齐、周、隋诸史的编撰，并主编《群书治要》。

道观内柏树赋并序(节录)

览大钧之播化①,察草木之殊类②。雨露清而并荣,霜雪沾而俱悴。唯丸丸之庭柏③,禀自然而醇粹。涉青阳不增其华,历玄英不减其翠④。原斯木之攸挺⑤,植新甫之高岑⑥。干霄汉以上秀,绝无地而下临⑦。笼日月以散彩,俯云霞而结阴⑧。迈千祀而逾茂⑨,秉四时而一心。灵根再徙⑩,兹庭爰植⑪。高节未彰,贞心谁识!

【注释】① 大均:指天,大自然。播化:播植化育。② 殊类:不同的类别。③ 丸丸:高大挺直的样子。④ 玄英:冬季。⑤ 攸挺:悠然挺立。⑥ 新甫:山名,在山东新泰西北。此处指柏树。《诗·鲁颂·閟宫》:"徂来之松,新甫之柏。"岑:小而高的山。⑦ 无地:指地的深度无法计量。⑧ 结阴:聚积阴影。⑨ 千祀:千年。⑩ 灵根:本根。喻祖先。⑪ 爰:于是,乃。

【浅析】这是唐代魏徵所作的一篇咏物骈赋,赞颂的是高山上道观前的柏树。它是大自然的造化,滋润着上天的雨露,傲霜斗雪,不避风寒,淬炼得愈加坚韧挺拔。柏树能超越时空,始终保持着它的本性,任凭时光流逝、四时转换,其鲜亮的色泽仍一以贯之。这拟人化了的柏树,象征着坚韧弘毅的人格力量。此作一扫齐梁以来的萎靡柔弱文风,语言质朴自然,形象生机勃勃,才情四溢,苦心可鉴。

玄 奘

玄奘(602—664),通称三藏法师,俗姓陈,名祎,洛州缑氏(今河南省偃师)人。唐代高僧,译经家,中国佛教法相唯识宗创始人。玄奘于贞观三年(一作贞观元年)西行,经秦凉高昌等地,抵天竺北境,即越过今之新疆北路,经中亚地区、阿富汗而进入印度境内,至摩揭陀国。其后,遍游五天竺。贞观十七年回国。往返共历十七年,行程五万里,于贞观十九年正月还抵长安。由玄奘口述,辩机撰文,写成《大唐西域记》。

素叶水城

清池西北行五百余里①,至素叶水城②。城周六七里③,诸国商胡杂居也④。土宜糜、麦、蒲萄⑤,林树稀疏。气序风寒⑥,人衣毡褐⑦。

素叶已西数十孤城⑧,城皆立长⑨,虽不相禀命⑩,然皆役属突厥⑪。

【注释】① 清池:即今伊塞克湖。原注:“或名热海,又谓咸海。”西北行:往西北方向行走。② 素叶水城:即碎叶城。位于楚河边,今吉尔吉斯斯坦托克玛克西南阿克贝希姆遗址,当时为东西交通要道。玄奘西行,曾途经此地。本文节选自《大唐西域记》,标题为整理者所加。③ 城周:城四围的周长。④ 胡:古代泛指居住在北方和西方的少数民族。⑤ 糜(méi):即穄(jì)。黍的一个变种,其子实不粘者。蒲萄:即葡萄。⑥ 气序:气候季节。⑦ 衣(yì):穿(衣)。毡(zhān)褐(hè):

毛毡短衣。⑧ 已:通“以”。⑨ 长(zhǎng):地方长官。⑩ 不相禀命:指不互相承受命令。即彼此间并无隶属关系。⑪ 役属:听命于,隶属。突厥:古族名。在隋唐时期与中原汉族政治经济联系密切。隋时,分为东突厥和西突厥,文中指的是西突厥。

【浅析】玄奘是我国唐代著名高僧,他在唐太宗贞观元年西行至印度取经,历时十七年,纵横跋涉五万里。一路学习佛教教义,从事佛学讲经和著述。回长安后,玄奘有意记录亲历的西域各国政治、经济、地理情况,便与弟子辩机合作,撰成《大唐西域记》计十二卷。《大唐西域记》内容丰富,追述了西域的地理形胜、城邑关防、道路交通、物产气候以及政治经济、风土人情等具体状况,是研究我国边地民族历史文化的可贵资料。《素叶水城》是其中的一篇短文。此文极其简略地描述了素叶水城的地理方位、人居情状、农林作物、气候特点等,三言两语,粗线条的勾勒,已使读者能对该地有一大致的了解。文意严谨,句式整饬,画龙点睛地再现了素叶水城的高古气象。

骆宾王

骆宾王(约626或627—684后),婺州义乌(今属浙江)人。唐文学家。七岁能诗,号称“神童”。早年丧父,家境穷困。历官奉礼郎、武功主簿、侍御史。被诬入狱,遇赦后出为临海丞,世称“骆临海”。为徐敬业草讨武檄文。讨武兵败,逃亡不知所终。与王勃、杨炯、卢照邻以诗齐名,并称“王杨卢骆”,也即“初唐四杰”。其诗以七言歌行见长,善骈文。有《骆宾王文集》。

与博昌父老书(节选)

今西成有岁[1],东户无为[2],野老清谈[3],怡然自得;田家浊酒,乐以忘忧。故可洽赏当年[4],相欢卒岁[5];宁复惠存旧好[6],追思昔游?所恨跂予望之[7],经途密迩[8]。伫中衢而空轸[9],巾下泽而莫因[10]。风月虚心,形留神往;山川在目,室迩人遐[11]。以此劳怀[12],增其叹息。情不遗旧[13],书何尽言。

【注释】① 西成:指秋季收成。《书·尧典》:"寅饯纳日,平秩西成。"《传》:"秋,西方,万物成。" ② 东户:《淮南子·缪称训》:"昔东户季子之世,道路不拾遗,耒耜余粮,宿诸畮首。"高诱注:"东户季子,古之人君。" ③ 野老:田野老人。④ 洽:普遍,遍彻。赏:宣扬,称赞。⑤ 卒岁:过年。⑥ 惠:仁爱,宽厚。⑦ 跂(qǐ):踮起脚尖。《诗·卫风·河广》:"谁谓宋远,跂予望之。" ⑧ 密迩(ěr):贴近,靠近。⑨ 衢(qú):四通八达的道路。轸(zhěn):回转。⑩ 巾:以帷幕装饰车子。下泽:即下泽车,一种适宜在沼泽地上行驶的车子。莫因:没缘由。⑪ 遐(xiá):远。⑫ 劳怀:内心忧愁。⑬ 遗旧:遗忘旧事。

【浅析】这是一封骆宾王写给博昌县父老乡亲的信。博昌是山东青州所辖的一个县,骆氏父亲曾在博昌任县令,作者本人少年时也在博昌住过,对博昌感情很深。本文所引是骆宾王写给博昌父老乡亲的信的后半部分。作者与当地父老有过密切的交往，留下了许多美好的记忆。信的前半部分谈到故人已逝，时移物非，并念及“先君”出宰博昌时“遗爱犹在”，拉近了和博昌及其父老的亲密关系。经过这些铺垫以后，作者在信中畅想博昌父老欢庆丰年之余，能重叙当年，追怀旧情，而作者本人在异乡也暗自追悔，多次与博昌父老的相聚失之交臂，内心愧疚，溢于言表。写信者和收信者的空间距离，就在这短短的数行字中缩小了，而十五年的时间流逝，竟也未能消减双方的情感热度，可见骆宾王与博昌父老乡亲曾经有过的深情厚谊。信虽以骈文书写，也稍有典故蕴于文中，但总体显得情动于中，言简意长，十分感人。

李　白

李白(701—762)，字太白，号青莲居士，自称祖籍陇西成纪(今甘肃秦安)，随父迁居绵州昌隆县(今四川江油)青莲乡。唐代诗人。二十五岁起“辞亲远游”，仗剑出蜀。天宝初供奉翰林，因遭权贵谗毁，年余即离开长安。安史之乱中，曾为永王璘幕僚。璘败，系浔阳狱，远谪夜郎，中途遇赦东还。晚年投奔其族叔当涂令李阳冰，卒于当涂。李白诗名与杜甫齐，世称“李杜”。亦能文，骈散皆工。有《李太白文集》。

春夜宴诸从弟桃花园序

夫天地者，万物之逆旅也①；光阴者，百代之过客也。而浮生若梦，为欢几何？古人秉烛夜游②，良有以也。况阳春召我以烟景③，大块假我以文章④。会桃花之芳园，序天伦之乐事。群季俊秀⑤，皆为惠连⑥；吾人咏歌，独惭康乐⑦。幽赏未已，高谈转清。开琼筵以坐花⑧，飞羽觞而醉月⑨。不有佳作，何伸雅怀？如诗不成，罚依金谷酒数⑩。

【注释】 ① 逆旅：客舍。逆，迎。旅，客。② 秉：执，持。③ 烟景：烟雾朦胧的景色。④ 大块：指天地，大自然。文章：花纹交错。此处指绚丽的文采。⑤ 群季：诸弟。古以伯、仲、叔、季排行，季在同辈排行中最小，此处泛指弟弟。⑥ 惠连：谢惠连，南朝诗人，早慧。此处以惠连赞扬诸弟的文采。⑦ 康乐：谢灵运，南朝刘宋时山水诗人，袭封康乐公，世称谢康乐。⑧ 琼筵：华美的筵宴。坐花：坐在花丛中。⑨ 羽觞：又称羽杯、耳杯，古代盛酒器具。其形状像爵，两侧有耳，就像鸟的双翼，故名。⑩ 金谷酒数：晋石崇于金谷涧（在今河南洛阳西北）筑金谷园宴请宾客，赋诗不成能者，则罚酒三斗。

【浅析】 李白好饮，有所谓"李白斗酒诗百篇"之说，可知酒与这位诗仙有着难以割舍的关系，酒催发了李白写诗的灵感。不能想象李白离开了酒，将如何面对生活、面对社会。本文就是李白对诗酒饮宴的情景实录，也是李白对诸弟雅集的哲理思索。此序一开始就拿天地光阴说事，陡然把兄弟的酒会提高到哲学层次。就空间而言，偌大的天地，正是世间万物的客舍，宇宙是无限广阔的，寄身其间的众生却往往是居无定所的；就时间而言，在座的都是历史的过客，每个人的经历只是一个短暂的间隙。既然如此,“浮生如梦,为欢几何?”还不趁着春夜月色,举杯畅饮!古诗云:“生年不满百,常怀千岁忧。昼短苦夜长,何不秉烛游?”(《古诗十九首》)就是么,及时行乐才是弟兄们最好的选择。感谢上苍吧,那春夜以朦胧的月色召唤我等,天地以灿烂的诗篇赐予我等。珍惜良辰吧,在这桃花园里,大家畅叙欢快的往事;在座的兄弟们个个都是才俊,人人堪比谢惠连、谢灵运。幽雅赏景,欣喜难已;高谈阔论,愈趋清雅。这样的盛宴这样的花,这样的美酒这样的月,还愁没有诗歌助我雅兴。放声吟诵吧,不能成诗,罚酒三斗没商量!真是文如其人,在李白的笔下,序文从小小的桃花园着墨,神通环宇,思接千载,情念人伦,酒催诗兴,使春夜弟兄的雅集充盈着温馨,萦绕着梦幻,更体现出作者在大自然面前敞开的胸怀。

元　结

元结(719—772),字次山,号漫郎、漫叟、猗玗子,汝州鲁山(今属河南)人。唐文学家。天宝时进士,历任道州刺史、容州都督充本管经略守捉使。元结关心民间疾苦,作品有强烈的现实性,诗风质朴淳厚。其散文力纠骈偶绮靡之习,内容充实,简洁精悍,论者以为韩柳古文运动先驱。有《元次山文集》。

菊圃记

春陵俗不种菊[1],前时自远致之,植于前庭墙下。及再来也,菊已无矣。徘徊旧圃,嗟叹久之。谁不知菊也,方华可赏,在药品是良药,为蔬菜是佳蔬。纵须地趋走,犹宜徙植修养,而忍蹂践至尽,不爱惜乎?於戏②!贤人君子自植其身,不可不慎择所处,一旦遭人不爱重,如此菊也,悲伤奈何?于是更为之圃,重畦植之。其地近宴息之堂,吏人不此奔走;近登望之亭,旌麾不此行列③。纵参歌妓④,菊非可恶之草;使有酒徒,菊为助兴之物。为之作记,以托后人,并录药经,列于记后。

【注释】 ① 舂(chōng)陵:地名,在湖南宁远西北。汉初为冷道县舂陵乡,属零陵郡。元朔中置为舂陵县,初元四年徙省。三国吴复置。隋废入营道县。唐宋时为道州。② 於(wū)戏(hū):感叹词。同"呜呼"、"於乎"。③ 旌(jīng)麾(huī):帅旗;指挥军队的旗帜。④ 参:加入,参与。

【浅析】 这是一篇托物喻志的田园记。君子雅爱菊花,自古已然,"夫屈原、渊明,实皆正人达士,其于菊贵重如此,是菊虽以花为名,固与浮冶易坏之物,不可同年而语也"(刘蒙泉《菊谱序》)。元结出任道州刺史,想到的就是要在任所种菊,一改当地不种菊的旧习。可惜自远方移植至舂陵的菊花被人"蹂践至尽"。于是,作者大发了一通感慨。菊花既能实用,可作良药,亦为佳蔬;也可供观赏,婆娑团植,芳馨可爱。但这样好端端的菊花,竟遭无端之灾,不由人不为之深为"嗟叹"。元结惜花,更在于惜人,贤士君子择地不慎,不也就似种在道州任所的菊花,被歹人蹂践?作者实际上提出了一个外任官员必须面对的问题，那就是要寻找和培育一个良好的生存环境，因为“一旦遭人不爱重，如此菊也，悲伤奈何?”种植贵重的名花难，做个受人爱戴的地方官更难，作者借此已把再任道州刺史的心曲表露了出来。最后归结到菊花本题，作者为找到种菊新址而感庆幸，如今的菊圃“近宴息之堂，吏人不此奔走；近登望之亭，旌麾不此行列”。只要远离车马喧腾之处，即厕身歌姬、酒徒之中，菊花也是备受欢迎之物。身为地方长官，却偏爱不见吏人、旌麾之所，不亦怪哉！原来文章再次把菊花人格化了，作者爱的是菊性介烈高洁、独傲风霜。

韩 愈

韩愈(768—824)，字退之，河南河阳(今河南孟州)人。祖籍昌黎，世称韩昌黎，谥号“文”，又称韩文公。唐代文学家，“唐宋八大家”之一。韩愈多次应考，方中进士，又三试吏部博学宏词科不中。后仕途浮沉不定，历任监察御史、阳山县令、潮州刺史、国子监祭酒、吏部侍郎等职。韩愈倡导儒学，力辟佛、老，提出文道结合、以道为主的古文理论，反对六朝以来骈偶之风。其散文内容深厚，体裁多样，语言推陈出新，富有表现力，风格雄辩恣肆，奇警多变，有“文起八代之衰”(苏轼语)的美誉。韩愈因与柳宗元同为“古文运动”倡导者，并称为“韩柳”。有《昌黎先生集》。

杂 说(其一)

龙嘘气成云①，云固弗灵于龙也。然龙乘是气，茫洋穷乎玄间②，薄日月，伏光景③，感震电④，神变化，水下土，汩陵谷⑤，云亦灵怪矣哉！

云，龙之所能使为灵也，若龙之灵，则非云之所能使为灵也。然龙弗得云，无以神其灵矣[⑥]。失其所凭依，信不可欤？异哉！其所凭依，乃其所自为也[⑦]。

《易》曰："云从龙[⑧]。"既曰龙，云从之矣。

【注释】①嘘气：呼气，吐气。②茫洋：浩渺，无边无际。玄间：太空。③伏：遮盖，掩蔽。光景：日月之辉。④感(hàn)：通"撼"。摇动，震动。震电：雷电。《诗经·小雅·十月之交》："烨烨震电，不宁不令。"⑤汩(gǔ)：水奔流的样子。这里指淹没了山谷。⑥神：作动词用。⑦乃：竟，居然。⑧云从龙：《易·乾·文言》："云从龙，风从虎，圣人作而万物睹。"喻事物之间的相互感应。

【浅析】《杂说》是一组深寓哲学意义和社会意义的杂文，这是四篇中的第一篇。本篇提出了一些与经世济国、知人善任相关的道理。韩愈倡导文以明道，其所为文，无论题材或体裁如何，归根到底都是为儒家的政治理想和经世谋略服务的，只是通过高妙的艺术手段和语言功夫，客观上道出了许多有鉴于世的人生哲理。《杂说》(其一)就是这样的一篇佳作。龙和云的关系，明眼人一看便知韩愈在暗喻君和臣的关系。在漫长的皇权专制社会里，君臣之间无疑是主从关系，"龙嘘气成云"，没有龙哪有云，韩愈对君的主宰地位是确信无疑的，臣是无法超越君的，所以说"云"也断断不可能"灵于龙"。不过在认定龙主云从的前提下，云的作用也不可小觑，腾云驾雾的龙，在浩渺的天空，遮日蔽月，威慑雷电，极变尽化，催雨下土，水流山谷，能离得了云的威灵吗？作者忍不住要张扬一番云的巨大作用，毕竟永远处于从属位置的臣子一旦发力，那可是举足轻重的。韩愈用笔，往往妙在连续地正反申说，不失为一位精通语言辩证法的大师。几句话，重心便落在云为龙之依凭上，接着又反转再谈云离不开龙，认为龙之灵是根本，起着决定性的作用，"若龙之灵，则非云之所能使为灵也"，云之神通超过龙，就有僭越之嫌了。其实，韩愈的真实意图还是想强调一下云的重要性，故而笔锋随即调回，又重申了一遍云是龙的依凭，没有了云，龙实在"无以神其灵"。继而作者揭出了一个值得深思的问题："其所凭依，乃其所自为也。"龙所凭依的云，本来就是龙嘘气而成的，恰如君主所要倚靠的臣僚，正是君主自己识别、拔擢的啊。其中相辅相成的关系，还不令人有所启示吗？最后以《易经》"云从龙"语作结，为本篇云龙之谈找到了理论根据。

韩愈杂文，善于在尺幅之地，腾挪翻转，含蓄曲折地表达出有关自然、社会的至要道理，恰如清人李光地所云："此篇取类至深，寄托至广。精而言之，如道义之生气，德行之发为事业文章；大而言之，如君臣之遇合，朋友之应求，圣人之风之兴起百世，皆是也。"（见马其昶《韩昌黎文集校注》）

马　说

世有伯乐[①]，然后有千里马。千里马常有，而伯乐不常有。故虽有名马，只辱于奴隶人之手[②],骈死于槽枥之间[③],不以千里称也。

马之千里者,一食或尽粟一石[④],食马者不知其能千里而食也[⑤]。是马也,虽有千里之能,食不饱,力不足,才美不外见[⑥],且欲与常马等不可得[⑦],安求其能千里也?

策之不以其道[⑧],食之不能尽其材,鸣之而不能通其意,执策而临之[⑨],曰:"天下无马。"呜呼!其真无马邪[⑩]?其真不知马也!

【注释】① 伯乐:春秋时人,传说善于相马。② 奴隶人:古代也指仆役。③ 骈(pián)死:并排而死。骈,两马并驾,引申为一同。槽枥:指马棚、马厩。④ 尽:全。这里是"吃尽"的意思。粟(sù):小米。也泛指粮食。石:今读作 dàn,古书中读作 shí。容量单位,市石的通称。十斗为一石。⑤ 食(sì):通"饲"。喂养。⑥ 才美:才能,美质。见(xiàn):通"现"。表现,显现。⑦ 等:等同,一样。得:能。表示客观条件允许。⑧ 策:马鞭。此作动词用,以鞭驭马。以其道:按照(驾驭千里马的)办法。⑨ 临:靠近,面对。⑩ 邪:同"耶"。表疑问。

【浅析】"说"是古代用以记叙、议论或说明等方式来阐述事理的文体,大多是陈述作者对某个问题的见解,风格近似于现代的杂文。韩愈的《马说》,正是借助议论伯乐和千里马,宣泄他对贤才不被擢用的抑郁之情。伯乐相马的故事曾见之于《战国策》,且早已流传于世。作者取材于有关伯乐相马的传说,而以形象的文学语言来抒情说理。先看韩愈笔下冤屈的千里马:空有日行千里的能耐,因无人赏识,只得"辱于奴隶人之手,骈死于槽枥之间",冤的是未受王公贵族之气,却饱尝奴仆下人之辱;屈的是没有倒在驰骋万里的路途中,却和那些凡马俗驹一起死在逼仄的马厩里。再看那平庸无为的"食马者",一点也不懂特殊事物应特殊对待,千里马食量是大了一点,但它本领也大啊,没有付出,哪来创获!可悲的"食马者",竟没在千里马那儿得到"常马"的收益。作者的结论是:无胆识、无眼力者,只能对着千里马高喊:"天下无马。"从韩愈生平坎坷的遭遇来看,他总是感觉生不逢时,难遇伯乐,文中的"千里马"几乎就是作者的自画像,而那些"食马者",自然就是他不幸撞上的各级有司了。情动于中,悲愤忍无可忍,于是乎含沙射影,全然倾注在《马说》中了。

韩愈又不愧为语言巨匠、古文大师,能将一番牢骚话,写得如此曲折含蓄,余音绕梁;能把"说"这种体裁,演绎得这般灵动多变,出神入化。

送廖道士序

五岳于中州[①],衡山最远。南方之山,巍然高而大者以百数,独衡为宗[②]。最远而独为宗,其神必灵。衡之南八九百里,地益高,山益峻,水清而益驶[③]。其最高而横绝南北者岭[4]。郴之为州[5]，在岭之上，测其高下，得三之二焉[6]。中州清淑之气于是焉穷[7]。气之所穷，盛而不过，必蜿蟺扶舆磅礴而郁积[8]。衡山之神既灵，而郴之为州，又当中州清淑之气，蜿蟺扶舆磅礴而郁积，其水土之所生，神气之所感，白金、水银、丹砂、石英、钟乳、橘柚之包[9]，竹箭之美，千寻之名材[10]，不能独当也。意必有魁奇、忠信、材德之民生其间[11]，而吾又未见也。其无乃迷惑溺没于老、佛之学而不出邪？

廖师郴民，而学于衡山，气专而容寂，多艺而善游，岂吾所谓魁奇而迷溺者邪？廖师善知人，若不在其身，必在其所与游，访之而不吾告，何也？于其别，申以问之。

【注释】① 中州：中原地区。② 宗：尊崇。③ 驶：迅疾貌。④ 岭：指五岭山脉。⑤ 郴(chēn)：在今湖南郴州市。⑥ 得三之二焉：约在五岭高度三分之二处。⑦ 清淑：纯净明朗。于是焉穷：(中州清淑之气)至郴州而止，必然在此盘旋而郁积。⑧ 蜿(wān)蟺(shàn)：曲屈盘旋的样子。扶舆：犹"扶摇”。形容盘旋而上。磅礴：此处作“混同”解。⑨ 包：包裹。⑩ 寻：八尺为一寻。⑪ 意：猜测。魁奇：最奇绝者。

【浅析】本文“永贞元年自阳山徙掾江陵，道衡山而作”（马其昶《韩昌黎文集校注》）。是年，韩愈将赴江陵任，在衡山碰上一位廖道士，向韩愈求序，于是便有了这篇奇文。要说韩愈一生力挺儒学，而不喜佛、老，如今要对这位道士说点什么，真有点难为他了。亏得昌黎先生好笔墨好手段，直把廖道士哄得晕头转向。先看这衡山高远险峻，郴州地处此间，盘旋郁积着“中州清淑之气”，连金银、砂石、山果、竹木，都在这山气氤氲中非同常物。廖某身居此山，本可应和了人杰地灵之说，当会被视为“魁奇、忠信、材德之民”，不过作者话头一转，称“吾又未之见也”。桐城派殿军林纾评点此序至此，说：“使廖师听之色飞眉舞，谓此处定说到山人身上矣……廖师必又点头叹息，愧不敢当。忽然闯出‘而吾又未之见也’句，把廖师一天欢喜撇在霄汉。”（《春觉斋论文》）明白人应该察觉作者就是不愿将“魁奇”这顶桂冠加在廖道士头上，原因很简单：道不同也。“其无乃迷惑溺没于老、佛之学而不出邪?”

昌黎先生似嫌逗玩廖师还不够，又正面抬举这位郴民“气专而容寂，多艺而善游”，原本当得“魁奇”，只可惜“迷溺”于佛老，未易发现耳。那么衡山的“魁奇”究属何人？要不请教廖师这“善知人”者，非其本人，估计也是“其所与游”的友人。真是的，怎么就不愿告诉我呢？韩愈的狡狯就在死活不说“廖道士即是衡山之魁奇”这句话。你不说也罢了，还装模作样要在道别时当面问问廖师。文章就这般来回倒腾，让廖某人满心欲摘得“魁奇”高帽竟如猴子捞月，可望而不可即。“一篇毫无意味之文，却说得淋漓尽致，廖师亦欢悦捧诵而去，大类乳媪之哄

抱小儿，佳处令人忽啼忽笑。神品之文，当推此种。”（林纾《春觉斋论文》）

毛颖传（节选）

颖为人强记而便敏①，自结绳之代以及秦事②，无不纂录。阴阳、卜筮、占相、医方、族氏、山经、地志、字书、图画、九流、百家、天人之书③，及至浮图、老子、外国之说④，皆所详悉。又通于当代之务，官府簿书，市井货钱注记，惟上所使。自秦皇帝及太子扶苏、胡亥、丞相斯、中车府令高⑤，下及国人，无不爱重。又善随人意，正直、邪曲、巧拙，一随其人；虽见废弃，终默不泄。惟不喜武士，然见请亦时往。累拜中书令，与上益狎⑥，上尝呼为“中书君”。上亲决事，以衡石自程⑦，虽宫人不得立左右，独颖与执烛者常侍，上休方罢。颖与绛人陈玄、弘农陶泓及会稽褚先生友善⑧，相推致，其出处必偕。上召颖，三人者不待诏，辄俱往。上未尝怪焉。

后因进见，上将有任使，拂拭之，因免

冠谢[⑨]。上见其发秃，又所摹画不能称上意。上嘻笑曰："中书君，老而秃，不任吾用。吾尝谓君中书，君今不中书邪？"对曰："臣所谓尽心者。"因不复召，归封邑，终于管城[⑩]。其子孙甚多，散处中国夷狄，皆冒管城，惟居中山者[⑪]，能继父祖业。

【注释】 ① 颖：毛颖，指毛笔，此处作人名。颖，笔尖。② 结绳之代：指文字产生前结绳记事的远古时代。③ 字书：识字用书。九流：指儒、道、阴阳、法、名、墨、纵横、杂、农等九家学说。百家：诸子百家。④ 浮图：亦作浮屠，即佛陀。佛的梵语音译。⑤ 扶苏：秦始皇长子。秦始皇死，赵高、李斯矫命赐死。胡亥：即秦二世，扶苏之弟，得赵高、李斯之助，逼死扶苏而继位为秦二世皇帝。丞相斯：即李斯。中车府令高：即赵高。⑥ 狎(xiá)：亲昵。⑦ 衡石自程：谓规定自己看完一百二十斤简牍为指标。衡，称量。石，重量单位，一石相当于一百二十斤。程，限度。⑧ 绛人陈玄：指墨。唐代绛州(今山西绛县)产名墨。墨色玄黑，以陈墨为佳，故名陈玄。弘农陶泓：指砚。唐代虢州(即汉弘农郡，今河南灵宝)产名砚。砚为陶制，形似池，故名陶泓。会稽褚先生：指纸。唐代越州(即汉会稽郡，今浙江绍兴)产名纸。楮为纸的原料，楮、褚音同形近，故称之。⑨ 免冠谢：脱帽致谢。指用毛笔时去掉笔帽。⑩ 管城：古地名，在今河南郑州。周初管叔封于此，故名。此处借指有竹管的毛笔。⑪ 中山：周诸侯国名。战国时为中山国，被赵武灵王所灭。地在今河北定县、唐县一带。东汉时诸郡献兔毫，以赵地所产最为实用。一说中山为唐宣州(今安徽宣城县)中山，宣州自唐以来多擅名笔。

【浅析】韩愈为文，多义正词严，从理论到实践都坚持“仁义之人，其言蔼如”(韩愈《答李翊书》)，表现出一个儒家卫道者的基本立场。而《毛颖传》一类文却寓庄于谐，似传记散文，也似寓言传说，充分发挥其机智幽默的一面，正如刘勰所云：“子长编史，列传滑稽，以其辞虽倾回，意归义正也。”韩愈此类文字看上去浅俗谐谑，却有如司马迁之撰《滑稽列传》，最终还是“意归义正”的。本文就是《毛颖传》的节录部分，从中或可知晓韩愈此作的真实用心。

这位被拟人化了的毛颖先生，“阴阳、卜筮、占相、医方、族氏、山经、地志、字书、图画、九流、百家、天人之书，及至浮图、老子、外国之说，皆所详悉”，可称博闻多见；与韩愈《进学解》所云“口不绝吟于百家之编，手不停披于百家之编”，“贪多务得，细大不捐”，“可谓闳其中而肆其外矣”，何其相似乃尔。毛颖好比韩愈的自画像，不仅其学养相仿，连毛颖的“累拜中书令，与上益狎，上尝呼为‘中书君’”，与韩愈的“圣主不加诛，宰臣不见斥”(韩愈《进学解》)，真有同进退之感。韩愈曾蒙皇恩浩荡，毛颖也有随侍“上”之左右的经历；一俟毛颖“发秃”，“摹画不能称上意”，就结束了和皇上的蜜月期，作者自己也是屡受迁谪。或许出于感同身受，郁积于内心的幽怨，便借此发泄一通。就在这嘲讽过程中，莫辨正写还是反说，倒是突出了毛颖先生的可爱、可佩及可悲之处。当然，作者做到了收放自如，终究算得上一篇“意归义正”的文章。张裕钊评此文曰：“游戏之文，藉以抒胸中之奇，洸洋自恣，而部勒一丝不乱，后人无从追步。”（张裕钊《〈韩昌黎文集〉批语辑存》）道出了本文的真髓。

李　翱

李翱（772—836），字习之，陇西成纪（今甘肃秦安）人。唐代文学家、思想家。唐贞元间进士，历任国子博士、史馆修撰、考功员外郎、户部侍郎、山南东道节度使等职。李翱为韩愈侄婿，曾从韩愈学古文，推进古文运动。李翱一生崇儒排佛，主张“视听言行，循礼而动”，复归性命之道。于文则强调文以明道，所作散文立言有根底，温厚和平，义深意远。有《李文公集》。

题燕太子丹传后

荆轲感燕丹之义①，函匕首入秦劫始皇②，将以存燕宽诸侯。事虽不成，然亦壮士也。惜其智谋不足以知变识机。

始皇之道，异于齐桓，曹沫功成，荆轲杀身，其所遭者然也③。及欲促槛车驾秦王以如燕，童子妇人且明其不能，而轲行之，其弗就也非不幸。燕丹之心，苟可以报秦，虽举燕国犹不顾，况美人哉④！轲不晓而当之，陋矣！

【注释】① 荆轲（？—前227）：姓姜，庆氏。战国末卫人。著名刺客。受燕太子丹之托入刺秦王，事败被杀。燕丹（？—

前226)：即燕太子丹，战国末燕王喜之子，姓姬，名丹。曾被送至秦充人质，受辱回燕。秦兵临易水，燕丹欲刺杀秦王政，派遣荆轲等假借使者之名入秦，伺机行刺。事败后秦急攻燕，丹率君亡走，为燕王所杀，献其首于秦。② 函匕首：将匕首藏在地图中。③“始皇之道”五句：谓秦始皇行事之道不同于齐桓公。鲁国曹沫劫持齐桓公，迫使桓公交还鲁国所献之地。荆轲同样想劫持秦王(回燕国)，却遭杀身之祸。这是各自身处环境际遇不一样，因而结果也自然有别了。按：齐桓公时为盟主，在会盟场合被迫应允，不得不讲信义，归还鲁地，故曹沫成功。秦王志在扫灭其他诸侯国，绝不会有所退让，故荆轲刺秦王不可能成功。④“燕丹之心”四句：谓燕丹为报复秦国，倾尽燕国国力也在所不惜，何况几个美人呢？美人，指燕丹为笼络荆轲，给予车骑、美女。

【浅析】“风萧萧兮易水寒，壮士一去兮不复还。”这是多少年来激励壮士义无反顾、勇往直前的千古名句，荆轲也被视为一个慷慨赴难的英雄。李翱此文，却别出蹊径，明确指出荆轲所为实在是不明就里，莽撞行动。作者认为荆轲固然可担“壮士”之名，“惜其智谋不足以知变识机”。何以见得？首先，荆轲一意逞勇，全然不知“曹沫功成”在于齐桓公身为盟主，在曹沫的劫持下既已应允还地要求，就须有信于诸侯，加以管仲阻止了桓公的反悔，终于诺言得以兑现。而“荆轲杀身”，完全是不了解秦王的行事方式，更不知晓时势已变，眼下是“当今争于气力”(《韩非子·五蠹》)的年代，“竞于道德”、仁礼治国和“逐于智谋”、诸侯争霸的历史阶段已成过去，秦王凭其实力欲一统天下，根本不在乎他国如何反应。荆轲生搬硬套曹沫作为，只能以失败收场。其次，荆轲没有深察燕丹的用意。燕丹为报复在秦作人质时所受的羞辱，“虽举燕国犹不顾”，已到了一意孤行、罔计后果的地步，为这样的主子殉身太不值得。

本文是李翱为《燕丹子》所写的题语，虽依据的是尽人皆知的历史故事，却能知人论世，翻出新意，体现出非同一般的史识；就文章本身而言，也写得转折再三，波澜起伏。苏洵称李翱文“其味黯然而长，其光油然而幽”（《上欧阳内翰书》），当完全合于本文。

刘禹锡

刘禹锡（772—842），字梦得，洛阳（今属河南）人。唐文学家。贞元间进士，登博学宏词科。曾官至监察御史，后因参加主张改革的王叔文集团，贬官为多处刺史。晚年任太子宾客，加检校礼部尚书，世称“刘宾客”。刘禹锡攻读经典之外，于九流百氏，乃至书法、天文、医学，亦广泛涉猎。诗文皆造诣很深，与柳宗元合称“刘柳”，与白居易合称“刘白”。有《刘梦得文集》。

昏镜词引

镜之工列十镜于贾奁[①]。发奁而视，其一皎如[②]，其九雾如[③]。或曰：“良楛之不侔甚矣[④]！”工解颐谢曰[⑤]：“非不能尽良也。盖贾之意，唯售是念[⑥]。今夫来市者[⑦]，必历鉴周睐[⑧]，求与己宜。彼皎者不能隐芒杪之瑕[⑨]，非美容不合是用，什一其数也[⑩]。”

【注释】① 贾(gǔ)奁(lián):商人的匣子。贾,坐商,这里指店铺。奁,妇女梳妆用的镜匣。② 皎如:洁白明亮的样子。③ 雾如:雾气模糊的样子。④ 良楛(kǔ):好坏。楛,粗劣。侔(móu):相称。⑤ 解颐:开颜作笑。⑥ 唯售是念:想的只是卖出(镜子)。⑦ 市:集市。⑧ 历鉴:一个一个地照。周睐(lài):全部看个遍。⑨ 芒杪(miǎo):草的末端。极言其小。瑕:瑕疵,小毛病。⑩ 什一:十分之一。

【浅析】本文是作者五言古诗《昏镜词》的序言,像是一篇寓言小品。作者在序中讲述了一种社会怪象:镜工放在店铺里出售的镜子竟然十分之九是“昏镜”,只有一面是明镜。可见现实中昏镜被人看好,而明镜却少有人买。究其原因,方知买镜者大多有缺陷而不愿自己看到,那明镜无法遮掩细小的瑕疵,因而不受面容有缺陷者的欢迎。故事说出了一个社会中常见的现象:许多人缺乏直面瑕疵的勇气,只想着掩饰过失,于是遮丑掩瑕的“昏镜”便大行其道了。

刘禹锡曾参与唐代王叔文派政治革新活动,永贞革新失败后,被贬为朗州司马(今湖南常德)。刘禹锡本人不善“隐芒杪之瑕”,反而常去照见当政者的弊病,终不为统治集团所容。这篇《昏镜词引》不仅描画出了现实社会的客观世像,引发人们的严肃思考,也呼唤唐太宗式的爱好明镜者的出现。文章言词浅近,而寓意深刻,能把握世人的普遍心态,暗喻严酷的政治现状,生动形象,却鞭辟入里。

陋室铭

山不在高,有仙则名。水不在深,有龙

则灵。斯是陋室，惟吾德馨[①]。苔痕上阶绿，草色入帘青。谈笑有鸿儒[②]，往来无白丁[③]。可以调素琴[④]，阅金经[⑤]。无丝竹之乱耳[⑥]，无案牍之劳形[⑦]。南阳诸葛庐[⑧]，西蜀子云亭[⑨]。孔子云："何陋之有[⑩]？"

【注释】 ① 德馨：指道德品行美好高洁，有如能发出芳香。② 鸿儒：大儒。此处泛指博学之士。③ 白丁：未得功名的平民。④ 素琴：不加雕绘装饰的琴。⑤ 金经：指用泥金书写的佛经。⑥ 丝竹：弦乐器与竹管乐器之总称。此处泛指音乐。乱耳：使听力紊乱。⑦ 案牍：指官府的文件。⑧ 南阳：地名。今湖北省襄阳县西。诸葛庐：诸葛亮在出山之前，曾在南阳庐中隐居躬耕。⑨ 西蜀：地名。今四川省成都市。子云亭：汉代扬雄字子云，据传在其宅中写成《太玄经》，后称所居为"扬子宅"，亦即子云亭。⑩ 何陋之有：语出《论语·子罕》："子欲居九夷，或曰：'陋，如之何？'子曰：'君子居之，何陋之有？'"孔子的意思是：有君子去住，就说不上简陋了。

【浅析】 陋室，是简陋的屋子。铭是一种文体，铭文本是古代刻在器物上用来警戒自己或者称述功德的文字。陋室未必实指刘禹锡所居的处所，仅指其居室简朴罢了。刘禹锡在此铭文中，其实讲了一个如何看待物质生活和精神生活的问题。为说清这个问题，作者用了类比的方法：山之名，在于有仙；水之灵，在于有龙。有的山水称不上高、深，但若有神性、灵性，照样为人们所景仰、所钟爱；有些人无钱无势，但只要"德馨"，也会为人们所敬重、所拥戴。苔、草是最不起眼的小小植物,但也可以展示它旺盛的生命力,发出它自身的光彩。陋室怎么了?其间可以和学识博大精深者谈笑风生,可以不和低俗的庸人来往,我的天地我作主。陋室怎么了?其间可以弹奏雅琴,可以阅读经书,我的时光我安排。在陋室里,耳际没有杂音,案头没有"公文",形神俱舒畅。诸葛亮未出山、扬雄未发达时,住的也是陋室,不是正可在此间积聚智慧、筹谋未来么?

这一连串的陋室联想,归结到先圣孔夫子所言:"何陋之有?"是啊,"君子忧道不忧贫",这陋室"何陋之有"呢?

白居易

白居易(772—846),字乐天,号香山居士,祖籍太原(今属山西),徙居下邽(今陕西渭南),生于郑州新郑(今属河南)。唐代诗人。贞元间登进士第,历任翰林学士、太子左赞善大夫、江州司马、杭州刺史、苏州刺史、刑部尚书等职。白居易是新乐府运动倡导者,与元稹并称"元白"。主张"文章合为时而著,歌诗合为事而作",其诗多反映社会现实,风格有通俗浅近倾向。亦擅古文。有《白氏长庆集》。

荔枝图序

荔枝生巴峡间[1],树形团团如帷盖[2]。叶如桂,冬青;华如橘,春荣;实如丹[3],夏熟。朵如蒲萄[4],核如枇杷,壳如红缯[5],膜如紫绡[6]。瓤肉莹白如冰雪,浆液甘酸如醴酪。大略如彼,其实过之。若离本枝,一日而色变,二日而香变,三日而味变,四五日外，色香味尽去矣。

元和十五年夏，南宾守乐天命工吏图而书之⑦，盖为不识者与识而不及一二三日者云。

【注释】① 巴峡：指唐代的巴州和峡州，在今四川省东部和湖北省西部。② 帷盖：车帷和车盖。帷，围在车四周的幔布。盖，在车上方以覆盖人。③ 丹：丹砂，此处指荔枝果实的颜色为红色。④ 朵：指果实成串或成簇。蒲萄：即葡萄。⑤ 红缯（zēng）：指荔枝壳的颜色和形状。缯，丝织品的总称。⑥ 紫绡（xiāo）：荔枝瓤肉上那层膜的颜色和形状。绡，用生丝织成的缯帛。⑦ 南宾守：即忠州刺史。忠州曾于天宝间改为南宾郡，乾元间复为忠州。元和十三年，白居易任忠州刺史。

【浅析】荔枝初出于岭南和巴中，以其色香味俱佳，颇得世人喜好。唐时杨贵妃生于蜀，嗜荔枝，必欲生致之，因而有了"一骑红尘妃子笑，无人知是荔枝来"（杜牧《过华清宫绝句》）的名句。看来，荔枝很受唐人青睐。元和十三年，白居易改任忠州刺史，有感于北人不熟识新鲜荔枝，就命画工绘了荔枝图，并作序介绍之。作者从荔枝的产地、树形说起，具体描述了树叶、花果以及外壳、内实、瓤肉、果汁的颜色、形态、味道等，因为是配图而写的说明文字，所以用语十分精细、形象而有质感。为使读者产生亲尝此物的好奇心和迫切感，添了一句"大略如彼，其实过之"，造成了令人垂涎欲滴的奇特效果。作者经过对荔枝的细心观察，还发现了此物一旦离本枝，则不数天"色香味尽去矣"，真切地告知不谙荔枝物性的人，还得尽快尝鲜，美好的事物往往是会稍纵即逝的。

白居易自元和十年贬为江州司马后,“兼济”热情有所低落。仕途蹭蹬,倒让作者安下心来,过了一阵子闲静恬淡的生活,关注一下巴蜀的风土人情。白居易甚而还亲植荔枝,感受南土的生活逸趣:“红颗真珠诚可爱,白发太守亦何痴。十年结子知谁在?自向庭中种荔枝。”(白居易《种荔枝》)《荔枝图序》就是在这样的境况下写成的,因而字里行间透发着平静、安闲。

柳宗元

柳宗元(773—819),字子厚,世称柳河东,因官终柳州刺史,又称柳柳州。河东(今山西永济)人。唐代文学家、思想家。与韩愈同为唐古文运动倡导者,并称“韩柳”,唐宋八大家之一。柳宗元出身于官宦家庭,少有才名。贞元间中进士,登博学鸿词科。积极参与王叔文集团政治革新,迁礼部员外郎。革新失败后,贬永州司马,写下了著名的《永州八记》。元和时再次被贬为柳州刺史,卒于任所。柳宗元的哲学观具有朴素的唯物论成分,认为宇宙的本元是元气,物质世界的变化得自阴阳二气的运动。政治上肯定郡县制,反对割据,维护统一。其散文理论主张文须“明道”,“有益于世”,推崇先秦两汉之文。柳宗元散文体裁多样,论说文笔锋犀利,观点明确;游记文写景状物,多所寄托;寓言小品形象生动,嘲讽辛辣。有《柳河东集》、《柳宗元集》。

至小丘西小石潭记

从小丘西行百二十步[①],隔篁竹[②],闻水声,如鸣佩环,心乐之。伐竹取道,下见小潭,水尤清冽。全石以为底,近岸,卷石底以出[3]，为坻[4]，为屿[5]，为嵁[6]，为岩。青树翠蔓，蒙络摇缀[7]，参差披拂。

潭中鱼可百许头，皆若空游无所依，日光下澈，影布石上。佁然不动[8]，俶尔远逝[9]，往来翕忽[10]，似与游者相乐。

潭西南而望，斗折蛇行[11]，明灭可见。其岸势犬牙差互[12]，不可知其源。坐潭上，四面竹树环合，寂寥无人，凄神寒骨，悄怆幽邃[13]。以其境过清，不可久居，乃记之而去。

同游者：吴武陵，龚古，余弟宗玄。隶而从者，崔氏二小生：曰恕己，曰奉壹。

【注释】① 小丘：小山。在小石潭东面。② 篁（huáng）：竹林，泛指竹子。③ 卷石底以出：谓石底有部分翻卷过来，露出水面。④ 坻（chí）：水中高地。⑤ 屿（yǔ）：小岛。⑥ 嵁（kān）：不平的岩石。⑦ 蒙络：（茎蔓）覆盖缠绕。摇缀：摇动下垂。⑧ 佁（yǐ）然：静止呆滞的样子。⑨ 俶（chù）尔：忽然。⑩ 翕（xī）忽：轻快敏捷的样子。⑪ 斗折蛇行：谓像北斗星那样曲折，像蛇那样蜿蜒前行。⑫ 差（cī）：不齐。⑬ 悄怆（chuàng）：忧愁悲伤。

【浅析】柳宗元于唐顺宗永贞元年（805）因拥护王叔文改革，被贬为永州司马。在永州，柳宗元寄情山水，写下了著名的

《永州八记》,借以排遣忧伤凄苦的思想感情,使之成为后世山水游记的楷模。《至小丘西小石潭记》是《永州八记》的第四篇,也是柳宗元一连串探山访水过程中的一站。作者借小石潭之景,发抒了远离政治中心的凄清之情。

游记从步行探"潭"开始,柳宗元一行人循声而往,"伐竹取道",见一小潭,潭底石形各异,潭岸青翠摇曳,"参差披拂"。是为清洌。再看潭中,作者以极为细腻传神的笔触,描摹了那百许头鱼,"空游无所依",由"佁然不动",而"俶尔远逝",一切均在日影下呈现其鲜活与可爱。而游人见游鱼生趣盎然,心地顿似明镜。是为清澈。小潭西南向望去,溪水蜿蜒,岸势"差互",隐约恍惚之象映入眼帘。是为清远。和同游者静坐潭边,仅与竹树相会,四下俱静,"凄神寒骨"。是为清幽。全文以"清"字统辖,小石潭和大政坛,正如冰火两重天,柳宗元处江湖之远,生矛盾之情。文首言"心乐之",文末却称"不可久居",不知作者在此时此地,到底是喜耶？悲耶？

蝜蝂传

蝜蝂者[①],善负小虫也。行遇物,辄持取,昂其首负之。背愈重,虽困剧不止也[②]。其背甚涩[③],物积因不散,卒踬仆不能起[④]。人或怜之,为去其负。苟能行,又持取如故。又好上高,极其力不已,至坠地死。

今世之嗜取者，遇货不避，以厚其室，不知为己累也，唯恐其不积。及其怠而踬也，黜弃之[5]，迁徙之[6]，亦以病矣。苟能起，又不艾[7]。日思高其位，大其禄，而贪取滋甚，以近于危坠，观前之死亡不知戒。虽其形魁然大者也，其名人也，而智则小虫也。亦足哀夫！

【注释】① 蝜(fù)蝂(bǎn)：一种擅长背负东西的小黑虫。② 困剧：疲乏已极。困，疲乏。剧，很，非常。③ 涩：不光滑。④ 踬(zhì)：跌倒，被绊倒。仆(pū)：倒下。⑤ 黜(chù)弃：罢官。⑥ 迁徙：此处指贬斥放逐。⑦ 艾(ài)：停止。

【浅析】柳宗元寓言小品常以禽兽小虫比类世间各色人等，往往讥刺尖刻，入木三分。且看这善负小虫——蝜蝂，整日价爬行在路上，见物辄取，昂首负之，多多益善。持物，踬仆，再持物，再踬仆，直至坠地死——几乎就是蝜蝂的行为模式和最终结局。柳宗元当然并不太在意这小虫的生活逻辑，作者借蝜蝂说事，为的是隐喻“今世之嗜取者”。那些“嗜取者”蝜蝂似地贪物敛财，毫不厌倦，虽遭罢黜、迁谪，亦无悔意，为了高官厚禄，已到了明知山有虎、偏向虎山行的地步，甚至不惜以身殉之。柳宗元毕竟在官场上混过，把贪官的脉还是很准的，实在让人慨叹不已的是，作者能在名人和小虫之间发现其共通之处，妙哉！柳宗元寓言小品就是这样发人深省，警示众官。

杜 牧

杜牧(803—852),字牧之,号樊川居士,京兆万年(今陕西西安)人。宰相杜佑之孙。唐文学家。杜牧人称"小杜",以别于杜甫。与李商隐并称"小李杜"。大和二年中进士,授弘文馆校书郎。后历任监察御史、司勋员外郎及黄州、池州、睦州、湖州刺史,终中书舍人。杜牧擅长诗文,力倡"文以意为主"之论。诗歌题材广泛,风格清丽,尤工绝句。其文章也能自成一家,有感而发,明白晓畅,多针砭时事之作。有《樊川文集》。

送薛处士序

处士之名[①],何哉?潜山隐市,皆处士也。在山也,且非顽如木石也[②];在市也,亦非愚如市人也。盖有大知不得大用[③],故羞耻不出,宁反与市人木石为伍也。国有大知之人,不能大用,是国病也。故处士之名,自负也,谤国也。非大君子[④],其孰能当之?

薛君之处士,盖自负也。果能窥测尧、舜、孔子之道,使指制有方[⑤],弛张不穷[⑥],则上之命一日来子之庐[⑦],子之身一日立上之朝,使我辈居则来问学,仕则来问政,千辩万索[⑧],滔滔而得。若如此,则善。苟未至是,而遽名曰处士[⑨],虽吾子自负[10]，其不为矫欤？某敢用此赠行。

【注释】① 处士：古代称有德才而隐居不愿做官的人，后来泛指没有做过官的读书人。本文所赠送的对象薛处士，生平事迹不详。② 顽：顽钝，无知觉。③ 知：通"智"。④ 大君子：道德特别高尚的人。⑤ 指制：指挥控制。即治理。⑥ 弛张不穷：指宽严相济，一直如此。弛张，指宽严。弛，放松弓弦；张，拉紧弓弦。《礼记·杂记》："张而不弛，文武弗能也；弛而不张，文武弗为也。一张一弛，文武之道也。"⑦ 上之命：指皇帝征召的命令。⑧ 千辩万索：反复论辩探索。⑨ 遽名：仓猝间称名。⑩ 吾子：对朋友表示亲近的称呼。

【浅析】作为一个有学问的大诗人，提出何为"处士"，似乎有点明知故问。杜牧见其时标榜"处士"者大有人在，不过名实难副者甚多，于是借题发挥，大谈处士之真伪，极论仕隐之高见。杜牧指出，只要"潜山隐市"者，就是处士。当然，号为处士，倒并不"顽如木石"、"愚如市人"，而是明明白白的"大知"，只是没得到"大用"，为免于自感"羞耻"才"不出"的。这些个处士，既然不是"顽""愚"之辈，那就是揣着明白装糊涂，身在江湖，心存魏阙，一有风吹草动，就会伺机而出。一个正常的朝廷，大知者当大用，反之则已染"国病"。动不动称自家为"处士"的，不仅是自命不凡，即等同自诩"大知"，而且行同"谤国"，明摆着得不到"大用"，不是在嘲讽朝廷吗？若不是"大君子"，即超常的道德高尚者，才不愿当那处士呢。薛处士你就对号入座吧：你是真处士，甘于永久的"潜山隐市"；还是自负处士，却在窥测方向，以求一逞。

其实，杜牧早就对处士作为心知肚明，其《上文章知己启》曰：“处士之名，即古之巢、由、伊、吕辈，近者往往自名之。”（《樊川文集》）按说，古代的巢父、许由、伊尹、吕尚，才称得上处士，这几位要么坚持不出，要么先隐后仕，辅助明君。巢父、许由坚持不出，视高官厚禄如敝屣；伊尹、吕尚辅助明君，为天下社稷竭尽心力。这些才是真正意义上的处士。薛某人显然是不够格的，属于“近者往往自名之”的那一类。现在薛氏自负为处士，作为老朋友送他，总得说点什么。作者本人是不赞同退隐的，但看来也不喜欢名实相悖的假处士，那么对薛处士来讲，最好能依“尧、舜、孔子之道”，“指制有方，弛张不穷”，一旦皇上征召令下传，你终立“上之朝”，我辈就有望“居则来问学，仕则来问政，千辩万索，滔滔而得”，何尝不是一件幸事。假如做不到这一点，那只能仓猝间继续自称“处士”。不过薛某人还是以“处士”自居，就多少有点矫情了。杜牧的赠行词，借送客之名，行揶揄之实，把个薛某人弄得里外不是、进退两难。杜牧这种轻巧的讽喻手法、迂回技巧，为晚唐小品的思想性、艺术性增色不少。

李商隐

李商隐（813—858），字义山，号玉溪生，又号樊南生，祖籍怀州河内（今河南沁阳），生于河南荥阳（今郑州荥阳）。唐文学家。唐文宗开成二年（837）进士及第。历任秘书省校书郎、弘农县尉、东川节度使判官等职。曾卷入晚唐牛李党争，政治上很不得志。李商隐诗各体皆工，寄托深远，文辞婉约，与杜牧齐名，称“小李杜”，又与温庭筠并称“温李”。李商隐也是晚唐骈文的代表作家，其骈文工整自然，情真意切。有《李义山诗集》、《樊南文集》和《樊南文集补编》。

祭小侄女寄寄文

正月二十五日，伯伯以果子、弄物[1]，招送寄寄体魄归大茔之旁[2]。哀哉！尔生四年，方复本族[3]。既复数月，奄然归无。于鞠育而未深[4]，结悲伤而何极！尔来也何故，去也何缘？念当稚戏之辰，孰测死生之位？时吾赴调京下[5]，移家关中，事故纷纶，光阴迁贸，寄瘗尔骨[6]五年于兹。白草枯荄[7]，荒途古陌，朝饥谁饱？夜渴谁怜？尔之栖栖[8]，吾有罪矣。今我仲姊，反葬有期，遂迁尔灵，来复先域。平原卜穴[9]，刊石书铭。明知过礼之文，何忍深情所属！

自尔殁后，侄辈数人，竹马玉环，绣襜文褓[10]，堂前阶下，日里风中，弄药争花[11]，纷吾左右。独尔精诚，不知所之。况吾别娶已来，胤绪未立[12]，犹子之义[13]，倍切他人。念往抚存，五情空热[14]。

呜呼！荥水之上[15]，坛山之侧[16]，汝乃曾乃祖，松槚森行[17]，伯姑仲姑，冢坟相接。

汝来往于此，勿怖勿惊。华彩衣裳，甘香饮食，汝来受此，无少无多。汝伯祭汝，汝父哭汝，哀哀寄寄，汝知之耶？

【注释】① 弄物：犹玩具。弄，玩弄，游戏。② 寄寄：李商隐侄女。四岁而夭，初葬于济源（今属河南）。会昌四年（844）正月，李商隐迁葬侄女寄寄至祖茔所在的荥阳（今河南郑州）坛山。③ 复本族：指回本家生活。寄寄自小寄养在外，四岁方才领回家，数月后即病亡。④ 鞠（jú）育：抚养，养育。⑤ 赴调：指地方官吏任期届满，进京听候调遣。⑥ 寄瘗（yì）：遗骨葬在外乡。瘗，埋葬。⑦ 荄（gāi）：草根。⑧ 栖（xī）栖：不安定的样子。⑨ 卜穴：选择墓地。穴，圹穴。⑩ 绣襜（chān）文褓：指花纹、图案很漂亮的衣被。襜，遮至膝前的短衣，泛指衣服。褓，裹覆小儿之被。⑪ 弄药争花：指玩耍各种花草。⑫ 胤（yìn）绪：后嗣。⑬ 犹子：侄子。《礼记·檀弓》："兄弟之子，犹子也。"⑭ 五情：喜、怒、哀、乐、怨。⑮ 荥（yíng）水：水名，在河南荥阳。⑯ 坛山：山名。在李商隐祖茔近处。⑰ 槚（jiǎ）：即"榎"。一名山楸。古人常以之做棺椁，或植墓前。

【浅析】李商隐诗文哀婉深切，曲折顿挫，一篇《祭小侄女寄寄文》，直写得悱恻动人，读者无不为之感叹不已。身为伯伯的长者李商隐，为自己不幸早夭的小侄女寄寄写祭文，此举极为罕见，而文中所述之事、所诉之情，更使此作成为祭文中的奇作。文章一开头便向小侄女告白，我伯伯迁葬寄寄体魄来了。我来晚了，真让我肝肠寸断啊。作者之"哀"情特别的深痛，一是寄寄还小，还没懂事就摧折了；二是寄寄出生后即寄养别家，四岁“方复本族”，亲生父母都还未疼爱够，伯伯更没有给予应有的爱抚；三是该死的伯伯纠缠于仕宦杂事，未能及时将寄寄归葬祖茔，这一拖竟有五年之久！五年中，在这“荒途古陌”，早晨饿了有谁喂？晚上渴了有谁惜？寄寄的魂魄不安，我伯伯是“有罪”的啊！作者继而道出自己为何写此“过礼之文”，只因“犹子之义，倍切他人”。寄寄殁后多年里，眼看衣裳鲜丽的侄辈小童嬉戏玩耍于“堂前阶下”，作者愈加怀念已“不知所之”的小侄女。寄寄和诸侄阴阳两隔，孤魂和欢快的游伴境况截然相反，作者把这种歉疚感提升到于“义”有亏。最后作者告慰小侄女，在安葬你体魄的祖茔，你不再孤单，你的曾祖、祖父，你的姑姑们，会陪伴你这个小晚辈。漂亮的衣服只管穿，甜美的食物只管吃，再也不用担惊受怕。只愿你能地下有知，我和你父亲永远牵挂着你。

这篇祭文虽以骈文写成，语言整饬，对仗工稳，但并不多见典故，而是坦诚相告，真情流露于字里行间，声声倾诉，透心彻骨。读者完全可以体察到这位晚唐大诗人怜爱至极、哀恸难已的神情。

罗　隐

罗隐(833—909)，字昭谏，号江东生，余杭新城(今浙江富阳)人。唐文学家。应进士举，十年不第。入湖南幕府，为衡阳主簿。后得钱镠爱重，任钱塘令，历官掌书记、节度判官、给事中等。罗隐一生经历晚唐文宗至哀宗七个朝代，感受到唐王朝从衰败到灭亡的过程。其诗文好讥刺时政，表达愤世嫉俗之情。作品以杂文小品成就为高，题名所作曰《谗书》，意在“警当世而诫将来”。有《罗隐集》。

英雄之言

物之所以有韬晦者①，防乎盗也②。故人亦然。

夫盗亦人也，冠履焉③，衣服焉④。其所以异者，退逊之心⑤，正廉之节⑥，不常其性耳。

视玉帛而取之者，则曰牵于寒饿⑦；视家国而取之者，则曰救彼涂炭⑧。牵于寒饿者，无得而言矣；救彼涂炭者，则宜以百姓心为心。而西刘则曰⑨："居宜如是⑩！"楚籍则曰⑪："可取而代⑫！"意彼未必无退逊之心、正廉之节，盖以视其靡曼骄崇⑬，然后生其谋耳⑭。

为英雄者犹若是，况常人乎？是以峻宇逸游⑮，不为人所窥者，鲜也。

【注释】① 韬晦：收敛锋芒，隐蔽踪迹。② 盗：被窃取。③ 冠履：作动词用，指戴帽穿鞋。④ 衣服：作动词用，指穿衣。⑤ 退逊：退让谦逊。⑥ 正廉：端正廉洁。⑦ 牵：牵制。此处指受牵制。⑧ 涂炭：烂泥和炭火，比喻灾难和困苦。⑨ 西刘：指刘邦。楚、汉相争，楚在东，汉在西，故称刘邦为西刘。⑩ 居宜如是：《史记·高祖本纪》："高祖常繇咸阳，纵观，观秦皇帝，喟然太息曰:‘嗟乎!大丈夫当如此也!’”⑪ 楚籍:指项羽。项羽名籍,称西楚霸王,故称楚籍。⑫ 可取而代:《史记·项羽本纪》:“秦始皇游会稽,渡浙江,梁与籍俱观,籍曰:‘彼可取而代也!’”⑬ 靡曼骄崇:豪奢而有气派。靡曼,本指华丽,引申为豪华、奢侈。骄崇,骄恣。⑭ 生其谋:产生夺取秦天下的打算。⑮ 峻宇:高峻的楼宇。逸游:任情遨游。

【浅析】“英雄之言”,顾名思义,还以为是“英雄”说了些什么惊天动地的豪言壮语呢!罗隐从独到的视角,论析了英雄及英雄所言。英雄,创造丰功伟绩者也,英雄之杰出代表就是刘(邦)、项(羽)辈了,西刘、楚籍干过倒转乾坤的伟业,固然应有别于盗、有别于常人。那么,盗有何表现呢?盗是被人防范的,大概是善于巧取豪夺之人,只是表面上还看不出来。他们和常人一般的衣冠打扮、生活起居,所不同者,在于不能坚持退让谦逊、端正廉洁的心态和处事原则。盗欲窃取非分之财、谋得各种大小利益时,总会说些掩人耳目的话,譬如困于饥寒、不得不尔,譬如解民于倒悬、救民于水火,动机正当,冠冕堂皇。文章没有直接说常人,细读原文,似乎常人也是在乎吃饭穿衣、居住出行的,只是有点“退逊之心”、“正廉之节”罢了。在追求物质享受方面,盗和常人是有共性的,不过盗擅长的是打着漂亮的幌子行欺骗之实,常人则还有羞耻心。再看英雄说什么,西刘言:“居宜如是!”楚籍称:“可取而代!”刘、项在咸阳宫室、始皇车驾面前,显出难以掩抑的仰羡之态。就其所言来看,英雄是真小人,而盗确是伪君子。在谋取“玉帛”和“国家”上,英雄和盗殊途而同归了。英雄之言是那样的赤裸裸,盗之说辞是那样的有欺骗性。而英雄和常人,“在峻宇逸游”跟前,也都会心动的。

罗隐身历乱局，对林林总总的社会人物有着深切的认识。权欲和物欲时时在吞噬人们的灵魂，常人若没有与刘、项争胜的雄才大略，也缺乏盗巧言令色的欺蒙本领，唯求安分收敛，静观其变，则其结论就是：“物之所以有韬晦者，防乎盗也。故人亦然。”

越妇言

买臣之贵也①，不忍其去妻②，筑室以居之，分衣食以活之，亦仁者之心也。

一旦，去妻言于买臣之近侍曰：“吾秉箕帚于翁子左右者③，有年矣④。每念饥寒勤苦时节，见翁子之志，何尝不言通达后以匡国致君为己任⑤，以安民济物为心期⑥。而吾不幸离翁子左右者，亦有年矣，翁子果通达矣。天子疏爵以命之⑦，衣锦以昼之⑧，斯亦极矣。而向所言者，蔑然无闻⑨。岂四方无事使之然耶？岂急于富贵未假度者耶⑩？以吾观之，矜于一妇人则可矣⑪，其他未之见也。又安可食其食⑫！”乃闭气而死。

【注释】① 买臣：朱买臣（？—前115），字翁子，西汉吴县

(今江苏苏州)人。家贫好学,卖薪自给,其妻弃之另嫁。经人推荐入朝廷,说《春秋》、《楚辞》,汉武帝甚悦,拜为中大夫。后出任会稽太守。后人取其夫妻离异事,作《烂柯山》剧,衍变为“朱买臣休妻”、“马前泼水”等故事和剧目。《汉书·朱买臣传》:“朱买臣字翁子,吴人也。家贫,好读书,不治产业,常艾薪樵,卖以给食,担束薪,行且诵书。其妻亦负戴相随,数止买臣毋歌呕道中。买臣愈益疾歌,妻羞之,求去。买臣笑曰:‘我年五十当富贵,今已四十余矣。女苦日久,待我富贵报女功。’妻恚怒曰:‘如公等,终饿死沟中耳,何能富贵?’买臣不能留,即听去。”“会稽闻太守(朱买臣)且至,发民除道,县吏并送迎,车百余乘。入吴界,见其故妻、妻夫治道。买臣驻车,呼令后车载其夫妻,到太守舍,置园中,给食之。居一月,妻自经死,买臣乞其夫钱,令葬。” ② 不忍:犹“怜悯”。去妻:已休去之前妻,即“越妇”。③ 秉箕帚:手持畚箕扫帚。指侍候丈夫朱买臣。翁子:朱买臣字。④ 有年:多年。⑤ 通达:显贵。匡国:匡扶、治理国家。致君:使君主尊贵。即辅佐君主。⑥ 心期:内心向往。即心愿。⑦ 疏爵:赐给爵位。⑧ 衣锦以昼之:穿上锦衣,使之白天行走,指衣锦还乡。《史记·项羽本纪》:“项王见秦宫室皆以烧残破,又心怀思欲东归,曰:‘富贵不归故乡,如衣绣夜行,谁知之者!’” ⑨ 蔑然无闻:销声匿迹,没有听闻。指买臣去妻先前所云“匡国致君为己任”等话如同“无闻”一般。⑩ 未假度(duó):没有时间思考。假,通“暇”。⑪ 矜(jīn):自尊,自夸。⑫ 食其食:吃他(买臣)给的食物。

【浅析】朱买臣“休妻”、“马前泼水”的故事几于家喻户晓。人们通常津津乐道于买臣妻不识真金,离夫而去;而朱买臣咸鱼翻身,衣锦还乡。坊间围绕这故事也是众说纷纭,但道德的天平大都偏向大器晚成的朱买臣一头，其去妻的下场总觉有些咎由自取。罗隐能不拘俗套，翻出新意，表达出对固有成见的深刻反思，并寄予了对这位去妻临终前作为的认可和同情。

《越妇言》不述买臣休妻的前事，专门介绍了朱买臣以仁心待前妻，却并未唤回其生活下去的信心的故事，而且将越妇之言作为文章的重心。文中的买臣前妻固然有亏在先，买臣能做到“筑室以居之，分衣食以活之”，表现出买臣的大度，但文章立意并不在此，而将买臣前妻临终前的肺腑之言推到了读者面前，使人不得不为之震动。买臣前妻说道，我也曾伺候你多年，亲见过你的辛勤劳苦；我也曾劝诫你显贵后应以家国为重、以百姓为念。如今你倒是发达了，皇上给了你高位，让你荣归故里，可你把前妻的心、皇上的恩，全抛到九霄云外去了。是天下已太平，无可事事？还是汲汲于富贵，无暇他顾？依我看，在一妇人面前装仁慈充厚道，算什么朝廷股肱、百姓父母官！我怎么安心吃得下你给我的嗟来之食。买臣前妻的这一番话语，着实击中了那些忘本食言的官僚的命脉，而买臣和前妻精神境界的高下，也顷刻间能得出判断。鲁迅说：“罗隐的《谗书》，几乎全部是抗争和愤激之谈。”（《南腔北调集·小品文的危机》）这一判断和《越妇言》完全吻合。

荆 巫

荆楚人淫祀者旧矣[①]。有巫颇闻于乡闾[②]。

其初为人祀也，筵席寻常[3]，歌迎舞将[4]，祈疾者健起，祈岁者丰穰[5]。其后为人祀也，羊猪鲜肥，清酤满卮，祈疾者得死，祈岁者得饥。里人忿焉，而思之未得。

适有言者曰："吾昔游其家也，其家无甚累，故为人祀，诚心罄乎中[6]，而福亦应乎外。其胙必散之[7]。其后男女蕃息焉[8]，衣食广大焉，故为人祀，诚不得罄于中，而神亦不歆乎其外[9]。其胙且入其家。是人非前圣而后愚，盖牵于心，不暇及人耳。"

以一巫之用心尚尔，况异于是者乎？

【注释】① 荆：古时楚地的别称。旧：长久。② 巫：古代称能以舞降神的人。《国语·楚语》下："在男曰觋（xí），在女曰巫。"乡闾：乡里。③ 筵席：此处特指祭祀所设鬼神的席位。④ 歌迎舞将：用歌舞迎送神祇。将，送。⑤ 岁者：犹年景。丰穰（ráng）：丰收。⑥ 罄（qìng）：尽。中：内心。⑦ 胙（zuò）：祭祀时的供肉。⑧ 蕃（fán）息：滋生众多。蕃，繁殖。⑨ 不歆（xīn）乎其外：指鬼神不降临享用祭品。歆，用食品祭祀鬼神。

【浅析】罗隐小品文，总是喜欢借题发挥，声东击西，无论什么题材，都能赋予新的内涵，让人琢磨再三而得其真意。《荆巫》就是一篇借巫师前后祭祀造成不同效应，影射名为众人实求私利的社会现象的文章。某巫在楚地乡里主持祭祀颇有好名声，看似平常的祭典，迎送鬼神，歌舞如仪，经荆巫祈神，病者康复，庄稼丰收。可同一个巫师，同样的祭礼，牺牲是牺牲，美酒是美酒，可怎么就不再灵验了呢？乡里人很忿恨很无奈，思来想去也没个头绪。正巧有人知晓个中奥秘，道出了荆巫祈神后不如前的原委。原来此婆家中无所牵累，倒是尽心竭诚，胸无杂滓，神灵就相应降福于人，祭品也分发给大家，看来是天随人愿。可如今大不相同了，那位荆巫家里人丁蕃衍，衣食所需大为增加，祭祀时心存私念，难以聚精会神，鬼神也就惠顾不及了。加上巫师还将祭品老往家里搬，人在做，天在看着呢。“有言者”的这番议论，自然是罗隐假托说出的话。文章借此警醒世人，凡事不得假公济私。如心生贪欲，则天将报应。行为不端，鬼神也会失灵的。“以一巫之用心尚尔，况异于是者乎?”作者进一步直击社会弊端，一方面指出异于巫师的各色贪利者，手段更卑下，行为更阴鸷，世人务必眼光敏锐，予以识破；另一方面警告唯利是图、不讲公德之人，鬼神就是大众，天意就是民意，以损人始将以害己终。

皮日休

皮日休(约834—约883)，字逸少，后改字袭美，早年居鹿门山，自号鹿门子、间气布衣、醉吟先生等，襄阳(今属湖北)人。出身寒门。唐懿宗咸通间进士，曾任苏州刺史从事、著作佐郎、太常博士等职。乾符五年入黄巢军，广明元年为黄巢翰林学士。后不知所终。皮日休性情傲慢，诙谐好谑，诗与陆龟蒙齐名，称“皮陆”。诗文多同情人民、抨击时弊、讽刺权贵的作品。其小品文犹显辛辣、激愤。有《皮子文薮》。

原谤

天之利下民，其仁至矣。未有美于味而民不知者，便于用而民不由者，厚于生而民不求者。然而暑雨亦怨之，祁寒亦怨之[①]，己不善而祸及亦怨之，己不俭而贫及亦怨之。是民事天，其不仁至矣。天尚如此，况于君乎？况于鬼神乎？是其怨訾恨讟[②]，蓰倍于天矣[③]。有帝天下、君一国，可不慎欤？故尧有不慈之毁[④]，舜有不孝之谤[⑤]。殊不知尧慈被天下，而不在于子；舜孝及万世，乃不在于父。

呜呼！尧、舜，大圣也，民且谤之。后之王天下，有不为尧舜之行者，则民扼其吭[⑥]，捽其首[⑦]，辱而逐之，折而族之，不为甚矣！

【注释】① 祁寒：大寒。祁，大。② 怨訾(zǐ)恨讟(dú)：怨恨诽谤。訾，诋毁。讟，诽谤，怨言。③ 蓰(xǐ)：五倍。④ 尧有不慈之毁：指尧杀其长子丹朱。尧，传说中之古帝陶唐氏之号。《庄子·杂篇·盗跖》："世之所高，莫若黄帝，黄帝尚不能全德，而战涿鹿之野，流血百里。尧不慈，舜不孝，禹偏枯，汤放其主，武王伐纣，文王拘羑里，此六子者，世之所高也，孰论之，皆以利惑其真而强反其情性，其行乃甚可羞也。"又："尧杀长子，舜流母弟，疏戚有伦乎？汤放桀，武王杀纣，贵贱有义乎？王季为适，周公杀兄，长幼有序乎？儒者为辞，墨者兼爱，五纪六位，将何以为别乎？”⑤ 舜有不孝之谤：指舜放逐其父瞽瞍。舜，上古帝王名。相传尧舜实行“禅让”，帝位不传子孙，为古代著名圣君。⑥ 吭(háng)：喉咙。⑦ 捽(zuó)：揪住，抓住。

【浅析】“原”者，“原其所自始也”（皮日休《十原系述》）。皮日休写了系列的推究人情物理之初始原委的文章《十原》，目的就在“穷大圣之始性，根古人之终义”，就在“穷理尽性，通幽洞微”。《原谤》就是《原化》、《原宝》、《原亲》等十篇中的一篇。“原谤”就要推究人世间毁谤之来由，警告统治者会因毁谤而遭灭顶之灾。

文章从上天与下民说起。天之于人，可谓仁至义尽，所有美味的、便用的、厚生的东西，统统为民众所追尚，而这些无一不是上苍的赏赐。下民享用好东西的时候倒没事，可一旦暴雨严寒，逢灾受贫，就会怨及老天了。这人之于天，实在无情义、不厚道。虽说气候恶劣似乎与天有关，但风调雨顺的日子也不能忘啊。再说了，人遇不测，往往还是自己“不善”“不俭”所致。老天会遭毁谤，有时这天当得实在好冤啊。接着，作者将笔锋调转，说起君主和鬼神来了。没看到吗？他们受到的诽谤怨恨，可比天要厉害好几倍呢。前代的尧和舜，称得上圣君明主了，他们“慈被天下”、“孝及万世”，本应受万民景仰，却仍然备受非难：“尧有不慈之毁”、“舜有不孝之谤”。真是当皇帝难，当好皇帝更难！不过，作者这般明析圣、君、民三者的关系，目的是在告诫当朝统治者，人言可畏，毁谤难敌，千万不能漠视民怨，“后之王天下，有不为尧舜之行者，则民扼其吭，捽其首，辱而逐之，折而族之，不为甚矣！”这是一幅多么怵目惊心的图景！鹿门所言，直指要害，振聋发聩。

皮日休《原谤》或受韩愈《原毁》之启发。只是韩愈《原毁》旨在针砭妒贤嫉能的“怠”“忌”之病，有意扭转社会不良风气，重建儒家道德修养；而皮日休《原谤》则更显其“一塌糊涂的泥塘里的光彩和锋芒”（鲁迅《南腔北调集·小品文的危机》），论辩锋芒指向了君权，自然是孟子“民本思想”的延续，其中还孕育着早期的民主意识，那就是：政府是要被老百姓监督的，当权者须谦卑谨慎，执政为民，否则，毁谤必临其身！

读《司马法》

古之取天下也以民心，今之取天下也以民命。唐、虞尚仁[①]，天下之民从而帝之，不曰取天下以民心者乎[②]？汉、魏尚权[③]，驱赤子于利刃之下，争寸土于百战之内，由士为诸侯[④]，由诸侯为天子，非兵不能威[⑤]，非战不能服，不曰取天下以民命者乎？由是编之为术。术愈精而杀人愈多，法益切而害物益甚。呜呼！其亦不仁矣！

蚩蚩之类[⑥]，不敢惜死者，上惧乎刑，次贪乎赏。民之于君，由子也[⑦]，何异乎父欲杀其子，先绐以威[⑧]，后啖以利哉[⑨]？

孟子曰：“‘我善为阵，我善为战。’[⑩]

大罪也。"使后之君于民有是者⑪,虽不得土⑫,吾以为犹土也。

【注释】① 唐:唐尧,陶唐氏。虞:虞舜,有虞氏。见《原谤》注④⑤。② 不曰:岂不是说。③ 汉、魏:汉代、三国魏。汉、魏王朝均经过战争而建立。④ 士:古军制,在车上者称"士",也用作士兵的通称。⑤ 兵:军队,军力。威:震慑,欺凌。⑥ 蚩蚩:敦厚的样子。⑦ 由:通"犹"。若。⑧ 绐(dài):欺哄。⑨ 啖:以利诱人。⑩ "孟子曰"以下:《孟子·尽心》下:"有人曰:'我善为阵,我善为战。'大罪也。国君好仁,天下无敌焉。"孟子认为好战、善战均为罪行。为阵:布置兵力。⑪ 君于民:为君于民。有是者:有这样的认识。指孟子非战的言论。⑫ 土:疆土。

【浅析】《司马法》是我国古代重要兵书之一,相传为司马穰苴所著,大约成书于战国初期。据《史记·司马穰苴列传》记载:"齐威王使大夫追论古者司马兵法,而附穰苴于其中,因号曰《司马穰苴兵法》。"司马迁称其"闳廓深远,虽三代征伐,未能竟其义,如其文也。"东汉以后,马融、郑玄、曹操等人的著作中,都曾征引《司马法》为论述军事问题的重要依据。皮日休却不以为然,在《读〈司马法〉》中大谈仁义、民心,阐发孟子的非战思想,对战乱不已的时局表达了强烈的不满。

文章先以唐、虞仁义和汉、魏兵威作对照,论述战争之不可取。古时以民心得天下,今世以民命夺天下。"唐、虞尚仁",天下归于人心。"汉、魏尚权",寸土决于利刃。作者借此对动辄兴兵看成是以百姓的生命换取江山的不义之行,深恶痛绝

“一将功成万骨枯”的残酷现实。文章继而顺理成章地指出，这部《司马法》实为“不仁”之书，因为“术愈精而杀人愈多，法益切而害物益甚”，战争不可取，谈论战争之术、战争之法之书当然就是“杀人”、“害物”之书。皮日休随之提出了一个值得深思的问题，《司马法》每当付诸实战，必定血流成河，那么为何能够“驱赤子于利刃之下”呢？难道老百姓就如此轻生吗？作者敏锐地发现了草民们之所以“不敢惜死”，盖因“上惧乎刑，次贪乎赏”，在恩威并重下，“蚩蚩”的民众能不赴汤蹈火吗？当政者就这样利用人性的弱点，以威武屈之，以富贵淫之，其手段之卑劣，好比为父者暴力和欺骗双管齐下，迫使儿子就范并轻掷性命。篇末作者正面推扬孟子的非战主张，“善为阵”、“善为战”乃“大罪也”，而有了孟子倡导的仁心，“虽不得土”，也胜似得土！

皮日休读《司马法》，这样读出了新含意，开出了新思路，而行文又环环相扣，推理严密，字字句句充盈着仁爱之情和批判精神。

陆龟蒙

陆龟蒙(？—约881)，字鲁望，自号江湖散人、甫里先生，长洲(今江苏苏州)人。举进士不第。曾任苏、湖二州刺史幕僚。后隐居松江甫里。诗文与皮日休齐名，世称“皮陆”。其散文多短小精悍，意蕴深远，常含愤世嫉俗语。有《笠泽丛书》、《甫里先生集》。

江湖散人传

散人者，散诞之人也[1]。心散、意散、形散、神散，既无羁限，为时之怪。民束于礼乐者外之曰[2]:此散人也。散人不知耻,乃从而称之。人或笑曰:彼病子散而目之,子反以为其号,何也?散人曰:天地,大者也,在太虚中一物耳[3]。劳乎覆载[4],劳乎运行。差之晷度[5],寒暑错乱。望斯须之散[6],其可得耶?水之散,为雨,为露,为霜雪;水之局[7],为潴[8],为洳[9],为潢污[10]。土之散,封之可崇,穴之可深,生可以艺[11],死可以入;土之局,埙不可以为埏[12],甓不可以为盂[13],得非散能通于变化,局不能耶!退若不散,守名之筌[14];进若不散,执时之权[15]。筌可守耶?权可执耶?遂为散歌、散传,以志其散。

【注释】 ① 散诞:放诞不羁,逍遥自在。② 外之:以之为外。外,异,非同类。③ 太虚:谓空寂玄奥之境,亦可谓宇宙。④ 劳:用力辛劳。覆载:覆盖,承载。⑤ 晷(guǐ)度:测定时间仪器的刻度。⑥ 斯须:暂,片刻。⑦ 局:狭小,曲屈。⑧ 潴(zhū):水停聚的地方。⑨ 洳(rù):低湿的地方。⑩ 潢(huáng)污:低洼积水处。潢,畜小水谓之潢。污,水不流谓之污。⑪ 艺:种植。⑫ 埙(xūn):古代土制乐器。埏(shān):和泥制作陶器。⑬ 甓(pì):砖。盂(yú):盛水或盛饭的器皿。⑭ 守名之筌(quán):守住获取名声的手段。意谓既已退隐,不如当个散人,还要那获取名声的手段干什么。筌,竹制捕鱼器具。《庄子·外物》:"筌者所以在鱼,得鱼而忘筌。""筌"常以比喻达到某种目的的手段或工具。⑮ 执时之权:固守一时的权衡政事的方法。意谓既已出仕,也应散诞些,不要死守着出仕时权衡事物的方法。执,保持,固执。权,秤。指用以衡量。

【浅析】这是陆龟蒙《江湖散人歌》的前序,也是作者的自传。身处"奴颜婢膝真乞丐,反以正直为狂痴"的晚唐文人生活环境,作者大声呼喊,立志做个"不共诸侯分邑里,不与天子专隍陴"(《江湖散人歌》)的江湖散人。

序文自始至终紧扣一个"散"字。作者将自己说成是一个"心散、意散、形散、神散"之人,如果加以《歌》中所唱的"头散"、"腰散"、"行散"、"坐散"、"语散"、"笑散"、"衣散"、"食散"、"书散"、"酒散"、"屋散"、"树散"、"客散"、"禽散",那就成了一位彻头彻尾、彻里彻外的"散诞之人"了。在一个"以正直为狂痴"的社会,作者并不因自己被人讥为"散人"而感到羞愧,反而笑纳了这个外号。"散人"认为,在宇宙太空中,天地算是大物了,它容易吗? 辛辛苦苦,致力于覆盖、承载这大千世界,忙着维系六合之中的周转运动。"晷度"稍有差池,四季寒暑就会错乱。这天地想要片刻的闲散也不可得。说完大的,再说小的,看看水土的散和局吧:水在散的状态下,可以任意成为雨、露和霜雪;而水一旦受到拘限,只能蜷缩成一个个小水塘,动弹不得。土在随处四散的境况下,可以堆高,可以深挖,可种植物,可作墓穴;而土被制成乐器或砖块,那就不能再做成陶器和食器了。很明显,散有变化多端的可能,而局却只能让事态再无活力。作者在对身边众物进行散和局的鲜明对照后,坚定了放浪江湖的选择。最后,作者由特殊而一般,由物理而人情,道出了在仕途进退问题上，都应该以散对之的态度。退隐当散，斤斤于获取名利的手段已毫无意义；进身也当散，拘泥于一时之权衡，同样会失去应变的机会。人生就似水土，要时时处在自在、自为的状态，才能穷形尽变，应付裕如。“散”实在是一种人生的最高境界。陆龟蒙的自我定位正在于此，陆龟蒙的哲学思索也在于此。

来 鹄

来鹄（生卒年未详），豫章（今江西南昌）人。唐散文家。咸通间进士。文师韩愈、柳宗元。黄巢攻占长安，避地荆襄。南归，中和中客死扬州。《全唐文》存其文九篇。

猫虎说

农民将有事于原野[①]，其老曰：“遵故实以全[②]，其秋庶可望矣。”乃具所嗜为兽之羞[③]，祝而迎曰[④]：“鼠者，吾其猫乎[⑤]！豕者[⑥]，吾其虎乎！”其幼感曰[⑦]：“迎猫可也，迎虎可乎？豕盗于田，逐之而去。虎来无豕，馁将若何[⑧]？抑又闻虎者不可与之全物，恐其决之之怒也[⑨]；不可与之生物，恐其杀之之怒也。如得其豕生而全，其怒滋甚。射而擭之[⑩]，犹畏其来，况迎之耶？噫，吾亡无日矣！”

或有决于乡先生⑪，先生听然而笑曰⑫："为鼠迎猫，为豕迎虎，皆为害乎食也。然而贪吏夺之⑬，又迎何物焉？"由是知其不免，乃撤所嗜，不复议猫虎。

【注释】① 有事：指有祭祀活动。② 遵故实：按照足以效法的旧事。全：指（祭祀用的）整头牲口。③ 所嗜：指喜欢吃的东西。羞：同"馐"（xiū）。美味的食物。④ 祝：祷告。迎：指在祭祀仪式上迎神。⑤ 吾其猫乎：我请猫来吧。其，表示祈使。⑥ 豕（shǐ）：猪。⑦ 慼（qì）：忧愁，悲伤。⑧ 馁（něi）：饥饿。⑨ 决：咬断。⑩ 擭（wò）：捕取。⑪ 乡先生：辞官告老还乡者。⑫ 听（yǐn）：笑的样子。⑬ 夺：更改。谓由豕、虎改为贪官。

【浅析】这是一个唐版的"苛政猛于虎"的故事。"猫虎说"其实是"贪官说"。在古老的农业社会，秋收几乎就是农民最大的期望，以致战国时赵威后三问齐使："岁亦无恙耶？民亦无恙耶？王亦无恙耶？"（《战国策·齐策》）便将"岁"放在首位。秋天有个好收成，固然是件喜事，但觊觎那田里庄稼的东西还多着呢，比如田鼠、野猪。于是善良的农民就通过祭祀想请猫神、虎神来帮帮忙，驱走鼠和猪。"老"者一切按既定方针办，将整头的牲畜作供品，意在好好招待猫神、虎神，发挥此二者的作用。可那位"幼"者却不这样想，猫来鼠去当然不错，猫于人类也没什么威胁。不过，豕去虎来就麻烦了，野猪糟践庄稼尚可驱赶，而老虎干掉了野猪还饿着怎么办？真是请神容易送神难。祭它整头的活牲畜，更刺激了老虎的野性，那此地的百姓供奉老虎还有个头吗？这老虎避之唯恐不及，还迎它干吗？“老”“幼”相争，决于“乡先生”。老乡绅毕竟见多识广，又在官场混过，他的一番话，点出了本文的主旨：若是让贪官取代豕、虎等，局面将更不可收拾，危害将更大。螳螂捕蝉，黄雀在后，贪官可比鼠、豕、虎辈凶狠得多，鼠、豕糟蹋些粮食，老虎侵扰部分乡民，哪像贪官要对全体百姓敲骨吸髓啊。鉴于乡先生的高论，农民的祭祀索性撤了猫虎所嗜，猫虎议题也不再论及，反正别招惹贪官就行。

这个故事的情节很可能是杜撰的，因为这猫啊虎的，不是说请就请得来的，作者完全是在找个由头说事，这贪官倒是真真切切地存在于晚唐社会里的。当然，不能讲作者有意对贪官也要“射而攫之”。说实在的，作者也没那个能耐。来鹄正是以敏锐的洞察和形象的比拟表达了对晚唐腐败吏治的揭露和抨击。

王禹偁

王禹偁（954—1001），字元之，济州巨野（今属山东）人。宋文学家。宋太宗太平兴国间进士，曾任翰林学士、知制诰等职。王禹偁常指摘时弊，晚年被贬为黄州（治所在今湖北黄冈）知州，卒于黄州任所，人称“王黄州”。王禹偁反对唐末以来的浮艳文风，是宋初倡导文学革新的先行者。其作品较广泛地反映社会生活，表现了对国事的担忧和对人民的同情，风格朴素自然，清新畅达。有《小畜集》、《小畜外集》。

黄州新建小竹楼记

黄冈之地多竹①，大者如椽②。竹工破之，刳去其节③，用代陶瓦。比屋皆然，以其价廉而工省也。

子城西北隅[4]，雉堞圮毁[5]，蓁莽荒秽[6]，因作小楼二间，与月波楼通[7]。远吞山光，平挹江濑[8]，幽阒辽夐[9]，不可具状。夏宜急雨，有瀑布声；冬宜密雪，有碎玉声。宜鼓琴，琴调虚畅；宜咏诗，诗韵清绝；宜围棋，子声丁丁然[10]；宜投壶[11]，矢声铮铮然：皆竹楼之所助也。

公退之暇，被鹤氅[12]，戴华阳巾[13]，手执《周易》一卷，焚香默坐，消遣世虑。江山之外，第见风帆沙鸟、烟云竹树而已。待其酒力醒，茶烟歇，送夕阳，迎素月，亦谪居之胜概也。

彼齐云、落星[14]，高则高矣；井干、丽谯[15]，华则华矣。止于贮妓女，藏歌舞，非骚人之事，吾所不取。

吾闻竹工云："竹之为瓦，仅十稔[16]。若重覆之，得二十稔。"噫！吾以至道乙未岁[17]，自翰林出滁上。丙申[18]，移广陵；丁酉[19]，又入西掖[20]。戊戌岁除日[21]，有齐安之命[22]。己亥闰三月[23]，到郡。四年之间，奔走不暇，未知明年又在何处，岂惧竹楼之易朽乎！幸后之人与我同志，嗣而葺之，庶斯楼之不朽也。

咸平二年八月十五日记[24]。

【注释】① 黄冈：今湖北省黄冈县。② 椽（chuán）：房椽，放置房梁以架屋顶所用的木条。③ 刳（kū）：剖开，挖空。④ 子城：指附属于大城的小城，即内城及附郭的瓮城或月城。⑤ 雉堞（dié）：城头如齿状的矮墙。圮（pǐ）：倒塌。⑥ 蓁（zhēn）莽：丛生的树木和杂草。⑦ 月波楼：位于黄冈西北角的一座城楼。王禹偁有《月波楼咏怀》诗，其序云："月波之名，不知得于谁氏，图缀故老，皆无闻焉。"诗中云："郡城无大小，雉堞皆有楼。兹楼最轩豁，旷望西北陬。"⑧ 挹（yì）：舀水。此处形容近在水边。濑（lài）：沙上的流水。⑨ 阒（qù）：寂静。敻（xiòng）：绵远。⑩ 子：指棋子。丁（zhēng）丁：象声词。形容棋子落在棋盘上的声音。⑪ 投壶：古人宴会时的游戏。设特制的壶，宾主以次投矢其中，中多者为胜，负者饮。⑫ 鹤氅（chǎng）：用羽毛织成的大衣。⑬ 华阳巾：道士所戴的头巾。⑭ 齐云：齐云楼，一名月华楼。在吴县（今江苏苏州），唐曹恭王所建。落星：落星楼，在建邺（今江苏南京）东北。三国时孙权所建。⑮ 井干（hán）：井干楼。在长安（今陕西西安），汉武帝刘彻所建。丽谯（qiáo）：丽谯楼。三国时曹操所建。⑯ 十稔（rěn）：十年。稔，谷子一熟叫做一稔，引申为一年。⑰ 至道：宋太宗年号。乙未：公元 995 年。是年，王禹偁贬为滁州（治所在今安徽滁县）知州。⑱ 丙申：公元 996 年。是年王禹偁调任扬州(今属江苏)知州。⑲ 丁酉:公元997年。是年王禹偁在中书省任知制诰。⑳ 西掖:指中书省。中央最高行政机关中书省的别称。㉑ 戊戌岁除日:公元998年除夕。岁除日,除夕。㉒ 齐安:古郡名。即指黄州。㉓ 己亥:宋真宗咸平二年,公元999年。㉔ 咸平:宋真宗年号。

【浅析】托物言志、借景抒情历来是古代文人表达真实情志的重要手段。王禹偁被贬黄州,对这位京官产生了难以言说的幽怨,借助景物宣露自己的情志是很自然的。王禹偁此记之妙在于因土俗描摹平常物——竹瓦楼,但通过这黄冈习见的竹楼,表现出随遇而安、淡然处世的生活情趣。

黄州的屋瓦由竹子代用,很有地方特色,“价廉而工省”,道出此地土俗形成的真正原委。作为知州的作者,他并不以为寒酸,反而挑选了一方“雉堞圮毁,蓁莽荒秽”的地块,盖起了两间竹楼,因为竹楼与月波楼相通,那可是个“远吞山光,平挹江濑”的佳处,依山傍水,“幽阒辽夐”,美不胜收。身处竹楼,可观鱼听瀑,赏雪鼓琴,亦可吟诗手谈,饮酒投壶,好惬意,好清闲!此景中有人也。至于竹楼望远,则又是另一番景致了。作者在公余闲暇,鹤氅道巾,静心读《易》,在“焚香默坐”的过程中“消遣世虑”。有何虑,为何虑,难作具状。作者似乎不愿竹楼美好风物消融于贬官异乡的惆怅中。且看在竹楼旷望四周所及之远景:风帆点点,沙鸟翻飞;烟云飘渺,竹树婆娑;夕阳西下,素月升空……已分不清作者因茶酒而沉醉,还是为楼景而神往。此人中有景也。作者的胸襟与目光,已通过这小小竹楼驰向远方,飞去京城。“谪居”与“胜概”本是特定时空条件下的处所与景象,带有明显的主观因素,其内蕴的情感反差也不难体会,但在王禹偁的笔下,竟如此自然地浑然合一。竹楼无疑是极好的融合剂和交汇点，凝聚了作者的淡定、从容和期盼。竹楼就是这位贬官的情感寄息地和精神瞭望所。清人余诚《重订古文释义新编》云："（此记）大指是借竹楼，以写其谪居之意也。通体俱切定竹楼，抒写胜概。"

此记继而将黄州竹楼与齐云、落星、井干、丽谯诸楼相较，凸显出作者对竹楼美景雅趣的深爱和偏好，以及对高而卑俗、华而浅陋的他楼的鄙视。最后谈及竹瓦为用的大致期限，既照应了文章的开篇，也发抒了不可把握前程的些许忧虑，但对怀之系之的竹楼，还是想望着能够经年而"不朽"的。

范仲淹

范仲淹（989—1052），字希文，祖籍邠州（今陕西彬县），吴县（今江苏苏州）人。唐宰相履冰之后。宋政治家、思想家、文学家。大中祥符间进士。历任右司谏、吏部员外郎、枢密副使、参知政事等职。为政清廉，力主改革，为"庆历新政"主要推行者之一。谥文正，追封楚国公、魏国公。其文不好虚饰辞藻，直陈胸臆，针砭时弊。有《范文正公集》。

严先生祠堂记

先生，汉光武之故人也[1]，相尚以道[2]。及帝握《赤符》[3]，乘六龙[4]，得圣人之时[5]，臣妾亿兆[6]，天下孰加焉？惟先生以节高之。既而动星象[7]，归江湖，得圣人之清[8]。泥涂轩冕[9]，天下孰加焉？惟光武以礼下之。

在《蛊》之上九⑩，众方有为，而独“不事王侯，高尚其事”，先生以之。在《屯》之初九⑪，阳德方亨，而能“以贵下贱，大得民也”，光武以之。

盖先生之心，出乎日月之上；光武之量，包乎天地之外。微先生不能成光武之大，微光武岂能遂先生之高哉？而使贪夫廉，懦夫立，是大有功于名教也。

仲淹来守是邦⑫，始构堂而奠焉。乃复为其后者四家⑬，以奉祠事。又从而歌曰：“云山苍苍，江水泱泱。先生之风，山高水长！”

【注释】① 汉光武之故人：指严光。严光，字子陵，会稽余姚人。少与光武同学，光武即位后，寻访得之，论道叙故旧，因与共卧。严光以足加光武腹，明日太史奏：“客星犯帝座甚急！”光武笑曰：“朕与故人严子陵卧耳！”除谏议大夫，严光固辞不受，乃钓于富春山下。后人名其处为严陵濑。范仲淹于宋仁宗明道间知睦州，在（今浙江）桐庐建严先生祠堂。汉光武，即东汉光武帝刘秀。西汉末王莽篡位，义军四起，刘秀组织地方武装，剿灭各路义军和豪强，称帝洛阳，建立东汉王朝。② 相尚以道：谓（严光与光武）互相以先王之道作为尊崇的目标。③《赤符》：即《赤伏符》。《后汉书·光武帝纪》：“行至鄗，光武先在长安时同舍生强华，自关中奉《赤伏符》，曰：‘刘秀发兵捕不道，四夷云集龙斗野，四七之际火为主。’群臣因复奏曰：‘受命之符，人应为大。万里合信，不议同情。周之白鱼，曷足比焉？今上无天子，海内淆乱。符瑞之应，昭然著闻。宜荅天神，以塞群望。’光武于是命有司设坛场于鄗南千秋亭五成陌……即皇帝位。”④ 乘六龙：意为凭借龙的六种变化，驾驭天地万物。此处借以象征皇帝君临天下、统治万民的威仪。六龙，《易》乾卦六爻皆以龙为象，分别表示龙的六种升降变化，即潜、见、惕、跃、飞、亢。这六种状态概括世间万物的变化。《易·乾·彖》："时乘六龙以御天。"⑤ 得圣人之时：谓光武帝是像孔子一样顺应历史发展的圣人。即奉天承运，当了皇帝。《孟子·万章》下："孔子，圣之时者也。"⑥ 臣妾：奴隶。此处意为臣民。⑦ 动星象：严光与光武帝共偃卧，光以足加帝腹上。古人以天象附会人事，称显现出"客星犯御座"的星象。参见本篇"注释"①。⑧ 得圣人之清：谓严光是像伯夷一样的圣贤之人。《孟子·万章》下："伯夷，圣之清者也。"⑨ 泥涂轩冕：谓将高官视同低下的平常人。泥涂，泥泞的道路，比喻卑下的地位。轩冕，古时大夫以上官员的车乘和冕服。泛指高官。⑩《蛊》之上九：《蛊》，《周易》中的卦名。蛊，坏极而有事。上九，指该卦的第六个爻。《蛊》卦之中，前五爻的爻辞均指清除祸害，整饰弊端，即"众方有为"之意，而第六爻的爻辞为"不事王侯，高尚其事"，指治蛊之事完毕之后，退居在野，洁身自守。⑪《屯》之初九：《屯》，《周易》中的卦名。屯，难也。初九，指该卦的第一个爻。此爻为阳爻，其位置居于下卦震体两个阴爻之下。卦象称："上贵下贱。"初九阳爻本为乾阳尊贵之体，即"阳德方亨"之意，却能甘居下位，谦卑自处，如此则深得民众拥戴，因而称“以贵下贱，大得民也”。⑫ 是邦：指睦州。治所在建德，辖今浙江新安江、桐江流域。时范仲淹被贬知睦州。

【浅析】范仲淹当然是以天下为己任的积极入世者，但被贬睦州后，对进退出处作了深刻的反思。这篇《严先生祠堂记》，高调赞扬了一位垂钓富春江的隐士严光。在表达了范公的敬仰之情之余，文中还能发现其特别看重的君臣之义。

记文一开始即以严光起句，道出祠主的身份——光武帝老同学，两人曾同游，亦相互以道义为尚，关系非同一般。然而，当光武奉天承运，当了至高无上的皇帝后，严光照样冲犯御座，只顾垂钓桐庐，粪土王侯。光武固然“得圣人之时”，严光则“得圣人之清”，道义上难分轩轾，作者似乎来了个平分秋色。要说偏，表面上还偏向了严光，因为毕竟光武只是顺时，而严光更显富贵不能淫的高风亮节。不过细绎记文，总觉重心却在光武身上，“惟光武以礼下之”，一则可以看出光武不忘旧情，二则并没认为严光不受职是对皇帝权威的拂逆。可知作者心目中的光武帝更是难能可贵。再从作者本人的经历来看，范仲淹期待的也是能遇上光武这样的明主。

文章接着将君臣之义验之于经典。根据《周易》卦爻的爻辞，严光“不事王侯，高尚其事”，光武“以贵下贱，大得民也”，又作等量齐观，不过字里行间，还是多少透露出对光武帝的侧重。不是么，严光特立独行的清誉，终属个人行为，而光武帝“大得民”的作为，可是惠被天下啊。范公的祠堂记围绕天理人情的对比还嫌不足，继而又从道德名教的角度来较短量长，结果是你中有我，我中有你，“微先生不能成光武之大，微光武岂能遂先生之高”。一千年前的范仲淹，已经将相辅相成的辩证原则把握得如此娴熟。

文末，作者对构堂本事稍作说明后，以“先生之风，山高水长”的歌声作结，将严光风范融入富春山水，有相得益彰之妙。一篇严光的祠堂记，就这样在通篇对举中完成。君之待臣，臣之事君，或许范仲淹记中所言方是君臣之义的最高境界。至于章法之佳处，清人李扶九评曰：“有起有结，有平有侧有夹缝。予尤爱其起句以先生特安于光武之上，平中已寓侧矣。而每比俱先主人，极得尊题之法。”（《古文笔法百篇》）范仲淹的“夹缝”文章，自然寄寓着对自己生活环境和政治遭际的强烈不满，而“平”与“侧”的解读，就见仁见智了。李氏以为“先主人”、侧严光，似还可商榷。

欧阳修

欧阳修（1007—1072），字永叔，号醉翁、六一居士，吉州永丰（今属江西）人。欧阳修自称庐陵人，因吉州原属庐陵郡。宋文学家、史学家。仁宗天圣间进士，次年任西京留守推官，转任馆阁校勘、夷陵令、乾德令。回京复任馆阁校勘，因参与“庆历新政”，贬知滁州。后又任扬州、颍州、应天府。至和元年奉诏入京，为翰林学士，编修《新唐书》。晚年官至枢密副使、参知政事。卒谥文忠。欧阳修是北宋诗文革新运动领袖，反对宋初以来追求形式的靡丽文风，主张文章应“明道”、“致用”，“事信、载大、言文”，其散文、诗词均有很高成就。曾巩、王安石、苏洵父子皆出其门。欧阳修为唐宋八大家之一，其散文各体兼备，内容充实，结构严整曲折，风格平易自然，流畅宛转。有《欧阳文忠公集》、《新五代史》和《新唐书》（与宋祁合撰）。

《新五代史·伶官传》序

呜呼！盛衰之理，虽曰天命[①]，岂非人事哉[②]！原庄宗之所以得天下[③]，与其所以失之者，可以知之矣。

世言晋王之将终也[4]，以三矢赐庄宗而告之曰："梁[5]，吾仇也；燕王[6]，吾所立；契丹与吾约为兄弟[7]，而皆背晋以归梁。此三者，吾遗恨也。与尔三矢，尔其无忘乃父之志！"庄宗受而藏之于庙[8]。其后用兵，则遣从事以一少牢告庙[9]，请其矢，盛以锦囊，负而前驱，及凯旋而纳之。

方其系燕父子以组[10]，函梁君臣之首[11]，入于太庙[12]，还矢先王，而告以成功，其意气之盛，可谓壮哉！及仇雠已灭[13]，天下已定，一夫夜呼，乱者四应，仓皇东出，未及见贼，而士卒离散，君臣相顾，不知所归，至于誓天断发，泣下沾襟，何其衰也[14]！岂得之难而失之易欤？抑本其成败之迹，而皆自于人欤？《书》曰："满招损，谦受益[15]。"忧劳可以兴国，逸豫可以亡身[16]，自然之理也。故方其盛也，举天下之豪杰，莫能与之争；及其衰也，数十伶人困之，而身死国灭[17]，为天下笑。

夫祸患常积于忽微[18]，而智勇多困于所溺[19]，岂独伶人也哉！作《伶官传》。

【注释】① 天命：古代把天当作神，称天神的意旨为天命。② 人事：人力所能及的事。③ 庄宗：后唐庄宗李存勖(xù)，李克用长子。初袭父封为晋王，灭后梁称帝，建立后唐。后因贪图享乐，宠信伶官，终于覆亡。④ 晋王：李克用，唐沙陀部人。曾率沙陀兵镇压黄巢起义，封陇西郡王，后封晋王。⑤ 梁：指后梁太祖朱温。朱温原为黄巢起义军将领，降唐，唐朝赐名“全忠”，封为梁王。后篡唐自立，建立后梁。朱温和李克用相互攻战，又企图谋害李克用，结下世仇。⑥ 燕王：指燕王刘守光父刘仁恭，唐末、五代时深州乐寿(今河北献县)人。刘仁恭曾借助李克用之力，得任卢龙节度使，但后来拒绝李克用的征兵要求，发生武装冲突。刘仁恭战胜李克用后，依附后梁。⑦ 契丹：指契丹首领耶律阿保机。李克用曾与耶律阿保机拜为兄弟，结成军事同盟，约定联合攻梁。后耶律阿保机背约投向后梁。⑧ 庙：宗庙。⑨ 从事：原指州刺史辖下地位较低的僚属。此处泛指一般的幕僚随从。少牢：古代祭祀时，牛、羊、豕(猪)三样祭品齐全，称“太牢”；仅羊、豕者称“少牢”。⑩ 系：捆绑。燕父子：刘仁恭、守光父子。组：丝带丝绳。此处指绳索。李存勖部将打败刘守光，活捉刘仁恭、守光父子，押送回太原。⑪ 函：用木匣装首级。梁君臣：梁末帝朱有贞、梁将皇甫麟。李存勖领兵攻梁，梁末帝为免死于仇人之手，令部将皇甫麟杀死自己。皇甫麟随后自刎。⑫ 太庙：即上文之“庙”。宗庙。⑬ 仇雠(chóu)：敌人。⑭ 一夫夜呼……何其衰也：此数句言邺都（今河北临漳）发生兵变，李存勖派李嗣源（李克用养子）前往镇压，不料李嗣源反被其部下推为皇帝，联合邺都乱兵，向京城洛阳进军。李存勖仓皇进兵汴京，又被迫折回。归途中士卒叛逃近半，随从部将元行钦等百余人，断发向天立誓，表示忠于后唐，君臣相对大哭。⑮ 满招损，谦受益：语出《尚书·大禹谟》，文字稍有出入。⑯ 逸豫：安乐。⑰ 数十伶人困之，而身死国灭：李存勖灭梁后，骄傲自满，纵情声色，宠信乐工、宦官。李嗣源兵反，乐官郭从谦作乱，李存勖中流矢而死。⑱ 忽微：细小的事情。⑲ 所溺：所溺爱的人或事物。

【浅析】《新五代史》是欧阳修编纂的一部史书，记载了自后梁开平元年（907），经后唐、后晋、后汉至后周显德七年（960）共五十三年的历史。《伶官传》记载了后唐庄宗李存勖沉溺声色，宠幸伶官，最后死于乱局的史实。欧阳修修撰史书的目的显然在为统治者提供经验教训，因而常在记叙史实之外，以“论”、“序”发表见解，以作鉴戒。

就文章性质内容而言，《序》属史论，选取的主要事例是“晋王三矢”和后唐覆亡的故事，归纳得出的结论是“忧劳可以兴国，逸豫可以亡身”。想当初，庄宗受晋王三矢，将后梁、燕王、契丹视为“仇雠”。他牢记其父之志，终于做到了“系燕父子以组，函梁君臣之首”，得了天下。此后却众叛亲离，唯“数十伶人困之”，落得个“身死国灭”的下场。庄宗的故事省略了“忧劳”、“逸豫”的大量具体事件，仍给人盛衰迥异的印象。这样既可让史实见之本传，也合于“序”的体例，即“序典籍之所以作”（王应麟《辞学指南》）。

就论证方法而言，文章明显运用的是对比论证，除了前盛后衰的对比外，人事和天命，得和失，难和易，成和败，兴和亡，谦和满，损和益，一正一反，相互映衬，层层深入，跌宕多姿。随着贯通全文的鲜明对照，文章的观点由此凸现出来。这样的对比论证，由庄宗的特例而推及一般，告诫统治者"夫祸患常积于忽微，而智勇多困于所溺，岂独伶人也哉"！

就感情表达而言，文章显出抑扬有致、一唱三叹的特点。《序》文表达感情，时而褒扬、时而贬损，时而高昂、时而低沉，回环往复，感慨淋漓，另外在句式上长短交叉，骈散兼采，陈述句、反诘句、感叹句交替出现，理足气壮，发人深省。李扶九《古文笔法百篇》称之："抑扬尽致，俯仰雍容，逼肖龙门（司马迁）。此六一公生平最得意之笔，学者当百读不厌也。"

卖油翁

陈康肃公尧咨善射①，当世无双，公亦以此自矜②。尝射于家圃，有卖油翁释担而立，睨之③，久而不去。见其发矢十中八九，但微颔之④。康肃问曰："汝亦知射乎？吾射不亦精乎？"翁曰："无他，但手熟尔。"康肃忿然曰⑤："尔安敢轻吾射！"翁曰："以我酌油知之⑥。"乃取一葫芦置于地，以钱覆其口，徐以杓酌油沥之⑦，自钱孔入，而钱不湿。因曰："我亦无他，惟手熟尔。"康肃笑而遣之。此与庄生所谓解牛斫轮者何异[8]？

【注释】① 陈康肃公：陈尧咨，字嘉谟，谥号康肃，北宋人。善射：擅长射箭。② 自矜（jīn）：自夸。矜，夸耀。③ 睨（nì）：斜着眼看，形容不在意的样子。④ 颔（hàn）：点头。⑤ 忿然：气愤的样子。⑥ 酌（zhuó）：舀取。⑦ 杓（sháo）：同"勺"。勺子。沥（lì）：液体一滴一滴地下落。⑧ 庄生：庄周，《庄子》作者。解牛斫（zhuó）轮：指庖丁解牛与轮扁斫轮，为《庄子》中两个与手艺精湛纯熟有关的故事。解牛指庖丁为文惠君解牛，游刃有余，应声而牛解；斫轮指齐国轮匠扁和齐桓公对话，论及读书与斫轮问题，轮扁认为斫轮应不徐不疾，方能得心应手。

【浅析】《卖油翁》是《归田录》中的名篇，说的是陈尧咨以"当世无双"的箭术自矜，而一位普通的卖油翁并不以为然，认为陈尧咨的本领仅在"手熟"罢了，没什么了不起。这引发了官位不小且擅武功的陈翰林的"忿然"；怎么一个草民竟敢"轻吾射"！于是卖油翁现场露了一手，就在葫芦口上置一铜钱，将油经钱孔沥入葫芦，而钱竟未沾湿。卖油翁以此证明射箭和注油同理，手熟就能达到高水平。欧阳修通过这一故事，阐明了熟能生巧的生活哲理，同时又有抑陈尧咨、扬卖油翁之意。对文武全才的陈尧咨，作者似乎捎带着讽了一把：别以为当官就觉得了不起，文者作文，武者射箭，只是实践机会多了一点，切不可沾沾自喜，即使在一个卖油老人面前，也用不着摆什么谱。那位陈大人倒也大度，或许有点认同老人的话，便做出"笑而遣之"的应对。卖油翁的话大体不错，说出了追求技艺精湛的必要前提和应走途径——专注加苦练，却也有其一般意义。但六一先生最后的结语，则完全有蛇足之嫌：庖丁解牛说的是要“依乎天理”，“以无厚入有间”的养生之道，轮扁斫轮引向了言难达意、“知者不言，言者不知”的哲学思辨，在事理的内涵及其深度上，实在是不能同日而语的。

王安石

王安石（1021—1086），字介甫，晚号半山，封荆国公，世称王荆公，抚州临川（今属江西）人。宋政治家、文学家。庆历间进士，历官常州知州、三司度支判官、江宁知府、翰林学士兼侍讲。在参知政事任上推行新法，遭反对者抨击，也受变法派内部倾轧，被迫辞职。死后谥文，故称王文公。王安石能文善诗，为北宋诗文革新运动中坚，唐宋八大家之一。其于古文主有补于世，所作政治性、现实性强，议论直抒胸臆，笔力劲健，叙事感情深蕴，洒脱奇妙。有《临川先生文集》。

读孟尝君传

世皆称孟尝君能得士①，士以故归之②，而卒赖其力以脱于虎豹之秦③。嗟乎！孟尝君特鸡鸣狗盗之雄耳④，岂足以言得士？不然，擅齐之强，得一士焉，宜可以南面而制秦⑤，尚何取鸡鸣狗盗之力哉？夫鸡鸣狗盗之出其门，此士之所以不至也。

【注释】① 孟尝君：姓田名文，战国时齐国公子，封于薛。好养士，门下食客数以千计。司马迁作有《史记·孟尝君列传》。得士:指孟尝君能礼贤下士,与士相得。② 归:投奔。③ 虎豹之秦:像虎豹一样残暴的秦国。《史记·苏秦列传》:“夫秦,虎狼之国也。” ④ 鸡鸣狗盗:孟尝君曾在秦国当“人质”,求助于秦昭王宠妃以图回国,秦昭王宠妃欲得一狐裘方肯放之。孟尝君早已将狐裘送与昭王,其门客中有一能为狗盗者,潜入秦宫中,盗得狐裘,送与昭王宠妃,得以逃脱。孟尝君一行逃至函谷关,正值夜半,而关门须鸡鸣时方开,于是擅鸡鸣的一门客,又仿鸡叫赚开了关门,使孟尝君逃回齐国。⑤ 南面而制秦:使秦王向齐王称臣。南面,面向南方,古代君主的座位南向。

【浅析】 王安石好做翻案文章,往往对史书的一些陈说,明眼识破,勇于创新见,此文便是其中一例。“孟尝君能得士”,已是从《战国策》到《史记》的定论,但从孟尝君“得士”的实际和结果来看,王安石以政治家的眼光作了审视,感觉并非如此。首先,孟尝君所得非士;其次,假如孟尝君所得真是“士”,则定能“南面而制秦”。孟尝君号称属下有门客三千,但广招的是“鸡鸣狗盗”之徒,与“士”名实不符。按曾子的标准,“士不可以不弘毅,任重而道远”(《论语·泰伯》)。也就是说,士应该志向远大,坚韧不拔,具有非同一般的责任感和使命感,而那些个鸡鸣狗盗者,见利忘义,蝇营狗苟,只有一点儿雕虫小技,怎么够得上“士”呢? 再者,孟尝君所得为真士,则必能“南面而制秦”,而事实上,孟尝君不但未能南面制秦,反而目光短浅,仅维护一己之私利,干一些损害母邦之事,能说明“归之”的尽是“士”吗?

王安石此文,似乎击中了《孟尝君列传》立论的要害,但总觉有些以偏概全,玩的是攻其一点、不及其余的把戏,毕竟“得士”和“士之所以不至”，不是决定战国终局的最主要因素。另外，广纳人才可以不拘一格，“士”和“鸡鸣狗盗”不一定势同水火，“士”的“不至”和接收了“鸡鸣狗盗”之徒并没有内在的必然的因果联系。王安石《读孟尝君传》之妙，不在其史识的敏锐，而在于行文的气势凌厉，曲折多变。清人吴汝纶称道：“此文乃短篇中之极则。雄迈英爽，跌宕变化，故能尺幅中具有万里波涛之势。”(见张伯行《唐宋八大家文钞》)

伤仲永

金溪民方仲永[①]，世隶耕[②]。仲永生五年，未尝识书具[③]，忽啼求之。父异焉，借旁近与之[④]，即书诗四句[⑤]，并自为其名。其诗以养父母、收族为意[⑥]，传一乡秀才观之。自是指物作诗立就，其文理皆有可观者。邑人奇之[⑦]，稍稍宾客其父[⑧]，或以钱币乞之[⑨]。父利其然也[⑩]，日扳仲永环谒于邑人[⑪]，不使学。

予闻之也久。明道中[⑫]，从先人还家[⑬]，于舅家见之，十二三矣。令作诗，不能称前时之闻[⑭]。又七年，还自扬州，复到舅家，问焉。曰：“泯然众人矣[⑮]。”

王子[16]曰：仲永之通悟，受之天也。其受之天也，贤于材人远矣[17]。卒之为众人，则其受于人者不至也[18]。彼其受之天也，如此其贤也；不受之人，且为众人[19]。今夫不受之天，固众人；又不受之人，得为众人而已耶！

【注释】① 金溪：县名，今属江西。② 隶耕：从事农业生产。隶，属于。③ 书具：写字的用具。④ 借旁近：就近借来。⑤ 书：书写，写。⑥ 收族：指使同族人按宗法关系协调组织起来。⑦ 邑人：同乡人。⑧ 宾客其父：用宾客的礼节款待其父亲。⑨ 乞之：讨取仲永的诗作。⑩ 利其然：贪图这样（以诗换钱之事）。⑪ 扳：领着。⑫ 明道：宋仁宗（赵祯）年号（1032—1033年）。⑬ 先人：指作者已故的父亲。⑭ 称：符合，相当。前时之闻：以前的传闻。⑮ 泯：消失。⑯ 王子：王安石自称。⑰ 材人：指普通的后天培养起来的人。⑱ 受于人者：指接受他人的教育。不至：不到，没有受到。⑲ 且：尚且。

【浅析】本文为王安石哀叹一位开智很早的天才少年的平庸化而写。文章的主人公方仲永，五岁即哭求书具，得到后写下四句诗，还能“自为其名”。所作诗，居然还有赡养父母、凝聚族人之意，一时名声鹊起。而仲永“自是指物作诗立就，其文理皆有可观者”，乡人以此为奇。假若方家能让仲永正常拜师求学，这位神童或能学富五车、前程无量，可惜方父把他当成了摇钱树，让仲永写诗谋利了。此王安石之一叹。方父没有意识到这样做会断了创作之源，迷失了培育诗才、诗学、诗识的正确途径，还是一意领着仲永满乡里转悠，而"不使学"。此王安石之二叹。作者终于看到了仲永"泯然众人"的一天，为此，王子进行反思，发现仲永的毛病出在后天没有受到良好的教育："其受于人者不至也。"由此推及那些既不受于天、又不受于人者，不是连混同众人也不可得吗？此王安石之三叹。

王安石"伤仲永"，至少给予世人两点启示：一不可贪图近利，二不可荒废学业。前一点是人格道德问题，少儿心智尚未健全，为利所诱，做人有亏，那将贻误终身。后一点是积学厚殖问题，稍长即辍学，基础不牢固，日后要想获取丰硕的学习之果，必定是不可能的。全文语言精练，寓意深刻，从容述来，得一唱三叹之效。

苏　轼

苏轼（1037—1101），字子瞻，号东坡居士，眉州眉山（今属四川）人。宋文学家，思想家。与其父亲苏洵、弟弟苏辙，并称为"三苏"。宋仁宗嘉祐间进士，任大理评事、签书凤翔府节度判官，召直史馆。神宗时任杭州通判，密州、徐州、湖州知州，以讪谤系御史台狱，贬黄州团练使。哲宗时为中书舍人、翰林学士、知制诰，被劾讥斥先朝，远贬惠州、儋州。元符三年始被召北归，卒于常州。苏轼学识渊博，多才多艺，在书法、绘画、诗词、散文各方面都有很高造诣，是北宋继欧阳修之后的文坛领袖。苏轼思想融会儒、释、道三家，重视文学功用，强调独创精神，讲求不拘法度、自然畅达。苏诗题材广泛，才情奔放，与黄庭坚齐名；苏词气势磅礴，风格豪放，与南宋辛弃疾并称"苏辛"；苏文发展了欧阳修平易舒缓之文风，更趋多样化，雄辩而有气势，灵动而富真情，率意而具个性，名列唐宋八大家之一。有《东坡全集》。

南行前集叙

夫昔之为文者，非能为之为工①，乃不能不为之为工也。山川之有云，草木之有华，实充满勃，郁而见于外②，夫虽欲无有，其可得耶！自少闻家君之论文③，以为古之圣人有所不能自已而作者，故轼与弟辙为文至多，而未尝敢有作文之意。己亥之岁，侍行适楚④，舟中无事，博奕饮酒，非所以为闺门之欢⑤。山川之秀美，风俗之朴陋，贤人君子之遗迹，与凡耳目之所接者，杂然有触于中⑥，而发于咏叹。盖家君之作，与弟辙之文皆在，凡一百篇，谓之《南行集》。将以识一时之事，为他日之所寻绎⑦，且以为得于谈笑之间，而非勉强所为之文也。时十二月八日，江陵驿书⑧。

【注释】① 工：精巧，精良。② 郁：繁茂。③ 家君：父亲。指苏洵。④ 己亥之岁，侍行适楚：谓嘉祐四年己亥（1059）六月，召苏洵赴试之命再下，苏洵携二子入京。十月，三苏父子及其家属沿岷江、长江而下，一路游山玩水，吟诗作赋，于十二月八日抵达江陵，并在江陵度岁。回途中所作诗为《南行前集》，苏轼作《南行前集叙》。时苏洵五十一岁，苏轼二十四岁，苏辙二十一岁。⑤ 闺门：指家门。⑥ 中：内心。⑦ 寻绎：推求，探索。⑧ 江陵：县名，属湖北省。春秋楚郢都。秦分郢为江阳县。汉置江陵县，为南郡治所，历代沿置。宋置江陵府，为荆湖北路治所。

【浅析】苏轼是中国古代文学史上的全才，不仅以辉煌的文学实绩昭示世人，还以其精到的艺术见解，给文学理论宝库增添了光彩。这篇“三苏”行吟诗结集的序言，就是一艺术短札，道出了苏轼对文学作品生成的基本看法。《毛诗序》称：“诗者，志之所之也，在心为志，发言为诗。情动于中而形于言。”陆机《文赋》曰：“遵四时以叹逝，瞻万物而思纷。”“咏世德之骏烈，诵先人之清芬。”两文对诗文的产生发表了切合实际的论说，即创作主体受外界的感召和刺激，引发灵感，催化出诗情文意，导致作品的诞生。苏轼正是在前人的基础上，总结了苏门父子南行所得诗作的经验之谈：“山川之秀美，风俗之朴陋，贤人君子之遗迹，与凡耳目之所接者，杂然有触于中，而发于咏叹。”这明确阐述了《南行集》所收诗篇全是外部事物和内在心灵碰撞后擦出的火花，是作者感受自然人文造化的成果，“而非勉强所为之文也”。苏轼借江陵之行的个例，证实了文学创作的一般规律，即“非能为之为工，乃不能不为之为工”。也就是说，仅有诗文的才能技巧还不够，优秀作品的产生往往源于“不能不为之”的创作冲动，这好比“山川之有云，草木之有华”一般的客观存在，是“实充满勃，郁而见之外”的必然趋向，也是顺理成章、不得不尔的可贵收获。同时也反证了这样的道理：假如没有不能自已的创作冲动而有意为之，则难得诗文之“工”。

书摩诘蓝田烟雨图

味摩诘之诗[①]，诗中有画。观摩诘之画，画中有诗。诗曰："蓝溪白石出，玉川红叶稀。山路元无雨，空翠湿人衣。"[②]此摩诘之诗，或曰非也。好事者以补摩诘之遗。

【注释】① 摩诘：王维，字摩诘，唐代诗人、画家。② "诗曰"以下：这首诗题为《山中》，后人将其编入《王右丞集·外编》。诗句略有出入。

【浅析】唐代王维诗画兼擅，识得内中真谛。苏轼也是个艺术通才，故能独具法眼，道出王维其画、其诗的特点。这篇跋文原是为王维"蓝田烟雨图"而作，而这幅图画得如何，从跋文所引之诗便可看出，那一定是蓝溪清澈、白石磷磷，松柏满坡、红叶点点，山径幽深、翠岚浓浓。不同品类的艺术，在王维笔下有机地统一起来，形成"诗中有画"、"画中有诗"的融通境界。透过诗句，读者似乎欣赏到了小溪、红叶、山路、浓翠组成的多层次立体画卷。苏东坡就是这样一位熟谙通感之妙的大师，将视觉、触觉和感觉的交汇，不落痕迹地呈现给读者，使人联想翩翩，深会其意。

稼　说（送张琥）

盍尝观于富人之稼乎？其田美而多，

其食足而有余。其田美而多，则可以更休，而地力得完；其食足而有余，则种之常不后时，而敛之常及其熟[1]。故富人之稼常美，少秕而多实，久藏而不腐。

今吾十口之家，而共百亩之田。寸寸而取之，日夜以望之，锄、耰、铚、艾[2]，相寻于其上者如鱼鳞[3]，而地力竭矣。种之常不及时，而敛之常不待其熟。此岂能复有美稼哉？

古之人，其才非有以大过今之人也。平居所以自养而不敢轻用，以待其成者，闵闵焉如婴儿之望之长也[4]。弱者养之，以至于刚；虚者养之，以至于充。三十而后仕，五十而后爵。信于久屈之中[5]，而用于至足之后；流于既溢之余，而发于持满之末。此古之人所以大过人，而今之君子所以不及也。

吾少也有志于学，不幸而早得与吾子同年[6]。吾子之得，亦不可谓不早也。吾今虽欲自以为不足，而众已妄推之矣。呜呼！吾子其去此，而务学也哉！博观而约取，厚积而薄发，吾告子止于此矣。

子归过京师而问焉，有曰辙子由者，吾弟也，其亦以是语之。

【注释】① 敛：收获，聚积。② 耰（yōu）：砸土块的农具。铚（zhì）：短镰。艾（yì）：通“刈”。镰刀。③ 相寻于其上者如鱼鳞：指像鱼鳞那样密密匝匝地在有限的田地里寻求收获。寻，搜求。④ 闵闵：小心。⑤ 信：同“伸”。⑥ 同年：同一年考中进士。谓作者与本文所赠之朋友张琥同年中进士。

【浅析】君子进学之途，当“博观而约取，厚积而薄发”，这是文学大家苏轼的高度概括。前人对此也已有相似的论说。荀子论学曰：“积土成山，风雨兴焉；积水成渊，蛟龙生焉。”（《荀子·劝学》）颜之推论学曰：“学若牛毛，成如麟角。”（《颜氏家训·养生篇》）苏轼所论，不仅在思想上步武前贤，将学习之所获和求学之累积的关系阐述甚明，同时在手法上也采用比喻以助其论。诚如张伯行所评：“以稼喻学，字字名言。”（张伯行《唐宋八大家文钞》）以稼喻学的妙处在于：首先，学习范围须宽广，收获方能丰厚。“富人之稼”，“其田美而多，其食足而有余”。土质肥美，地多田广，既可轮番耕作，又可即时播种与收割，作物必定能十足成熟。反之，耕地逼仄，寸土必取，操劳过勤，往往事倍而功半。学习也是这样，取境应宽，用力又得恰如其分，收获才能如意。其次，学习态度须戒急迫，成果方可充裕。假若有人拥“百亩之田”，平常“日夜以望之”，“相寻于其上者如鱼鳞”，种之不及时，敛之不待熟，只想立竿见影，收成于须臾之间，则往往欲速则不达。学习也是同理，讲求日积月累，从容不迫，功到自然成。以稼喻学，表明作者对自己的同年朋友有着一片苦心，指望张琥有收获，成富人，按部就班，仕途通达，修得古君子一般刚而又充。苏轼善喻，于此可见一斑。

游白水书付过

绍圣元年十月十二日①，与幼子过游白水佛迹院②。浴于汤池③，热甚，其源殆可熟物。循山而东，少北，有悬水百仞④。山八九折，折处辄为潭，深者磓石五丈⑤，不得其所止。雪溅雷怒，可喜可畏。水崖有巨人迹数十，所谓佛迹也。暮归倒行，观山烧壮甚，俯仰度数谷⑥。至江，山月出，击汰中流⑦，掬弄珠璧⑧。到家二鼓，复与过饮酒，食余甘⑨，煮菜。顾影颓然，不复甚寐。书以付过。东坡翁。

【注释】① 绍圣元年：1094 年。绍圣，北宋哲宗的年号。② 过：苏轼第三子，名过，字叔党，有《斜川集》。白水：山名，在今广东博罗县东北。③ 汤池：即汤泉。据宋人记载，佛迹院有相距很近的二泉：东为汤泉，水热；西为雪如泉，水凉。④ 悬水：瀑布。仞：古时以八尺为仞。此处“百仞”当是泛指。⑤ 磓(duī)：坠落。绳端系石使之下坠。⑥ 俯仰：低头和抬头。比喻时间短暂。⑦ 击汰(tài)：击水。汰，水波。⑧ 掬(jū)：用双手捧取。璧：平圆形的玉。这里用来比喻映在水中的月亮。⑨ 余甘：橄榄的别名。

【浅析】绍圣元年，苏轼以“语涉讥讪”、“讥斥先朝”的罪名，贬谪英州（今广东英德），途中诏令更至惠州（今属广东）。一路险恶，已使作者苦不堪言。但是，苏轼还是对惠州风物产生了兴趣，带着随侍的幼子苏过游览了白水佛迹院。这篇游记似随手写来，倒也条贯清晰，运笔自如。游记从交代时间、地点、人物开始，游览佛迹院，经由“汤池”、“悬水”、深潭，一路上洗浴、观瀑、测潭。老少二人，眼观耳闻，加以亲身体验，兴致勃勃，乐在其中。而到达目的地佛迹院，反而敛笔收住，仅以“水崖有巨人迹数十，所谓佛迹也”一句带过，算是有个交代，给人以径情随兴、何必游“院”的感觉，颇有几分王子猷风范。傍晚回转，则情随景移，叙及壮观的山民焚烧野草，秀丽的星月倒映水中。游记本可到此终结，作者却觉意犹未尽，后半夜品食余甘，煮菜饮酒，把盏命笔，“书以付过”。唯“顾影颓然”一语道出此行挥之不去的内心纠结——直苦中作乐也。

录文忠公语

顷岁孙莘老识欧阳文忠公①，尝乘间以文字问之②，云：“无他术③，唯勤读书而多为之，自工④。世人患作文字少⑤，又懒读书，每一篇出，即求过人⑥，如此少有至者⑦。疵病不必待人指擿⑧，多作自能见之。”

此公以其尝试者告人，故尤有味。

【注释】① 顷岁：昔年。“顷岁”原可解为“近年”或“昔年”，而文中既称欧阳修的谥号，则此时欧已去世，“顷岁”应指昔年。孙莘老：即孙觉，北宋高邮人。曾任湖州知州。欧阳文忠公：欧阳修，文忠为其谥号。孙觉、苏轼原为宋神宗重臣，因反对王安石变法，先后被遣至湖州、杭州为官。② 乘间：乘着间隙，乘机。文字：指文章。③ 他术：别的方法。④ 自工：自然就精妙了。⑤ 患：毛病、弊端（在于）。⑥ 过人：超过人家。⑦ 至者：极其好的（文章）。至，极。⑧ 疵病：指文章的毛病。指擿：批评指正。

【浅析】苏轼和欧阳修同是北宋古文大家。苏轼在这篇短文里，借欧阳修之口，提出了写出好文章的经验之谈。原来，欧阳修所论写作之道极其简单，“勤读书”、“多为之”而已。勤读书，就要多读先贤的经典佳作，反复借鉴前人的作文经验；多为之，就是要加强实践，多动笔、多练习。这样，就自然而然地能够写出精美的文章来。欧阳修认为，时下作文者的弊病在于动笔太少，疏于读书，外加急于求成。这样，文章水平就很难提高了。此外，文章有瑕疵，作者自己能看出的，关键也在多多练习，自我补正。本文中欧阳修之语，正是苏本人的经验告白。苏轼以他山之石以攻玉，表明了这位大文豪的治学精神和理论见识。

苏轼所录欧阳之语，道理明白，层次清晰，平平叙来，意味深长。欧氏语录的特点还在于正反陈词，在比照中揭示学理，道出为文要诀。欧、苏灵犀相通，共同为古代散文理论宝库提供了有价值的篇章。

试笔自书

吾始至南海①，环视天水无际，凄然伤之，曰："何时得出此岛耶？"已而思之，天地在积水中，九州在大瀛海中②，中国在少海中③，有生孰不在岛者？覆盆水于地，芥浮于水，蚁附于芥，茫然不知所济。少焉水涸，蚁即径去，见其类，出涕曰："几不复与子相见，岂知俯仰之间④，有方轨八达之路乎⑤？"念此可以一笑。戊寅九月十二日，与客饮薄酒小醉，信笔书此纸。

【注释】① 南海：指南部海域之儋(dān)耳。儋耳为今海南省儋州。② 九州：即大九州。古谓中国为赤县九州，在此以外又有如神州者九州，以别于神州内之九州。瀛海：浩瀚的海洋。古人以为九州外有大瀛海环之。③ 中国：指黄河流域的中原河洛地带，后逐渐带有王朝统治正统性的意义。少海：小海。④ 俯仰：参见《游白水书付过》注⑥。⑤ 方轨：两车并行。

【浅析】宋绍圣四年(1097)，苏轼以元祐党人案被贬儋州。此时，东坡已是六十二岁了。政治上的重压，生活上的艰辛，使老人倍觉凄凉。正如本文所说："吾始至南海，环视天水无际，凄然伤之，曰：'何时得出此岛耶？'"但是，苏轼很快适应了儋州的生存环境，以乐观的气度来对待一系列的磨难，反将儋州看作自己的又一故乡："我本儋耳人，寄生西蜀州。"(见张邦基《墨庄漫录》)"他年谁作舆地志，海南万里真吾乡。"(《吾谪海南，子由雷州……作此诗示之》）第二年，苏轼就写下了《试笔自书》（一作《在儋耳书》），重新审视身处蛮荒之地的境遇，以其博大的胸怀面对严酷的现实，振作生活的勇气。苏轼没有像贾谊那样悲观失望，也没有像韩愈那样忧愁无聊，而是以超然自得、物我两忘的佛道精神为支柱，撑起了在儋州达观处世的信心。文中，苏轼认为整个天地都在“积水中”，九州在大海，中国在小海，不用说儋州环处在更小的海中了，这世上有谁不是生活在岛上呢？如此，则不必大惊小怪，进退失据。作者继而以“蚁附于芥”的寓言，讥讽了那些少见识、无智慧的蚁们，一旦所附之芥浮于盆水，便“茫然不知所济”；逢到“水涸”了，又哭哭啼啼，为能侥幸存活而嗟叹不已。这蚁就是不能在忧患中发现“方轨八达之路”，动辄惊惶失措，犯了自我幽闭的毛病。苏轼书此，就是为了说明唯有精神上先有“方轨八达之路”，才能在现实中迈向生活通途的道理。东坡的自嘲、自勉，或许就在试图打开心灵的通衢大道。

黄庭坚

黄庭坚（1045—1105），字鲁直，号涪翁，又号山谷道人，洪州分宁（今江西修水）人。宋文学家、书法家。与张耒、晁补之、秦观俱游学苏轼门下，称为“苏门四学士”。英宗治平间进士，以校书郎为《神宗实录》检讨官，迁著作佐郎、秘书丞等。后以修实录不实的罪名，遭到贬谪。于诗学杜甫，与苏轼并名，称“苏黄”，又为江西诗派创始人。长于书法，行草兼善，楷法自成一家，与苏轼、米芾、蔡襄合称“宋四家”。有《山谷集》。

跋范文正公帖

范文正公书[①]，落笔痛快沉着，极近晋、宋人书。往时苏才翁书法妙天下[②]，不可一世，人惟称文正公书与《乐毅论》同法[③]。余少时得此评，初不谓然，以谓才翁傲睨万物，众人皆侧目，无王法，必见杀也。而文正待之甚厚，爱其才而忘其短也。故才翁评书少曲董狐之笔耳[④]。老年观此书，乃知用笔实处，是其最工。大概文正妙于世故，想其钩指回腕，皆优入古人法度中。今士大夫喜书，当不但学其书法，观其所以教戒故旧亲戚，皆天下长者之言也。深爱其书，则深味其义，推而涉世不为吉人志士，吾不信也。

【注释】① 范文正公：范仲淹(989—1052)，字希文，吴县(今江苏苏州)人。宋政治家、文学家。大中祥符间进士，官至参知政事。工诗词古文，亦擅书法。② 苏才翁：苏舜元(1006—1054)，字叔才，号才翁，梓州铜山(今四川中江)人。与弟舜钦合称"二苏"。书工篆隶，尤善草书。③《乐毅论》：晋王羲之所书小楷法帖。唐褚遂良称其"笔势精妙，备尽楷则"。被列为王羲之正书第一。④ 曲：弯曲，不合。董狐：春秋时晋史官。孔子以其直书不讳，称之为"古之良史"。

【浅析】黄庭坚为宋著名书法家,故于书家作品,独具法眼。黄跋对范仲淹书帖,一开首便下断语:“落笔痛快沉着,极近晋、宋人书。”将范仲淹书法比肩王羲之、王献之、钟繇、羊欣等晋宋书家,评价不可谓不高。而且黄评是有根据和理由的,那就是当代书法大家苏舜元认为“文正公书与《乐毅论》同法”。以苏氏的书名,权威性是够了,但作者唯恐世人尚存疑虑,因为此公“傲睨万物”,遭众人侧目,唯文正公善待之,“爱其才而忘其短”。为投桃报李,苏舜元或有拔高之嫌,以至未必能像良史董狐般秉笔直书。作者的巧妙在于,为提防苏评招致非议,故意自我设疑、解疑,称作者本人少时也“不谓然”,借此为进一步正面评说作了铺垫。假如说少时或会走眼,那么步入老年后,书学修养愈加精深,且黄庭坚名声在外,从爱惜羽毛出发,当不会曲意逢迎,任加赞誉,因而跋文所称“用笔实处,是其最工”,“钩指回腕,皆优入古人法度中”,应该是可信的。黄跋之用意还不尽在讨论书艺,更由书品推及人品。范公书艺,已不遑多让,作者更看重其能为“天下长者之言”,有其不可多得的教化意义。欲为“吉人志士”,应当“深爱其书”,“深味其义,推而涉世”。不知是爱屋及乌,还是爱乌及屋,反正黄庭坚于范仲淹已是书法人格两相爱了。

秦观

秦观(1049—1100),字少游,一字太虚,号淮海居士,高邮(今属江苏)人。宋文学家。与黄庭坚、张耒、晁补之合称“苏门四学士”。宋神宗元丰间进士,历任定海主簿、蔡州教授、秘书省正字兼国史院编修官。政治上趋向保守,因被目为元祐党人而遭贬谪。秦观为北宋后期著名婉约派词人，其诗亦长于抒情，所作诗词风格委婉含蓄，清丽淡雅。其散文则“文丽而思深”。有《淮海集》。

精骑集序

予少时读书，一见辄能诵，暗疏之亦不甚失[①]。然负此自放，喜从滑稽饮酒者游[②]。旬朔之间[③]，把卷无几日。故虽有强记之力，而常废于不勤。

比数年来，颇发愤自惩艾[④]，悔前所为；而聪明衰耗，殆不如曩时十一二。每阅一事，必寻绎数终[⑤]，掩卷茫然，辄复不省。故虽有勤劳之苦，而常废于善忘。

嗟夫！败吾业者，常此二物也[⑥]。比读《齐史》，见孙搴答邢词曰[⑦]：“我精骑三千，足敌君羸卒数万。”心善其说，因取经、传、子、史之可为文用者，得若干条，勒为若干卷，题曰《精骑集》云。

噫，少而不勤，无知之何矣！长而善忘，庶几以此补之。

【注释】① 暗疏：默写。② 滑稽：诙谐善辩。③ 旬朔：十天或一个月。④ 惩艾（yì，一作“乂”）：被惩创而生戒惧。犹言从失败中吸取教训。⑤ 寻绎数终：从头到尾翻阅数次。⑥ 二物:指上文所言“不勤”与“善忘”。⑦ 孙搴:北齐乐安人,字彦举,贫而勤学,任国子助教。曾为汉武帝作西征檄文,援笔立就,即以专典主笔,加散骑常侍。《北史》本传称:“搴学浅行薄,邢邵尝谓曰:‘须更读书。’搴曰:‘我精骑三千,足敌君羸卒数万。’”邢邵:河间郑人,字子才,官至中书侍郎。《北史》本传称:“自孝明之后,文雅大盛。邵雕虫之美,独步当时。每一文初出,京师为之纸贵。”

【浅析】秦观为文好发议论,该序是为读书如何克服弊端而发。文章围绕读书方法及效果展开讨论,涉及记诵、勤苦、善忘、精读诸话题,好学者可以引为鉴戒。作者以自己的亲身体验为例,首先论及的是先天质素与后天努力的关系。秦观天资不能说不聪颖,“一见辄能诵,暗疏之亦不甚失”,就是明证。但正如韩愈所论“业精于勤荒于嬉”(《进学解》),作者没能好好利用天分,却放纵自己,“喜从滑稽饮酒者游”,弄得“常废于不勤”。接着作者进行自我诊断,决意治好嬉戏自放的毛病,对症下药的药方就是勤苦,“每阅一事,必寻绎数终”,倒是有点“贪多务得,细大不捐”(韩愈《进学解》)。只可惜到头来还是收效甚微,“掩卷茫然,辄复不省”,治愈了旧病,又遇上了新的烦恼——“善忘”。读书过勤过多,囫囵吞枣,消化不良。治学新弊,究竟如何纠正,秦观在孙搴答邢词中深受启发,即“精骑三千”可当“羸卒数万”。原来,读书有时并不在乎多,而在乎精。文章最终说出此序的主旨:以发愤纠不勤,以精读补善忘。此治学之正道也。

秦观此序的写法值得探究。其一谓抽茧剥皮法。文章现身说法,层层析解,最终将读书治学归结到一个“精”字。其二谓比照借喻法。作者把勤奋和懈怠、广博和精当、天资和后悟、精骑和羸卒，对比清晰，譬喻形象，句句入理，水到渠成，而结撰《精骑集》的良苦用心，彰显无遗。

李格非

李格非（生卒年未详），字文叔，济南（今属山东）人。宋文学家。女词人李清照之父。宋神宗熙宁间进士，历任校书郎、著作佐郎、礼部员外郎、提点东京刑狱等官。李格非诗文俱工，有诗文四十五卷，今已佚。

书洛阳名园记后

洛阳处天下之中，挟崤、渑之阻[1]，当秦、陇之襟喉[2]，而赵、魏之走集[3]，盖四方必争之地也。天下当无事则已，有事则洛阳必先受兵[4]。予故尝曰：洛阳之盛衰，天下治乱之候也[5]。

方唐贞观、开元之间[6]，公卿贵戚开馆列第于东都者[7]，号千有余邸。及其乱离，继以五季之酷[8]。其池塘竹树，兵车蹂蹴，废而为丘墟；高亭大榭，烟火焚燎，化而为灰烬，与唐共灭而俱亡，无余处矣。予故尝曰："园圃之兴废，洛阳盛衰之候也。"

且天下之治乱，候于洛阳之盛衰而知[9]；洛阳之盛衰，候于园圃之兴废而得。

则《名园记》之作，予岂徒然哉！

鸣呼！公卿大夫方进于朝⑩，放乎一己之私以自为⑪，而忘天下之治忽⑫，欲退享此乐⑬，得乎？唐之末路是已。

【注释】① 殽：殽山。位于河南省西部，灵宝市、陕县南部，是秦岭山脉东段的支脉，隔黄河与山西省的中条山相望。渑：渑池。渑池县位于河南省西部，隶属三门峡市，北濒黄河，南与洛宁、宜阳相连，东与新安为邻，西界崤函。阻：险阻。② 秦：秦地，指陕西一带。陇：指陕西省西部和甘肃省一带。襟喉：衣襟和咽喉。比喻地势险要。③ 赵、魏：指赵地和魏地，今河北、山西、河南接邻地区。走集：边境之垒壁。此指赵、魏地势险要，洛阳正处其间。④ 受兵：遭遇战乱。⑤ 候：征兆，标志。⑥ 贞观：唐太宗年号。开元：唐玄宗年号。⑦ 东都：唐代以长安为国都，洛阳为东都（陪都）。⑧ 五季：即唐五代。指后梁、后唐、后晋、后汉、后周。酷：指兵祸酷烈。⑨ 候：象征，预兆。此处作动词。⑩ 进：进用。⑪ 放：放纵。自为：随意作为。⑫ 治忽：指政事的安定有序和轻慢怠惰。⑬ 退：退隐，不问朝政。

【浅析】《书洛阳名园记后》（一作《洛阳名园记论》）是李格非为所作《洛阳名园记》写的总论。《洛阳名园记》记述了北宋盛时达官、贵人及豪富，在洛阳十九处名园纵情享乐、恣意游玩的情况。作者痛感"生于忧患，死于安乐"的历史教训，故以"书后"的形式，借题发挥，向世人发出警诫：务必以五代之乱世为殷鉴，避免重蹈亡国之覆辙。

此跋文从东都洛阳的地理位置说起。洛阳作为一处兵家必争之地,“天下当无事则已,有事则洛阳必先受兵”。洛阳的盛衰从一开始就因其地理位置而存在明显的变数。可惜,当政者一直未予重视,反而大兴土木,兴建馆阁园囿。果然,唐末兵燹,就把开元、天宝间修造的千余馆第毁为丘墟、灰烬,完全应验了作者关于洛阳盛衰、园囿兴废和天下治乱关系的论断。眼下在朝诸公,竟然罔顾历史,还在这伤心地竭尽逍遥游乐之能事。李格非不禁给予当头棒喝:若依然故我,不思变革,“唐之末路是已”!

李格非好历史文物、地方风情,对洛阳名园本有所偏爱,但与国家的盛衰绝续相比,这种偏爱就显得实在微不足道。这篇“书后”正是李氏敏锐史识和深切悲情的集中体现,也是以小见大、以园见国的有心之作。作者以诗歌般的复沓手法,层层叠加,透发出这篇短文的精义所在。金圣叹批点此文曰:“幺幺小题,发出如许大论。大儒眼中,固无细事;大儒胸中,固无小计;大儒手中,固无琐笔。定当如此。”(《金圣叹批才子古文》)诚哉斯言!

陆　游

陆游(1125—1210),字务观,号放翁,越州山阴(今浙江绍兴)人。宋文学家。高宗时应礼部试,为秦桧所黜。孝宗时任枢密院编修,赐进士出身。乾道间入蜀,投身军旅生活。嘉泰间召入修孝、光两朝实录,官至宝章阁待制。晚年退居家乡,但仍望收复中原。工诗词、散文。诗歌创作很多,今存九千多首,为“南宋四大家”之一。有《剑南诗稿》、《渭南文集》。

跋李庄简公家书

李丈参政罢政归乡里时[1]，某年二十矣。时时来访先君[2]，剧谈终日[3]。每言秦氏[4]，必曰“咸阳”[5]，愤切慨慷，形于色辞。

一日平旦来[6]，共饭，谓先君曰：“闻赵相过岭[7]，悲忧出涕。仆不然，谪命下[8]，青鞋布袜行矣，岂能作儿女态耶！”方言此时，目如炬，声如钟，其英伟刚毅之气，使人兴起。

后四十年，偶读公家书，虽徙海表[9]，气不少衰。丁宁训诫之语，皆足垂范百世，犹想见其道“青鞋布袜”时也。

淳熙戊申五月己未[10]，笠泽陆某题[11]。

【注释】① 李丈参政：即庄简公李光，字泰发，上虞（今属浙江）人。宋徽宗崇宁间进士，高宗时官至礼部尚书、参知政事。因与秦桧政见不合，被罢职。后又远贬琼州（今海南省）。卒谥庄简。参政，参知政事的简称。② 先君：自称已逝的父亲，即陆游父陆宰。③ 剧谈：畅谈。④ 秦氏：指秦桧。⑤ 咸阳：秦国国都，在今陕西省咸阳市东北。此处代指秦桧，因愤恨而不愿呼其名姓。⑥ 平旦：早晨。⑦ 赵相：赵鼎，宋高宗时宰相。因反对秦桧议和，遭秦陷害，被贬岭南。⑧ 谪命：贬谪的命令。⑨ 海表：海外。此指琼州（海南岛）。⑩ 淳熙戊申五月己未：淳熙十五年（1188）五月二十四日。淳熙，宋孝宗赵昚（shèn）的年号。⑪ 笠泽：江苏省境内太湖。陆游祖籍甫里，濒临太湖，故以此自称。

【浅析】这篇《跋李庄简公家书》，是陆游读父亲陆宰的朋友李光家书后的小文。李光罢政归乡里时，与自己的父亲过往甚密，常高谈时事。二十岁的陆游看在眼里，记在心里。文章用几于白描的手法，谈及李光和自己父亲亲密关系的政治基础，“每言秦氏，必曰咸阳，愤切慨慷，形于色辞”。李光与陆父显然已影响感染了青年陆游，为其日后爱国抗金的言行作了思想的铺垫，也是写作这篇跋文的情感缘由。李、陆两家交好是一种常态，陆游还选择了一个特殊的片段，那就是李光论李鼎罢相一事时的神貌。李光将李鼎经过贬所时“悲忧出涕”，和自己“青鞋布袜行”作了对照，凸显了李庄简的从容神情和倔强个性。作者还形象地描绘了李光“目如炬，声如钟”的“英伟刚毅之气”，留下了陆游早年对他的忠贞之士的深刻印象，以致四十年后仍历历如在眼前。可见李光刚烈英武的神貌感人之深！

陆游拳拳爱国之心、昭昭抗金之志，和前辈忠良如陆父、如李光，有着密不可分的相承关系。这篇短短的跋文，就是见证。

朱熹

朱熹（1130—1200），字元晦，一字仲晦，号晦庵、晦翁，又别号考亭、紫阳，祖籍徽州婺源（今属江西），生于南剑州尤溪（今属福建）。宋思想家、教育家。宋高宗绍兴年间进士，历任提点江西刑狱公事、秘阁修撰、焕章阁待制、侍讲等职。曾修复岳麓书院，广纳游学之士。致仕后，归建阳讲学著述而终。朱熹是宋理学思想的集大成者，建立了完整的理学体系，与程颐、程颢合称“程朱理学”。朱熹涉猎群书，广泛注释经典古籍，于经学、史学、文学均有贡献。所作诗文颇具特色：诗歌吟咏性情，雍容平和；散文则畅达精炼，缜密深刻。有《朱文公文集》、《朱子语类》。

记孙觌事

靖康之难①，钦宗幸虏营②。虏人欲得某文③。钦宗不得已，为诏从臣孙觌为之④；阴冀觌不奉诏⑤，得以为解。而觌不复辞，一挥而就，过为贬损，以媚虏人，而词甚精丽，如宿成者⑥。虏人大喜，至以大宗城卤获妇饷之⑦。觌亦不辞。其后每语人曰：“人不胜天久矣，古今祸乱，莫非天之所为。而一时之士，欲以人力胜之，是以多败事而少成功，而身以不免焉。孟子所谓‘顺天者存，逆天者亡’者⑧，盖谓此也。”或戏之曰：“然则子之在虏营也，顺天为已甚矣！其寿而康也宜哉⑨！”觌惭无以应。闻者快之。

乙巳八月二十三日⑩，与刘晦伯语⑪，录记此事，因书以识云。

【注释】① 靖康之难：宋钦宗靖康二年(1277)四月，金人攻陷汴梁，掳宋徽宗、钦宗北迁。靖康，宋钦宗年号。② 幸：指皇帝出行到某地。宋朝皇帝被掳入金营，为国家耻辱，朱熹对此有所隐讳，故说“幸”。③ 某文：指降表。④ 孙觌：孙觌(1081—1169)，字仲益，晋陵人。大观间进士，历官翰林学士，吏、户二部尚书，知秀州、温州、临安诸郡。因忤执政，归隐太湖滨西徐里。孝宗朝，洪迈修国史，命编类蔡京、王黼等事实，颇多曲笔。觌为文工四六，有《鸿庆居士集》。⑤ 阴冀：暗中希望。⑥ 宿成：早就写好。⑦ 大宗城：金朝的同姓权贵。卤：掳。⑧ 顺天者存，逆天者亡：语见《孟子·离娄上》。⑨ 寿而康：长寿，安康。⑩ 乙巳：宋淳熙十二年(1185)。⑪ 刘晦伯：刘爚，朱熹学生。

【浅析】朱熹为宋理学创导者，坚持儒学观念，强调文以载道，于政治则态度鲜明，反对与金和议，力主捍卫大宋江山。孙觌本也是个有才学之士，无奈大节有亏，竟书降表以靦颜媚敌。朱熹便“录记此事”，立此存照。

朱熹从国难当头说起——徽、钦二宗不幸掳入金营。据《四库全书总目》引宋人记述：“汴都破后，觌受金人女乐，为钦宗草表上金主，极意献媚。”此说与朱记具体事件有时间先后之差，姑且勿论。就其行而言，孙觌写了降表，接受了金人“奖赏”，作为一个宋臣，自是罪不容赦。朱熹记事，抓住了两个细节，一是“一挥而就”，一是“如宿成者”，这样更显孙觌乃是有意为之，更应罪加一等了。写个降表如此迅疾，是其心甘情愿；而若早早草就，是其蓄谋已久。就其言看来，孙觌有一番自辩之说，即求降乃顺天命，“一时之士，欲以人力胜之，是以多败事而少成功，而身以不免焉”。既然孟老夫子都说“顺天者存，逆天者亡”,非议者还有什么可说的?对此,朱圣人倒没有正面抨击之,只是借他人戏言予以回驳:在敌营写降表,会不会顺天顺过了头,你那长寿、安康该不是也正应了天意。弄得老孙头很是没趣。朱熹不是以正史的格局去写,而是精选一二言行,客观述之,揭开了孙觌卖国求荣的真面目。所用手段,真还有几分春秋笔法呢。

不过细绎全文,有些地方还值得深究:朱熹是否忠于史实?首先,此记叙受诏写表在前,得金人“大宗城卤获妇”在后。这样,孙觌毕竟算不上因贪图金钱美女而为之。不像《四库全书总目》所云,先“受金人女乐”,然后“为钦宗草表上金主”。这一颠倒,道德审判的意味加重了。其次,作者为钦宗多所讳护,说什么“不得已”等,但其中“阴冀觌不奉诏,得以为解”一语,恰恰露了马脚。孙觌固然品性卑下,但根子还在钦宗,你钦宗下诏让孙觌写降表,本身就没安好心:“不奉诏”之举不会是孙某人所为,“得以为解”更是痴人做梦;孙觌奉诏写了,钦宗就有推卸罪责之嫌。不知朱熹故意为钦宗遮丑,还是其本身就是个政治上的迂夫子?论者多以孙觌为批判靶心,其实最该谴责的是金主和钦宗,孙觌有其秽行,也有为人替罪处。

辛弃疾

辛弃疾(1140—1207),字幼安,号稼轩,历城(今属山东济南)人。宋词人。绍兴末聚众从耿京抗金,不久归南宋。历任湖北、江西、湖南、福建、浙东安抚使等职。曾上《美芹十论》与《九议》,条陈战守之策,然未被采纳。后长期落职闲居于江西上饶、铅山一带。晚年一度起用,不久病卒。辛弃疾词风格悲壮激越,为南宋豪放词代表,与苏轼并称“苏辛”。有《稼轩长短句》、《辛稼轩诗文钞存》。

跋绍兴辛巳亲征诏草

使此诏见于绍兴之初[①]，可以无事雠之大耻[②]；使此诏行于隆兴之后[③]，可以卒不世之大功[④]。今此诏与此虏犹俱存也，悲夫。

嘉泰四年三月门生弃疾拜手谨书[⑤]。

【注释】① 此诏：指绍兴辛巳亲征诏草。为宰相陈康伯劝宋高宗亲征金朝而代拟散文诏草，作于绍兴三十一年(1161)。② 雠：仇敌。③ 隆兴：宋孝宗年号(1163—1164)。④ 卒：完成。不世：世上少有。⑤ 嘉泰四年：1204 年。嘉泰，宋宁宗年号。

【浅析】“绍兴辛巳亲征诏草”为陈康伯代拟，时绍兴三十一年(1161)。陈康伯草拟诏书，为的是激励民情军心，同仇敌忾，收复被金占领的失地。当时在诏草上题跋的还有何澹、谢深甫、陈说、叶适等，可见一时劝战者还大有人在。时过境迁，转眼到了作者等题跋此诏的嘉泰年间，诏书还在，豪气已散，山河破碎依旧，铁骑仍践踏着中原大地，辛弃疾感到悲哀莫名。跋文(含题目)短短几句话，列出了三个时间点：“绍兴辛巳”，“绍兴之初”，“隆兴之后”。客观实在的一篇诏书，和假设的时间转换，彼此的不同组合，作者认为可能产生截然相异的后果。其中拟定亲征诏书的绍兴辛巳年，即绍兴三十一年(1161)是一个时间基准点，此时宰相陈康伯意识到形势严峻，但国力尚存，人气尚聚，高宗如不亲征，难免使金人坐大，有战略眼光者应不会失却良机。可是，北伐时机因统治者的优柔寡断而失之交臂。于是，作者自我安慰般地将时间前推三十来年，即绍兴初年，“可以无事雠之大耻”，那时国家还未伤筋动骨，有足够的力量拒敌于国门之外。即使在辛巳年这个基准点后推两三年，即隆兴之后，还“可以卒不世之大功”，只要善用将领，上下同心，取胜也还有把握。可惜，事到如今，四十年光阴白白流逝，“此诏与此虏犹俱存也”，只能徒唤“悲夫”了。

辛弃疾一生都牵挂着收复国土，打回老家，在六十五岁高龄时还是念念不忘这个目标，内中郁积了多少伤痛和遗憾，唯有让情感的暗潮涌动在这数句话中。那终究是个时代的悲剧！

王若虚

王若虚(1174—1243)，字从之，号慵夫，又号滹南遗老，藁城(今属河北)人。金文学家。承安间进士。历任国史院编修官、翰林直学士等职。金亡不仕，北归乡里。王若虚论文论诗都有独到见解：论文主辞达理顺，不可失体；论诗以为应出于自得，反对雕镌。有《滹南遗老集》。

焚驴志

岁已未[①]，河朔大旱，远迩焦然无主赖[②]。镇阳帅自言忧农，督下祈雨甚急。厌禳小数[③]，靡不为之，竟无验。既久，怪诬之说兴[④]。适民家有产白驴者，或指曰：“此旱之由也。云方兴，驴辄仰号之，云辄散不留。是物不死，旱胡得止？”一人臆倡[⑤]，众万以附。帅闻，以为然，命亟取，将焚之。

驴见梦于府之属某曰[6]：“冤哉焚也！天祸流行，民自罹之，吾何预焉[7]？吾生不幸为异类[8]，又不幸堕于畜兽。乘负驾驭，惟人所命；驱叱鞭箠[9]，亦惟所加。劳辱以终，吾分然也[10]。若水旱之事，岂其所知，而欲置斯酷欤？孰诬我者，而帅从之！祸有存乎天，有因乎人。人者可以自求，而天者可以委之也[11]。殷之旱也，有桑林之祷[12]，言出而雨；卫之旱也，为伐邢之役[13]，师兴而雨；汉旱，卜式请烹弘羊[14]；唐旱，李中敏乞斩郑注[15]。救旱之术多矣，盍亦求诸是类乎？求之不得，无所归咎，则存乎天也，委焉而已。不求诸人，不委诸天，以无稽之言，而谓我之愆[16]。嘻，其不然！暴巫投魃[17]，既已迂矣，今兹无乃复甚？杀我而有利于人，吾何爱一死？如其未也，焉用为是以益恶[18]？滥杀不仁，轻信不智，不仁不智，帅胡取焉？吾子，其属也，敢私以诉[19]。”

某谢而觉[20]，请诸帅而释之。人情初不怿也[21]。未几而雨，则弥月不解[22]，潦溢伤禾[23]，岁卒以空[24]。人无复议驴。

【注释】① 岁己未：金章宗承安四年(1199)。② 迩：近。焦然：禾苗枯焦的样子。无主赖：没有依靠。③ 厌禳(ráng)：祈祷消除灾难。小数：小法术。④ 怪：怪异。诬：无根据。⑤ 臆倡：随意倡导。⑥ 府之属：帅府中的僚属。⑦ 预：相干。⑧ 异类：非人类。⑨ 鞭箠(chuí)：以鞭击打。⑩ 分：本分。⑪ 委：听之任之。⑫ 桑林：地名。桑山之林。⑬ 邢：古国名。在今河北省邢台市西南。⑭ 卜式：汉代河南人。弘羊：桑弘羊，汉代洛阳人。汉武帝时任治粟都尉。⑮ 李中敏：唐时陇西人，曾任监察御史等。郑注：唐时翼城人。以方技游江湖间，后官工部尚书，并充翰林侍讲学士。助文宗杀王守澄，出为凤翔节度使，并拟与李训里应外合率部入京，密谋一举消灭宦官势力。"甘露之变"后，李训败露，郑注欲退兵，被监军张仲清所杀。⑯ 愆(qiān)：罪过，过失。⑰ 暴：同"曝"。投：驱赶。魃(bá)：旱神。⑱ 益：增添。⑲ 私：私自。诉：申诉。⑳ 谢：道歉。觉：醒。㉑ 怿(yì)：喜欢。㉒ 弥：满。解：停止。㉓ 潦(lào)：涝灾。㉔ 空：没有收成。

【浅析】寓言故事常通过动物形象来反映社会生态，揭示人情物理，庄子、韩非子、柳宗元都是善用寓言说理的高手。金王若虚也能以一头驴的"经历"，来证明驴与旱涝无关。可悲的是，驴们往往成了当政者玩弄权术、欺骗舆论的工具和替罪羊。官、民、驴之间的关系，竟成了金代社会的真实写照。

作者先说“焚驴”的缘由。承安四年，河朔遇上了大旱，地方长官镇阳帅用各种法术祈雨，“竟无验”。有意思的是，寓言用了“自言”和“督下”数词，就已将这位当权者的虚伪和无能暴露无遗。原来“忧农”是自己说说的，而非民间评价；而“祈雨”重任由底下人去承担，此帅只管催督，成和不成与本帅无干。这哪像一个负责任的地方官呢？上梁不正下梁就歪了，于是“怪诬之说兴”，急病乱投医的当地愚众，也信了荒诞的焚驴消灾之议，因为有头白驴见云辄号，弄得云散不积，终难下雨。这位长官正愁找不到替罪物，就决定拿白驴开刀。

寓言继而摆出“驴”的冤屈。白驴无辜，遭此厄运，就托梦给帅府中的僚属，申说冤情。白驴认为，天祸民罹，与本驴无关。本驴真是不幸，生来白色，已属异类，又“堕于畜兽”，为人驱赶叱责，备受劳辱，不管怎样也算命该如此。可令驴费解的是，我招谁惹谁了，平白无故地要置我于死地呢？有人胡说八道倒也罢了，问题是决策者不问青红皂白而“从之”，真是“冤哉焚也”！白驴没有停留在就事论事上，而由个案推论一般事理：“祸有存乎天，有因乎人。人者可以自求，而天者可以委之也。”史上灾祸，有的“存乎天”，有的“因乎人”。“存乎天”者，大概只能听天由命了；“因乎人”者，应当有许多“自求”之法，如检讨失误，防患未然，等等。史上遭遇旱灾的事多了去了，但求雨之法，不外向天祈祷、兴师伐罪、剪除奸佞。冤有头，债有主，怎么可以“谓我之愆”呢？哪有像镇阳帅那样滥杀无辜的呢？用巫者驱旱，本已迂极；今欲焚本驴，更错上加错。我倒不是怜惜生命，关键是为帅者不能如此的“不仁不智”！白驴的一番梦话义正词严，若该帅在场，定将张口结舌，无言以对。

此“志”最后以事实重申“焚驴”的荒谬。帅府僚属听完驴述后，终于警醒，在表示歉意之余，请求帅者免驴罪而释之。其后，雨照下，水照发，禾仍伤，岁仍空，都不关白驴什么事。寓言以事件后果印证了白驴的清白。

战国时西门豹巧设机局，戳穿地方黑恶势力与巫祝相互勾结、戕害良女、聚敛钱财的阴谋邪说（见《史记·滑稽列传》），而金代王若虚《焚驴志》以驴喻人，借自然灾难说事，揭露为官者推诿塞责，草菅人命，而愚民又人云亦云，盲目从众，前后故事，异曲同工，都是作者对荒谬社会现实的深刻嘲讽。

周　密

周密（1232—1298），字公谨，号草窗、草洲、四水潜夫，原籍济南，后迁吴兴（今属浙江）。宋词人。宋末曾任义乌知县，宋亡不仕。其词格律严谨，与吴文英（梦窗）并称“二窗”。亦能诗文，擅书画。有《武林旧事》、《草窗词》、《齐东野语》、《癸辛杂识》。

观　潮

浙江之潮[①]，天下之伟观也。自既望以至十八日为盛[②]。方其远出海门[③]，仅如银线；既而渐近，则玉城雪岭[④]，际天而来，大声如雷霆，震撼激射，吞天沃日[⑤]，势极雄豪。杨诚斋诗云[⑥]“海涌银为郭，江横玉系腰”者是也。

每岁，京尹出浙江亭教阅水军[⑦]，艨艟数百[⑧]，分列两岸；既而尽奔腾分合五阵之势，并有乘骑弄旗、标枪舞刀于水面者，如履平地。倏尔黄烟四起[9]，人物略不相睹，水爆轰震，声如崩山；烟消波静，则一舸无迹，仅有敌船为火所焚，随波而逝。

吴儿善泅者数百，皆披发文身[10]，手持十幅大彩旗，争先鼓勇，溯迎而上，出没于鲸波万仞中[11]，腾身百变，而旗尾略不沾湿，以此夸能。而豪民贵宦，争赏银采。

江干上下十余里间，珠翠罗绮溢目，车马塞途。饮食百物，皆倍穹常时[12]，而僦赁看幕[13]，虽席地不容间也。

禁中例观潮于“天开图画”[14]。高台下瞰，如在指掌。都民遥瞻黄伞雉扇于九霄之上[15]，真若箫台蓬岛也[16]。

【注释】① 浙江：钱塘江。② 既望：农历十五为望，望后一日为既望。此处指八月十六日。③ 海门：在今浙江省临海县东南。吴自牧《梦粱录》“浙江”：“海门在江之东北，有山曰赭山，与龛山对峙，潮水出其间也。” ④ 玉城雪岭：形容潮水像玉砌的城墙、雪堆的山岭。⑤ 沃：浇，浴。⑥ 杨诚斋：南宋诗人杨万里，号诚斋。杨万里《题文发叔所藏潘子真水墨江湖八境小轴·浙江观潮》：“海涌银为郭，江横玉系腰。吴侬只言黠，到老也看潮。” ⑦ 京尹：京兆尹。国都所在地的地方长官。

此处指临安知府。南宋以临安为“行在所”（临时首都），故称府官为京尹。浙江亭：亭名。在临安城南钱塘江北岸。⑧ 艨（méng）艟（chōng）：一种形体狭长的战船。⑨ 倏（shū）尔：突然，一瞬间。⑩ 披发：不冠不簪，散开头发，为吴地古老风俗。文身：身上刺花纹。⑪ 鲸波：鲸鱼到处，波涛汹涌，故以形容波涛之大。万仞：形容浪潮之高。⑫ 倍穹（qióng）常时：指货物较平常时加倍丰富。穹，高。⑬ 僦（jiù）赁（lìn）：租借。看幕：指临时用帐幕搭成的看台。⑭ 禁中：宫中。天开图画：南宋皇宫中的台名。此台靠近钱塘江北岸，可在上观潮。⑮ 黄伞雉扇：古时帝王所用的仪仗。雉扇，雉尾毛羽制成的扇，下方上圆，直柄，中绣双孔雀，周围饰以雉羽。⑯ 箫台蓬岛：传说中神仙居住之地。箫台，传说秦穆公时萧史善吹箫，穆公女儿弄玉随萧史学，作凤鸣，召来凤，二人飞升去，穆公为筑凤台。蓬岛，古代神话中说渤海有神山名蓬莱，神仙所居。

【浅析】 本篇选自《武林旧事》。《武林旧事》为周密于宋亡之后所作，主要叙述南宋的岁时风俗、典章制度、杭州物产以及游乐状况，展示了特定历史时期的社会面貌和人文精神。《观潮》是其中描述生动、形神兼具的一篇。

本文以钱塘观潮的总体情状开篇。这“天下之伟观”，最佳观赏时间为八月十六至十八，最佳发生地点在海门至杭州的钱江段，其形则细如“银线”而“玉城雪岭，际天而来”，其声则大“如雷霆”，其势则“震撼激射，吞天沃日”，非杨万里“海涌银为郭，江横玉系腰”之句难以尽其豪壮。继而分别以水军操练、吴儿泅渡、民间盛况、禁中下瞰等几个部分，绘声绘色地铺叙了钱塘观潮的各种壮美的风情。这水军操练，正是一场空前激烈的水上“决战”，其阵势、其声响、其变幻，恰可与钱江潮水媿美。这吴儿泅渡，虽也有惊心动魄处，不过终与官方“教阅水军”不同，它的表演性、观赏性远大于实战性。吴中水上英豪利用潮涨潮落一显身手，给观潮盛举增色不少。官方和民办的庆祝助兴活动，吸引了延绵十余里的民众前往观潮，大大超过了集市、庙会的规模，衣着光鲜，食物丰富，车马拥堵，商家欢颜，好一幅杭城民俗风景画。文章最后写到了宫中观潮，在那至高皇权的象征“天台图画”台下瞰钱江，“如在指掌”，自然是得天独厚，只是在百姓眼里，“黄伞雉扇”的宫台，“真若箫台蓬岛也”，隐隐道出君民之间有如天壤之隔。

以散文写观潮，自有其体裁上的优势，可作层层铺叙，也可移步换影；可浓墨与轻染结合，也可远景与近照相叠。加以在客观描述中，还渗进了多重复杂的情感：惊叹，追念，以及淡淡的忧思。《观潮》一文，足以充作反映南宋杭城风物人情的真实读本。

宋 濂

宋濂(1310—1381)，字景濂，号潜溪，祖籍金华(今属浙江)，迁浦江(今属浙江)。明政治家、文学家。尝入龙门山著书授徒，故又号龙门子。早年师事吴莱、柳贯、黄溍，文名甚著。朱元璋以书聘为江南儒学提举，历官翰林院学士、《元史》总裁、礼部主事。宋濂为明初文章大家，风格雍容浑穆。有《宋学士文集》、《龙门子凝道记》。

束氏狸狌

龙门子曰：卫人束氏[①]，举世之物，咸无所好，唯好畜狸狌[②]。狸狌，捕鼠兽也，畜至百余，家东西之鼠捕且尽。狸狌无所食，饥而嗥。束氏日市肉啖之。狸狌生子若孙③，以啖肉故，竟不知世之有鼠，但饥则嗥，嗥则得肉食，食已与与如也，熙熙如也④。

南郭有士病鼠，鼠群行有堕瓮者，急从束氏假狸狌以去。狸狌见鼠双耳耸，眼突露如漆，赤鬣又磔磔然⑤，意为异物也，沿鼠行不敢下。士怒，推入之。狸狌怖甚，对之大嗥。久之，鼠度其无他技，啮其足。狸狌奋掷而出⑥。噫！武士素享重禄，遇盗则窜者，其亦狸狌哉！

【注释】 ① 卫：周代诸侯国之一。位于今河南北部，国都濮阳。② 狸狌(shēng)：指猫或黄鼠狼一类的捕鼠兽。狸，猫。狌，黄鼠狼。③ 若：此处作“与”、“和”解。④ 与与如也，熙熙如也：均指祥和、安乐、舒适的样子。⑤ 赤鬣(liè)：指狸狌红色的颈毛。磔(zhé)磔然：张开的样子。⑥ 掷：腾跃。

【浅析】 宋濂是一位深受儒家思想影响的学者，又是朱明王朝的开国文臣，但在元时并不得志，常有对现实社会的不平之声发出。《束氏狸狌》便是对养尊处优而再无斗志者的警示。好好的专司抓鼠的狸狌，竟然会遭鼠欺侮，落败而逃。束氏狸狌异化的故事，至少有两点可引以为戒，一是生存环境可以改变物类的习性，二是御敌自卫的看家本领不能丢。先看那狸狌，本是捕鼠高手，可将束氏家及东邻西舍的老鼠逮尽，随之而来的问题是已无鼠可充食粮，束氏只能“市肉啖之”。于是束家所畜狸狌的子孙们都以为世上本无鼠，只管吃肉以维生，且一饿就叫，一叫就有肉吃。长此以往，狸狌成了一群心安理得光懂吃肉的宠物了。可见环境真能改变猫。那位南郭的先生借了束家狸狌，想去治治那些鼠辈，却闹了个“奋掷而出”，使猫类蒙了羞。试想，狸狌一直生活在有天敌老鼠的环境里，会这么狼狈吗？再说凡动物都有保护自身、攻击敌人的本能，万一生存境况有变，也应设法坚持操练，切不可刀枪入库、马放南山，就像猛兽进了笼子，最好还要喂活的禽畜，不能废了爪牙的功夫。宋濂最后感叹道：“武士素享重禄，遇盗则窜者，其亦狸狌哉！”应该说蕴含了这两层意思。

刘　基

刘基(1311—1375)，字伯温，青田(今属浙江)人。明政治家、军事家、文学家。元至顺间举进士，历官江浙儒学副提举、元帅府都事。后去官还青田。朱元璋聘为谋臣，明时任御史中丞兼太史令，封诚意伯。辞官归乡，忧郁而死。谥文成。通经世之学，精于天文及兵法。其文古朴闳深，与宋濂等共领一代文风。有《诚意伯文集》。

卖柑者言

杭有卖果者①，善藏柑②，涉寒暑不溃③。出之烨然④，玉质而金色。置于市⑤，贾十倍⑥，人争鬻之⑦。

予贸得其一，剖之，如有烟扑口鼻。视

其中，则干若败絮[8]。予怪而问之曰："若所市于人者[9]，将以实笾豆、奉祭祀、供宾客乎[10]？将炫外以惑愚瞽也[11]？甚矣哉，为欺也！"

卖柑者笑曰："吾业是有年矣。吾赖是以食吾躯[12]，吾售之，人取之，未尝有言，而独不足子所乎[13]？世之为欺者不寡矣，而独我也乎？吾子未之思也[14]。今夫佩虎符、坐皋比者[15]，洸洸乎干城之具也[16]，果能授孙吴之略耶[17]？峨大冠、拖长绅者[18]，昂昂乎庙堂之器也[19]，果能建伊皋之业耶[20]？盗起而不知御，民困而不知救，吏奸而不知禁，法斁而不知理[21]，坐糜廪粟而不知耻[22]。观其坐高堂，骑大马，醉醇醴而饫肥鲜者[23]，孰不巍巍乎可畏[24]，赫赫乎可象也[25]？又何往而不金玉其外、败絮其中也哉？今子是之不察[26]，而以察吾柑！"

予默然无以应。退而思其言，类东方生滑稽之流[27]，岂其愤世疾邪者耶[28]？而托于柑以讽耶？

【注释】① 杭：在今浙江省。② 柑：水果名。③ 溃：烂。④ 烨然：光润貌。⑤ 置于市：放在市场上卖。⑥ 贾：同“价”。⑦ 鬻(yù)：此处作买的意思。⑧ 败絮：破旧的棉絮。⑨ 若：你。市：卖。⑩ 笾(biān)豆：合指供祭祀宴会用的食具。笾用竹制，豆用木制。⑪ 炫：夸耀。瞽(gǔ)：盲人。⑫ 食(sì)：饲养。⑬ 子所：你的所需。⑭ 吾子：对对方的尊称。⑮ 虎符：虎皮的兵符。皋比(pí)：披在坐椅上的虎皮。⑯ 洸(guāng)洸：形容威武。干城：捍卫都城。即保卫国家。具：才具。⑰ 孙吴：孙膑、吴起，古代著名军事家。⑱ 峨大冠：带着高帽。拖长绅：垂着腰带。⑲ 昂昂：趾高气扬的样子。庙堂：指朝廷。器：才干。此处指有才干的人。⑳ 伊皋：伊尹和皋陶(yáo)。伊尹，商汤之相。皋陶，舜之法官。㉑ 斁(dù)：败坏。㉒ 糜：浪费。廪(lǐn)粟：俸米。㉓ 醇醴(nóng)：味道醇厚的甜酒。㉔ 巍巍：高大的样子。㉕ 赫赫：显耀。㉖ 是之不察：不察看这些人。㉗ 东方生：指东方朔。汉文帝时人。为人滑稽多智，善于讽谏。㉘ 愤世疾邪：对世事表示愤慨，对邪恶表示憎恨。

【浅析】刘基在元末，目睹社会腐败，文恬武嬉，便以寓言形式，尖刻地讥刺了弄权的滑吏大奸。刘基以柑为喻，指出市场上确确实实有着可以久藏、表面光鲜的水果“上品”，但剖开则“干若败絮”。不但外表和内质不符，而且十倍于普通柑的价格也极不合理，于是向卖柑者提出交涉，以为这是欺诈行为。谁知引出了卖柑者的一派“高论”。此商贩称，这点小事算得了什么，平日里我就是这么干的，多年来也没人说闲话。意思是这种市场行为早已被社会认可，买方也已见怪不怪了。卖柑者的立论根据是“世之为欺者不寡矣，而独我也乎”？明明是大家都在做的事，我又为什么不能做呢？这是一。再说了，那些个人模狗样的“庙堂之器”，哪有什么文韬武略，治安弄不好，贫民没人管，奸吏纵其行，恶法无公平，就是一批尸位素餐的寄生虫，就是“金玉其外，败絮其中”的害人精。你老兄是被障眼了，还是装不知？这样的当政者，和我卖柑者相比，其危害程度何轻何重，已是不言而喻了。这是二。刘基这个寓言的深刻性在于，通过卖柑者之口道出了贪官污吏的横行于世，为所欲为，这些掌权者对社会造成的危害将远超下层小民的欺骗行为，只是他们善于伪装罢了；更耐人寻味，也是刘基最为担忧的是，这个社会歪风肆虐，已腐蚀了全民的灵魂，当普通民众习以为常之时，就是这个社会病入膏肓之日。《卖柑者言》篇末点题，自忖卖柑者所言实为“愤世疾邪者”之告白。这倒有点多此一举，明白人谁还看不出来呢？

沈　周

沈周(1427—1509)，字启南，号石田，长洲(今江苏苏州)人。明诗文家、书画家。出身书画世家，犹能画，与文徵明、唐寅、仇英并称“明四家”。一生淡泊功名，始终未应科举。亦善诗文。有《石田先生诗文钞》、《石田稿》、《石田翁客座新闻》。

听蕉记

夫蕉者，叶大而虚，承雨有声。雨之疾徐疏密，响应不忒[①]，然蕉曷尝有声，声假雨也。雨不集，则蕉亦默默静植；蕉不虚，雨亦不能使为之声。蕉雨固相能也[②]。

蕉静也，雨动也，动静戛摩而成声[3]，声与耳又能相入也。迨若匝匝湉湉，剥剥滂滂，索索淅淅，床床浪浪[4]，如僧讽堂，如渔鸣榔[5]，如珠倾，如马骧[6]，得而象之，又属听者之妙矣。长洲胡日之种蕉于庭[7]，以伺雨，号“听蕉”。于是乎有所得于动静之机者欤？

【注释】 ① 不忒：没有差错。② 相能：亲和，谐调。③ 戛摩：碰击，摩擦。④ 匝匝湉湉，剥剥滂滂，索索淅淅，床床浪浪：四组叠用象声词，均用以表现雨打芭蕉的各种声响。湉，滴水。⑤ 榔：捕鱼时用以敲船惊鱼的长木条。⑥ 骧：奔驰。⑦ 胡日之：人名。未详。

【浅析】 沈周以画名重一时，而其诗文也同样被人看好。“石田先生盖文章大家，其山水树石特其余事耳。而世乃专以此称之，岂非冤哉！”（杨循吉《题沈周画》）读了《听蕉记》一文，自会觉得杨氏所言洵不虚也。沈周用文字写听蕉，一点也不逊色于用彩笔画芭蕉。沈周善于观察，精于揣摩，特别还工于表现。雨打芭蕉，本是大自然所赐的天籁，但要用语言来表达，就有其难度了。沈周的高妙就在于发挥读者的联想，最大限度地再现人的感官体验和审美感受，创造出一幅有声的美丽的天然画卷。画中有形：“叶大而虚”，“雨之疾徐疏密”；画能发声：“动静戛摩而成声”，“匝匝湉湉，剥剥滂滂，索索淅淅，床床浪浪”；画里更出神：“如僧讽堂，如渔鸣榔，如珠倾，如马骧”。沈周这位以文作画的大师，最懂得动静的碰击、物我的交融。蕉静态而多空间，雨动态而时密集，如此则可成声——“蕉雨固相能也。”客体所发之声，经耳朵的传感，听者便心领而神会，便化为诵经声、木击声、倾珠声、奔马声——此“声与耳又能相入也”。沈石田如此精细地把握了蕉和雨的自然性及社会性，如此巧妙地体察到外物动静状态和听者的神思逸想，才写出了让人浮想联翩的美文。

归有光

归有光(1506—1571)，字熙甫，人称震川先生，昆山(今属江苏)人。嘉靖间举人、进士。授湖州长兴(今属浙江)知县，调任顺德(河北邢台)通判，专门管辖马政。隆庆间为南京太仆寺丞，留掌内阁制敕，修《世宗实录》。归有光长期在嘉定读书讲学。论文不满明七子“文必秦汉”的拟古主张，与王慎中、唐顺之、茅坤等被称为“唐宋派”。其文多以日常生活为题材，风格素洁明白，婉曲情深。有《震川集》、《三吴水利录》等。

寒花葬志

婢，魏孺人媵也[①]。嘉靖丁酉五月四日死[②]，葬虚丘[③]。事我而不卒[④]，命也夫！

婢初媵时，年十岁，垂双鬟[⑤]，曳深绿布裳[⑥]。一日，天寒，爇火煮荸荠熟[⑦]，婢削之盈瓯[⑧]。予入自外，取食之，婢持去，不与。魏孺人笑之。孺人每令婢倚几旁饭[⑨]，即饭，目眶冉冉动[⑩]。孺人又指予以为笑。

回思是时⑪，奄忽便已十年⑫。吁，可悲也已！

【注释】① 婢：指寒花。魏孺人：归有光妻子。孺人，古时大夫妻子的名称，明时七品以下职官的妻子的封号。媵（yìng），古代嫁女时随嫁或陪嫁的人。② 嘉靖丁酉：1537 年。嘉靖，明世宗朱厚熜年号。丁酉，嘉靖十六年。③ 虚丘：大丘。虚，同“墟”。④ 事：服侍。卒：到底，终了。⑤ 鬟：环形的发髻。⑥ 曳（yè）：拖。裳（cháng）：古称下身的衣服。⑦ 爇（ruò）：烧。⑧ 瓯（ōu）：盆盂类瓦器。⑨ 几（jī）：小桌子。⑩ 冉（rǎn）冉：慢慢地。⑪ 是时：那时。⑫ 奄忽：很快，一会儿。

【浅析】《寒花葬志》是一篇怀念亡妻陪嫁婢女寒花的小文。寒花十岁那年随作者妻魏孺人来到归家。十年后，主仆已先后逝去，作者不禁悲从中来。归葬寒花时，作者回思往事，对青春早夭的婢女表达了无限的感慨。文章通过三个生活片段推出了寒花的可爱、可亲：初见时打扮简洁，显得个小清丽；不与作者削了皮的荸荠，天真调皮，偏护女主人；吃饭时目眶冉冉，楚楚动人，不失童趣。一个来归家侍候近十年的小丫鬟，大小往事难以胜数，作者却选择这三件很不起眼的小事，概括了寒花短暂的一生，体现出主仆亲如一家的情谊。追悼婢女，也念及了早先过世的亡妻，时光虽逝，仍一往情深。作者将细碎的生活小事，写得意味隽永，耐人咀嚼。

作者归有光是明代散文流派“唐宋派”的中坚，为文风格接近欧阳修、曾巩，善于裁剪生活琐事，寄寓深厚情谊，言简意远，平淡洗练。这篇短文正是归有光文风的真切体现。

李 贽

李贽(1527—1602)，号卓吾，别号温陵，晋江(今属福建)人。明思想家、文学批评家。嘉靖间举人，官至云南姚安知府。后辞官，寓居湖北麻城，著书讲学。万历三十年(1602)，以“敢倡乱道，惑世诬民”罪下狱，自刭死。有《焚书》、《续焚书》，《藏书》、《续藏书》，《初谭集》。

题孔子像于芝佛院

人皆以为孔子为大圣，吾亦以为大圣；皆以老、佛为异端[①]，吾亦以为异端。人人非真知大圣与异端也，以所闻于父师之教者熟也；父师非真知大圣与异端也，以所闻于儒先之教者熟也；儒先亦非真知大圣与异端也，以孔子有是言也。其曰“圣则吾不能”[②]，是居谦也。其曰“攻乎异端”，是必为老与佛也[③]。

儒先亿度而言之[④]，父师沿袭而诵之，小子矇聋而听之[⑤]。万口一词，不可破也；千年一律，不自知也。不曰“徒诵其言”[⑥]，而曰“已知其人”[⑦]；不曰“强不知以为知"[8]，而曰"知之为知之"[9]。至今日，虽有目，无所用矣。

余何人也，敢谓有目？亦从众耳。既从众而圣之，亦从众而事之，是故吾从众事孔子于芝佛之院[10]。

【注释】① 老、佛：指道教和佛教。② 圣则吾不能：孔子回答子贡之言，见《孟子·公孙丑上》。③ 攻乎异端：《论语·为政》："子曰：'攻乎异端，斯害也已。'"孔子所称"异端"，本无直接指"老、佛"之意，只是"儒先"们如此认定。④ 亿度(duó)：揣度，猜想。⑤ 矇聋：朦胧。此处有昏乱迷糊的意思。⑥ 徒诵其言：《孟子·万章下》："颂其诗，读其书，不知其人，可乎？"意谓"儒先"们不承认自己是"徒诵其言"，而是"已知其人"了。⑦ 见上注⑥。⑧ 强不知以为知：《论语·为政》："子曰：'由！诲女知之乎！知之为知之，不知为不知，是知也。'"暗指"儒先"们只是标榜"知之"，实际是"强不知以为知"。⑨ 见上注⑧。⑩ 芝佛之院：芝佛院。在麻城以东三十里，李贽著书讲学处。

【浅析】李贽在明中晚时期无疑是一位儒学正统的叛逆者。在理学思想作为主流意识形态的背景下，李贽力破世人对孔教的迷信，大胆指出汉以后"咸以孔子之是非为是非，故未尝有是非尔"(《藏书·世纪列传总目前论》)。在这篇题记中，作者以讥讽的手法，一针见血地抨击了当时儒生轻信前人的治学态度和思想方法。芝佛院是个讲学的所在，供奉孔子像似乎在尽后世学人对至圣先师的敬仰之心，但李贽认为尊孔举动中包含了太多的人云亦云、以讹传讹。何为“大圣”？何为“异端”？这个问题是求学的首要问题。可惜芸芸众学子，“曚聋而听之”，而“大圣”“异端”论得之于父、师，父、师又得之于儒先，在“儒先亿度而言之，父师沿袭而诵之”的过程中，每个环节都不加细究，就出现了篇首所论的奇观：“人皆以为孔子为大圣，吾亦以为大圣；皆以老、佛为异端，吾亦以为异端。”在这种先入为主的陈见影响下，明明孔子说“圣则吾不能”，但被说成是“居谦”；明明孔子所说的“异端”和老、佛没什么关系，但还硬是被看成所指是“老与佛”。这样的“教”与“学”，能不后患无穷吗？

在任意解孔的思想方法引导下，整个学界已搞得“万口一词，不可破也；千年一律，不自知也”。学孔则断章取义，一知半解；治学则茫然处之，不问是非。长此以往，积重难返，“至今日，虽有目，无所用矣”。头脑清醒者，能不为之扼腕吗？在层层批驳之余，作者道出了撰写题记的动因，也流露了事至今日的无奈。

李贽揭示的只是普遍存在的客观现象，对产生这种现象的主观意图及人为因素，在短文中未作深究。从字里行间细绎，大概是儒先有意歪曲在前，时人懒惰从众在后。不管怎样，李卓吾的疑古态度和探索精神，是值得肯定的。

汤显祖

汤显祖(1550—1616)，初字义少，改字义仍，号海若、若士，临川(今属江西)人。明戏曲家、文学家。明万历间进士，历任南京太常博士、礼部主事。晚年弃官家居，读书写作。有《临川四梦》(传奇)、《汤显祖诗文集》。

《牡丹亭记》题词

天下女子有情，宁有如杜丽娘者乎[①]！梦其人即病，病即弥连[②]，至手画形容传于世而后死。死三年矣，复能溟莫中求得其所梦者而生[③]。如丽娘者，乃可谓之有情人耳。情不知所起，一往而深，生者可以死，死可以生。生而不可与死，死而不可复生者，皆非情之至也。梦中之情，何必非真，天下岂少梦中之人耶？必因荐枕而成亲[④]，待挂冠而为密者[⑤]，皆形骸之论也[⑥]。

传杜太守事者，仿佛晋武都守李仲文、广州守冯孝将儿女事，予稍为更而演之。至于杜守收考柳生，亦如汉睢阳王收考谈生也[⑦]。

嗟夫！人世之事，非人世所可尽。自非通人，恒以理相格耳[⑧]。第云理之所必无，安知情之所必有邪！

【注释】 ① 杜丽娘：汤显祖《牡丹亭》传奇中女主人公。带有传统闺阁小姐的温柔和稳重，但为了追求爱情，终于迈出了反抗封建礼教的坚定步伐，是古代文学史上至情的女性形象。《牡丹亭》，又称《牡丹亭还魂记》，汤显祖传奇《临川四梦》之一。② 弥连：即“弥留”。③ 溟莫：即“冥莫”。指阴间。④ 荐枕：荐枕席。指进枕席以求亲近。⑤ 挂冠：辞官。⑥ 形骸之论：指肤浅的说法。⑦ “传杜太守事者”一节：“杜太守事”、“杜守收考柳生”事均见《牡丹亭记》，“李仲文”事见《搜神后记》卷四，“冯孝将儿女事”见《异苑》卷八，“汉睢阳王收考谈生”事见《搜神记》卷十六。⑧ 格：推究。

【浅析】 汤显祖的主情的文学思想，是晚明文学思潮的重要组成部分。汤显祖剧作所表现的情代表了突破传统束缚、追求个性解放的时代要求。《牡丹亭》中的杜丽娘就是一个因情而死、又死而复生的少女形象。汤显祖在《题词》中劈头就来了一句“天下女子有情，宁有如杜丽娘者乎！”凸显了对这位剧中女主人公的倾心赞美。在作者看来，青年男女之间的至情是可以超越贵贱，甚而超越生死的，梦想可以成真，隔界可以相爱，人性的光辉以爱情最为耀眼！浪漫主义戏曲大师的杰作，感召了多少情种，一个钟情女子影响了多少天下的有情人。晚明著名女伶商小玲每演《牡丹亭》，辄满面泪痕，伤感不已，竟哀痛倒台，溘然而逝。《红楼梦》第二十三回《西厢记妙词通妙悟，牡丹亭艳曲警芳心》写道，林黛玉听梨香院小伶唱《牡丹亭》，不禁心动神摇，如醉如痴。而“情之至”，就是无数感人至深实例的集中体现！

《题词》还是汤显祖对戏曲艺术实践的高度概括和理论总结。“传杜太守事者”云云，看似闲笔，却说出了《牡丹亭》的剧情源泉和逻辑依据，亦现今所谓源于生活、高于生活也。作者文中最后的论述，揭示出人、理、情三者之间的相互关系：人受到一定时空条件的限制，“人世之事，非人世所可尽”，常人一般习惯于“以理相格”,但人对事理的认定终究会有其局限,唯有情将永远彰显出她的超限性。

江盈科

江盈科(1553—1605),字进之,号渌萝山人,桃源(今属湖南)人。明文学家。万历间进士,授长洲知县,官至四川提学副使。晚明公安派创始人之一。有《雪涛阁集》、《雪涛谈丛》等。

小漆园记

《南华》内外篇①,大抵发明逍遥之旨。逍遥者,无人而不自得之意也。庄周生季世,为漆园小吏,在嚣繁冗琐中,而见解超脱,不胶于事,为能极夫逍遥之趣。世儒求其说而不得,乃欲逃无何有之乡②,以求所为逍遥也者,溺其旨矣③。不佞樗散之材④,无当世用,荷上不弃,拔人制科,择为长洲令⑤。长洲于东南称最岩邑⑥,又文明之区,而吴会之冲也。盖缙绅多于邓林⑦,使轺密于鱼鳞⑧,监临众于九牧⑨。簿领丛沓⑩,有如棼丝⑪;胥吏闪幻,有如鬼蜮。且频年灾眚⑫,井邑萧条;而五十万之常赋,要于取盈。其自民而输于官也,如鸡口;其自官而辇于京师也,如牛后[13]。令日夜操鞭笞与疲民从事,犹然以岁课不登见夺饩[14]。大较长洲令见长难[15],取谴易[16],不称苦心乎?不佞在职逾年,昕夕拮据,形容凋落,揽镜自照,瘠如枯鱼。家人固疑予之不乐,而予中则无日不逍遥也者。要之尽吾之心,行吾之事,毁誉譬诸聚蚊,得失比于梦鹿[17],内无所营,外无所冀。退食之顷,兀坐此斋,扫地焚香,消遣尘虑,悠然忘其身之楚人也,所居之吴苑也,而乌知令之为我耶?我之为令耶?又乌知长洲之能苦令,而令之能苦我耶?则亦何往而不逍遥也。于是颜其斋曰"小漆园",因为兹文以记岁月。

【**注释**】①《南华》:即《南华真经》。唐时庄子被追号为南华真人,故《庄子》亦称《南华经》、《南华真经》。② 无何有之乡:指一无所有之处。亦指虚幻的境界。见《庄子·逍遥游》。③ 溺:陷入某种危急或不利的境地。此处指与原先之旨不合。④ 樗(chū)散之材:喻无用之材。此为自谦之辞。⑤ 长洲:县名。明清时为苏州府治。⑥ 岩邑:险要的都邑。⑦ 邓林:神话中的树林。见《山海经·海外北经》。⑧ 轺(yáo):小车,马车。⑨ 监临:指负责实地监察的上官。九牧:

九州。⑩ 簿领：谓官府记事的簿册或文书。⑪ 棼(fén)丝：乱丝。⑫ 灾眚(shěng)：灾殃祸患。⑬ “其自民”四句：此处指长洲民众上缴县署的财赋如“鸡口”，而长洲县署交纳中央政府的财赋如“牛后”。鸡口，小而洁的鸡嘴。牛后，大而臭的牛肛门。见《战国策·韩策一》。⑭ 夺饩(xì)：被剥夺食物。⑮ 见长：指升迁。⑯ 取谴：指受谪降。⑰ 梦鹿：郑人有薪者毙奔鹿，而忘其藏处，遂以真事为梦。旁人因其言而取其所毙鹿。后薪者又梦及藏鹿之处与得鹿之人。事见《列子·周穆王》。后喻真与梦的错乱颠倒现象。

【浅析】江盈科是晚明公安派的中坚，也是“性灵说”理论的创始人之一。其文“超逸爽朗，言切而音远，其为一代才人无疑”(袁宏道《雪涛阁集序》)。《小漆园记》正是江盈科展现其才人特质的佳作。“漆园”和“逍遥”是构建这篇园记的两个要件，而二者均与庄子相关。庄子曾任漆园吏，又写过《逍遥游》，可知江盈科当时有意要阐发一下庄子思想与其人其文的关系，而聚焦点就在江这个长洲知县身上。“庄周生季世，为漆园小吏，在嚣繁冗琐中，而见解超脱，不胶于事，为能极夫逍遥之趣。”短短几句话，紧扣“漆园”和“逍遥”，十分清楚地说明作者筑“小漆园”的动机所在：筑园求其形似，逍遥求其神似。值得注意的是，作者强调了庄子逍遥和现实环境的反差：精神上自由，但身处“嚣繁冗琐中”，且“事”多而繁，不主动规避，定会“胶于事”。江盈科这番提示，实在是为下文打下伏笔，因为长洲知县一职，恰也是事杂而繁琐的。庄子能做到逍遥，江某人也一定能走向逍遥。与庄子的漆园吏相比，江盈科的长洲知县一职，那要繁杂得多，也难“见长”得多。作者以大量实情说明在长洲干县令的难度：此地各色人等聚集，必定众口难调；上峰时往督察，不敢有所闪失；公文账册，有如乱丝；大小灾祸，接踵而至；各种捐税，应对不暇…… 直弄得形容枯槁，疲惫不堪。好在作者能做到毁誉置一边，"退食"有漆园，心中任逍遥，倒也活得自在。全然忘却官家身份，已是吴楚两地难辨，鄙弃升官欲念，只顾我行我素，"则亦何往而不逍遥也"。

江盈科行文如其为人，不拘格套，纵横驰骋，行当其所行，止当其所止，骈散兼具，全凭意兴之所至。江盈科如此文风，或因产自桃源楚邦，是处乃浪漫主义文学之渊薮；或由晚明思潮裹挟，是时已开启市民精神之新象。

陈继儒

陈继儒(1558—1639)，字仲醇，号眉公，华亭(今上海松江)人。明诗文家、书画家。绝意仕进，以布衣终身。好文学，书画与董其昌齐名。有《陈眉公全集》、《晚香堂小品》。

《花史》题词

吾家田舍，在十字水中。数重花外，设土剉①、竹床，及三教书②。除见道人外，皆无益也。独生负花癖，每当二分前后③，日遣平头长须移花种之④。犯风露，废栉沐⑤。客笑曰："眉道人命带桃花⑥。"余笑曰："乃花带驿马星耳⑦。"幽居无事，欲辑《花史》，传示子孙，而不意吾友王仲遵先之[8]。其所撰《花史》二十四卷，皆古人韵事，当与农书、种树书并传。读此史者，老于花中，可以长世；披荆畚砾[9]，灌溉培植，皆有法度，可以经世；谢卿相灌园[10]，又可以避世，可以玩世也。但飞而食肉者[11]，不略谙此味耳。

【注释】① 土剉：当作"土锉"。即现今之砂锅。② 三教书：指与儒、释、道三家相关的书籍。③ 二分：指春分、秋分两个节气。此"二分"时节适宜种花。④ 平头长须：仆人之谓。平头，头巾名。古时文官所服，同于庶人。长须，古时指称男仆。⑤ 栉(zhì)沐：梳头，沐浴。⑥ 命带桃花：星相家称男女怀春为"命带桃花"。此处借以调侃作者陈眉公迷恋种花。⑦ 驲(rì)马星：星相家认为驲马星主赴远、移居。驲，古代驿站所用之车。⑧ 王仲遵：名路，明嘉兴人。著有《花史左编》。⑨ 畚砾(lì)：以畚盛细小的石子。畚，用草绳或竹篾编织的盛物器具。⑩ 灌园：指退隐从事田园劳动。⑪ 飞而食肉：指官高位尊者。据《后汉书·班超列传》，班超曾诣一相者看相，相者指称班超曰："生燕颔虎颈，飞而食肉，此万里侯相也。"

【浅析】陈继儒是一位在晚明新文学风尚影响下出现的书画家、散文家。据《明史·隐逸传》称："继儒通明高迈，年甫二十九，取儒衣冠焚弃之。隐居昆山之阳，构庙祀二陆，草堂数椽，焚香晏坐，意豁如也。"可知陈继儒不求功名，意气萧然，是个明显沾溉晚明风气的散淡人。陈眉公隐居田舍，生活起居，既近自然，亦好人文。“独生负花癖”，栽花、养花是其偏爱，为此在春分、秋分时节，移花接木，忙碌不辍，甘愿遭遇风露，顾不上梳洗整容。以致有人以“命带桃花”嘲之，而作者一笑受领了。陈继儒以养花为实务，还想辑《花史》以传世。话题引入著书，带出本文主旨——为友人《花史》一书张目助兴。作者认为述说“花史”，不失古雅，意味深远；阅读“花史”，可以“长世”、“经世”、“避世”、“玩世”，实在是有益身心，价值无量。唯独“飞而食肉者，不略谙此味耳”，篇末点明官高位尊者终为不解花味者。文章由己及人，因花言史，散漫述之，任情发抒，读者自能窥见其洒脱自在的个性和文风。

袁宏道

袁宏道(1568—1610)，字中郎，号石公，公安(今属湖北)人。明文学家、文学批评家。万历二十年(1592)进士，历官吴县知县、礼部主事、吏部稽勋郎中。与兄宗道、弟中道并称“公安三袁”。宏道在公安派中文学成就最高，“独抒性灵”为其主要理论主张。有《袁中郎全集》。

虎丘记

虎丘去城可七八里[①]，其山无高岩邃壑，独以近城故，箫鼓楼船，无日无之。凡月之夜，花之晨，雪之夕，游人往来，纷错如织，而中秋为尤胜。每至是日，倾城阖户，连臂而至。衣冠士女，下迨蔀屋[②]，莫不靓妆丽服，重茵累席，置酒交衢间。从千人石上至山门[③]，栉比如鳞，檀板丘积，樽罍云泻。远而望之，如雁落平沙，霞铺江上，雷辊电霍[④]，无得而状。

布席之初，唱者千百，声若聚蚊，不可辨识。分曹部署，竞以歌喉相斗，雅俗既陈，妍媸自别。未几而摇手顿足者，得数十人而已。已而明月浮空，石光如练，一切瓦釜[⑤]，寂然停声，属而和者，才三四辈。一箫，一寸管，一人缓板而歌，竹肉相发[⑥]，清声亮彻，听者魂销。比至夜深，月影横斜，荇藻凌乱[⑦]，则箫板亦不复用。一夫登场，四座屏息，音若细发，响彻云际，每度一字，几尽一刻，飞鸟为之徘徊，壮士听而下泪矣。

剑泉深不可测[⑧]，飞岩如削。千顷云得天池诸山作案[⑨]，峦壑竞秀，最可觞客。但过午则日光射人，不堪久坐耳。文昌阁亦佳[⑩]，晚树尤可观。面北为平远堂旧址[⑪]，空旷无际，仅虞山一点在望[⑫]。堂废已久，余与江进之谋所以复之[13]，欲祠韦苏州、白乐天诸公于其中[14]，而病寻作。余既乞归，恐进之之兴亦阑矣。山川兴废，信有时哉！

吏吴两载，登虎丘者六。最后与江进之、方子公同登[15]，迟月生公石上[16]。歌者闻令来，皆避匿去。余因谓进之曰："甚矣，乌纱之横，皂隶之俗哉！他日去官，有不听曲石上者如月[17]！"今余幸得解官称吴客矣。虎丘之月，不知尚识余言否耶？

【注释】 ① 虎丘：位于苏州古城西北角近郊，原名海涌山。相传春秋时吴王夫差葬其父阖闾于此。葬后三日，有白虎踞于其上，故名虎丘山，简称虎丘。② 蔀（bù）屋：草席作顶之屋，指贫寒之家。③ 千人石：又名"千人坐"。相传为晋代高僧生公讲经处。据说生公讲经时，下有千人列坐。④ 雷辊（gǔn）：如车轮滚动般的雷声。辊，车轮滚动。⑤ 瓦釜：指低俗的乐曲。⑥ 竹肉：指箫管和歌喉。⑦ 荇（xìng）藻：水生草本植物，叶子浮在水面，根生在水底。⑧ 剑泉：即剑池。池畔山石叠嶂，池水幽深莫测。相传池下即为吴王阖闾墓，内中有宝剑作陪葬品。⑨ 千顷云：阁名。在虎丘山顶。天池：山名。位于苏州西南藏书镇境内，与苏州名山灵岩、天平一脉相连。半山坳有"天池"，池水清澈。⑩ 文昌阁：阁名，在虎丘山顶，现不存。⑪ 平远堂：楼堂名。在虎丘千人石北端。⑫ 虞山：山名。位于江苏常熟西北。相传西周虞仲葬此,故名。⑬ 江进之:即江盈科。见《小漆园记》一文作者介绍。⑭ 韦苏州:唐诗人韦应物。曾任苏州刺史。白乐天:唐诗人白居易,也曾任苏州刺史。⑮ 方子公:方文僎,字子公,新安人。袁宏道幕客。⑯ 生公石:即千人石。⑰ 如月:指所许诺言,可以月亮作证。

【浅析】 袁宏道是晚明"公安派"文人的领军人物,又是性灵文学的理论倡导者和积极实践者。其游记文别具一格,常能表达真识,抒露真情。张岱推扬之至,以为"古人记山水手,太上郦道元,其次柳宗元,近时则袁中郎"(《寓山注跋》)。

《虎丘记》写的是袁宏道任吴县县令时游览虎丘的盛况及观感。游记先交代虎丘的地理位置特点。虎丘近城市,"无高岩邃壑",这就给市民,特别是女性游者提供了便利。那虎丘山不论季节日夕,总是游人如织,摩肩接踵,而中秋尤甚。是日,各界人士不期而至,衣饰光鲜,饮酒唱和,挥发出民俗庆典之极致。此刻的虎丘,近景远象交辉,乐声人呼并响,作者虽以有色彩、具动感的词藻竭尽摹绘之能事,还是感到"无得而状"。

接着袁中郎描述了虎丘露天剧场竞相献唱的众相。难以想象明末的城郊,能汇聚那么多的音乐奇才,能吸引那么多的热情拥趸。作者的笔触循时而入,由"唱者千百""歌喉相斗"开局,随即"数十人""摇头顿足"继之,入夜则"瓦釜""停声",仅"三四辈""属而和者",夜半时唯"一夫登场","音若细发,响彻云际,每度一字,几尽一刻"。在有序的记叙中,可见到中郎以县令之尊,饶有兴味地"观赏"了草民曲艺大会的全过程,而且观察到唱者、奏者、听者的每一个细节,体会纤微。若没有父母官于民众的同乐之心,没有对民间乐唱的真切喜好,断不会写出如许文字。

在摹状了以声响为主的中秋虎丘演唱大会后，游记续写了虎丘的形貌、景观。虎丘景色最为出彩的自然是“剑泉”、“千顷云”、“文昌阁”等处，作者如数家珍，还以“天池诸山”、“虞山”作衬托，增添相得益彰之妙。为补平远堂已废之缺憾，吴县知县袁宏道和长洲知县江盈科还筹划恢复旧堂，并“祠韦苏州、白乐天诸公于其中”，不露声色地想要加上本土人文，使虎丘前景更有吸引力。可惜时过境迁，两人已意兴阑珊，只能慨叹“山川兴废，信有时哉！”行文至此，悄然过渡到游虎丘的另一番思考：辞官乞归，待无官一身轻时，再识虎丘。

文末总括六游虎丘的感想。两年吏吴生涯，固然留下与民共兴游虎丘等美好有趣的记忆，但毕竟官家出游，少不了前呼后拥，中郎觉得很不自在。好端端“迟月生公石上”，但“歌者闻令来，皆避匿去”，使其深为不快，大呼“甚矣，乌纱之横，皂隶之俗哉”！袁宏道的正义感和平常心，也在游虎丘时显露无遗。

袁宏道游记小品，就这样任情挥洒，信手写来，在时空移易中井然有序，在动静结合中声情并茂。《虎丘记》读后，不由人深深感到：袁氏游记，文中有景有情，有史有识。美哉袁文！

给李子髯

髯公[①]近日作诗否？若不作诗，何以过活这寂寞日子也？人情必有所寄，然后能乐。故有以弈为寄，有以色为寄，有以技为寄，有以文为寄。古之达人，高人一层，只是他情有所寄，不肯浮泛虚度光景。每见无寄之人，终日忙忙，如有所失，无事而忧，对景不乐，即自家亦不知是何缘故。这便是一座活地狱，更说甚么铁床铜柱、刀山剑树也②。可怜！可怜！大抵世上无难为的事，只胡乱做将去，自有水到渠成日子。如子髯之才，天下事何不可为？只怕慎重太过，不肯拼着便做。勉之哉！毋负知己相成之意可也。

【注释】① 髯公：即李子髯。李学元，字素心，又字元善，号子髯，湖北公安人。宏道妻弟。曾官晋州知州。② 铁床铜柱：据佛经称，有淫欲习气之人，死后就会受到铁床铜柱地狱之报，即受状如火山的铜柱以及猛火上的铁床的折磨。

【浅析】晚明文学思潮一个引人注意的组成部分，就是肯定学有所用、擅一技之长的人，哪怕口技、说书、弹琵琶，都应受到欢迎和尊重。当然，学识、才能有高下雅俗之分，如何增长见识，掌握技能，可以见仁见智。而在袁宏道看来，关键是人情须有所寄，生活方有所乐。作为姐夫的中郎在给李子髯的信中，明确劝诫内弟以作诗"过活这寂寞日子"。在信中，袁氏通过正反论述，增强论点的说服力：古往今来，"人情必有所寄，然后能乐"，尽管寄托的方式可以不同；而"无寄之人，终日忙忙，若有所失"，如同进了"一座活地狱"。两相对照，结论自然不容置喙。从信的语气看，郎舅关系毕竟与父子、兄弟有别，总不便张口就训导，所以中郎还是高调鼓励，诚信期待。而信的行文，全以白话运之，也不见用典，合于性灵文人的做派。

徐文长传

余一夕坐陶太史楼[①]，随意抽架上书，得《阙编》诗一帙[②]，恶楮毛书，烟煤败黑，微有字形。稍有灯间读之，读未数首，不觉惊跃，急呼周望："《阙编》何人作者，今邪古邪？"周望曰："此余乡徐文长先生书也[③]。"两人跃起，灯影下读复叫，叫复读，童仆睡者皆惊起。盖不佞生三十年，因始知海内有文长先生。噫，是何相识之晚也！因以所闻于越人士者，略为次第，为《徐文长传》。

徐渭，字子长，为山阴诸生，声名藉甚。薛公蕙校越时[④]，奇其才，有国士之目。然数奇[⑤]，屡试屡蹶。中丞胡公宗宪闻之[⑥]，客诸幕。文长每见，则葛衣乌巾，纵谈天下事。胡公大喜。是时公督数边兵[⑦]，威振东南，介胄之士，膝语蛇行，不敢举头，而文长以部下一诸生傲之，议者方之刘真长、杜少陵云[8]。会得白鹿，属文长作表。表上，永陵喜[9]。公以是益奇之，一切疏记，皆出其手。文长自负才略，好奇计，谈兵多中，视一世士无可当意者，然竟不偶[10]。

文长既已不得志于有司，遂乃放浪曲蘖[11]，恣情山水，走齐、鲁、燕、赵之地，穷览朔漠。其所见山奔海立，沙起云行，风鸣树偃，幽谷大都，人物鱼鸟，一切可惊可愕之状，一一皆达之于诗。其胸中又有勃然不可磨灭之气，英雄失路托足无门之悲，故其为诗，如嗔如笑，如水鸣峡，如种出土，如寡妇之夜哭，羁人之寒起，虽其体格时有卑者，然匠心独出，有王者气，非彼巾帼而事人者所敢望也。文有卓识，气沉而法严，不以模拟损才，不以议论伤格，韩、曾之流亚也[12]。文长既雅不与时调合，当时所谓骚坛主盟者，文长皆叱而奴之，故其名不出于越，悲夫！喜作书，笔意奔放如其诗，苍劲中姿媚跃出，欧阳公所谓“妖韶女老，自有余态”者也[13]。间以其余，旁溢为花鸟，皆超逸有致。

卒以疑杀其继室，下狱论死。张太史元汴力解乃得出[14]。晚年愤益深，佯狂益甚，显者至门，或拒不纳。时携钱至酒肆，呼下隶与饮。或自持斧击破其头，血流被面，头骨皆折，揉之有声。或以利锥锥其两耳，深入寸余，竟不得死。周望言：“晚岁诗文益奇，无刻本，集藏于家。”余同年有官越者，托以抄录，今未至。余所见者，《徐文长集》、《阙编》二种而已。然文长竟以不得志于时，抱愤而卒。

石公曰[15]：“先生数奇不已，遂为狂疾；狂疾不已，遂为囹圄。古今文人牢骚困苦，未有若先生者也。虽然，胡公间世豪杰，永陵英主，幕中礼数异等，是胡公知有先生矣；表上，人主悦，是人主知有先生矣，独身未贵耳。先生诗文崛起，一扫近代芜秽之习，百世而下，自有定论，胡为不遇哉？梅客生尝寄余书曰[16]：‘文长吾老友，病奇于人，人奇于诗。’余谓文长无之而不奇者也，无之而不奇，斯无之而不奇也，悲夫！”

【注释】① 陶太史：陶望龄（1562—1609），字周望，号石篑，会稽（今浙江绍兴）人。明诗人。万历十七年（1589）进士。因任翰林院编修，故称“太史”。②《阙编》：指徐渭自编诗集。③ 徐文长：徐渭（1521—1593），字文清，更字文长，号青藤、天池，山阴（今浙江绍兴）人。明文学家、戏曲家。亦擅书画。有《徐文长集》、《逸稿》、《南词叙录》等。④ 薛公蕙校（jiào）越：薛蕙，字君采，亳州人。官吏部考功郎中。校越，在越主持乡试，考核应试人才。⑤ 数奇（jī）：命运不好。奇，不顺当。⑥ 胡公宗宪：胡宗宪，时任浙江总督兼巡抚。⑦ 督数边兵：督领多处要镇军队。⑧ 刘真长：晋代人刘惔（tán），字真长，曾入简文帝幕，为晋时名流。⑨ 永陵：明世宗朱厚熜所葬之陵墓。此代指明世宗，即嘉靖帝。⑩ 不偶：即不遇，未得赏识提拔的机会。⑪ 曲糵（bò）：用谷物制曲发酵以酿酒。此处指酒。⑫ 韩、曾之流亚：指唐代韩愈、宋代曾巩一类的人。⑬ 妖韶女老，自有余态：取欧阳修《水谷夜行寄子美圣俞》诗意。原诗有曰：“譬如妖韶女，老自有余态。”妖韶，艳丽。余态，余存的风韵。⑭ 张太史元汴：张元汴，字子荩，山阴人。隆庆间进士，官翰林院侍读。⑮ 石公：袁宏道号。作者自称。⑯ 梅客生：梅国桢，字客生，麻城（今属湖北）人。万历间进士，官兵部右侍郎。

【浅析】徐渭是晚明时期出名的才艺之士，也是个放荡不羁的狂生。袁宏道为此人立传，无功利可图，全然为深受感佩而产生创作冲动。传记小序道出了为徐渭写传的缘由:原来,袁氏在陶望龄处无意间读到《阙编》,大为震惊,急呼好友周望挑灯夜读,并心生相见恨晚之感。中郎因读其诗而欲传其人。

徐渭一生诗文、书画、戏曲均有显赫成就,而袁宏道的落笔似乎并未以文学为重心,而意在强调徐文长的"无之而不奇"。传记开头二例,便是薛蕙在越地考核士子,"奇其才";胡宗宪招诸幕府,属作《献白鹿表》,得明世宗欢心,胡宗宪"以是益奇之"。此言其文才至"奇"。接着叙说文长"好奇计,谈兵多中",只是未遇赏识者罢了,可知徐渭武略亦"奇"。然而,中郎并没有停留在显露于外的表象上,而揭示出文长不同常人处乃在其胸中——"有勃然不可磨灭之气","有王者气"。这才是使得徐渭写诗则"如嗔如笑,如水鸣峡,如种出土,如寡妇之夜哭,羁人之寒起";为文则"有卓识","不以模拟损才,不以议论伤格",堪当"韩、曾之流亚";作书则"笔意奔放如其诗,苍劲中姿媚跃出,欧阳公所谓'妖韶女老,自有余态'者";连"旁溢为花鸟,皆超逸有致"。其诗、文、书、画,皆得自徐文长放浪江湖、"恣情山水"磨炼而出的"奇"气,一切都是其内在气质使然。自打孟子提出"我善养吾浩然之气"(《孟子·公孙丑》)、曹丕认为"文以气为主"(《典论·论文》)、韩愈确定"气盛则言之短长与声之高下者皆宜"(《答李翊书》)之后,文学家的才情与成就,取决于创作者的天分、个性和历练,也就是所谓"气"。袁宏道对徐渭的认定,也证明了这一点。

当然,在袁宏道看来,奇才、奇气,竟没能挡住徐渭的"数奇",终于"晚年愤益深,佯狂益甚",以至自残,"抱愤而卒"。在这篇传记中,徐渭走完了奇特的一生,袁宏道通过其悲冤的结局,想告诉世人,是其命不遇吗?不是!胡宗宪待其"幕中礼数异等”,“表上,人主悦”,皇帝和重臣都“知有先生”,而文长诗文“一扫近代芜秽之习,百世而下,自有定论”,所有这些给予的答案全是否定的。那么,徐渭的下场是什么造成的,袁宏道的传记给读者留下了深思。

钟惺

钟惺(1574—1624),字伯敬,号退谷,竟陵(今湖北天门)人。明文学家。万历间进士,历官南京礼部祠祭司郎中、福建提学佥事。与谭元春同为“竟陵派”创始人,主张诗文要表现“幽情单绪”,倡导“幽深孤峭”的风格,既反对七子的摹古,又有意纠正公安派浅俗的弊病。有《隐秀轩集》。

浣花溪记

出成都南门,左为万里桥[①]。西折纤秀长曲,所见如连环,如玦[②],如带,如规[③],如钩。色如鉴,如琅玕[④],如绿沉瓜[⑤],窈然深碧,潆回城下者,皆浣花溪委也[⑥]。然必至草堂,而后浣花有专名,则一少陵浣花居在焉耳。

行三四里为青羊宫[⑦],溪时远时近,竹柏苍然,隔岸阴森者尽溪,平望如荠,水木清华,神肤洞达[⑧]。自宫以西,流汇而桥者三,相距各不半里。舁夫云通灌县[⑨],或所云“江从灌口来”是也[⑩]。人家住溪左,则溪蔽不时见，稍断则复见溪。如是者数处，缚柴编竹，颇有次第。桥尽，一亭树道左，署曰“缘江路”。过此则武侯祠[11]。祠前跨溪为板桥一，覆一水槛，乃睹“浣花溪”题榜。过桥，一小洲横斜插水间如梭。溪周之，非桥不通，置亭其上，题曰“百花潭水”。由此亭还，度桥，过梵安寺[12]，始为杜工部祠[13]。像颇清古，不必求肖，想当尔尔。石刻像一，附以本传，何仁仲别驾署华阳时所为也[14]。碑皆不堪读。

钟子曰：杜老二居，浣花清远。东屯险奥[15]，各不相袭。严公不死[16]，浣溪可老。患难之于朋友大矣哉！然天遣此翁增夔门一段奇耳[17]。穷愁奔走，犹能择胜；胸中暇整[18]，可以应世：如孔子微服主司城贞子时也[19]。

时万历辛亥十月十七日，出城欲雨，顷之霁。使客游者，多由监司郡邑招饮[20]，冠盖稠浊，磬折喧溢，迫暮趣归。是日清晨，偶然独往。楚人钟惺记。

【注释】① 万里桥：在成都城南锦江之上。② 玦(jué)：环状而开缺口的玉佩。③ 规：画圆的工具。此处指圆形。④ 琅(láng)玕(gān)：像珠子的美石。⑤ 绿沉瓜：深绿色瓜。⑥ 浣花溪：位于成都西南郊区，又名百花潭。委：水的下流。⑦ 青羊宫：亦名青羊观，著名道观。在成都浣花溪附近，相传老子曾牵青羊经过此地。⑧ 神肤：精神和形体。⑨ 舁(yú)夫：轿夫。⑩ 灌口：地名。在四川灌县，因位于著名水利工程都江堰灌溉渠口得名。⑪ 武侯祠：三国蜀武乡侯诸葛亮祠堂。⑫ 梵安寺：本名浣花寺。在四川成都市西南五里，与杜甫草堂相接，俗呼草堂寺。⑬ 杜工部祠：唐杜甫祠堂。杜甫曾任工部员外郎，故名。⑭ 别驾：通判之别称。州、府的副职。⑮ 东屯：夔州（今四川奉节）东瀼溪。⑯ 严公：严武，杜甫友人。曾任剑南节度使。⑰ 夔门：即长江瞿塘峡。在四川奉节东。⑱ 暇整：同"好整以暇"。形容从容不迫。⑲ 司城贞子：春秋时陈国大夫。孔子遭难时曾寄住司城贞子家。司城，姓。⑳ 监司郡邑：监察地方州县的长官。

【浅析】古人游记，或以描述客观景物为主，或以抒发主观情感为主。前者注重其审美意义，如六朝文人陶弘景、郦道元、吴均等的记游作品。后者更偏于其人文价值和道德内涵，如唐宋文人柳宗元、欧阳修、王安石、苏轼等的游记散文。钟惺的《浣花溪记》，似乎介于两者之间。文章既写了浣花溪的美景，也借杜甫故居等遗迹，发思古之幽情，表达对前贤的敬仰。

游记以游踪为线索，寻溪流漫游，出成都南门外，一路水景如绘，形状各异，色彩斑斓，均"浣花溪委"而使然也。途经青羊宫，未言明道家胜迹，却已说出此地的幽眇深邃，道气萦绕。竹木森然，溪流隐约如现，桥尽而亭立。阅尽一路缘江美色，浣花溪面貌也渐显端倪。

曲曲绕绕的溪畔小路旁，与武侯祠不期而遇，只是一笔带过，并没写是否入祠拜谒，或许孔明先生与浣花溪无太大关联，前文曾有过提示："而后浣花有专名，则一少陵浣花居在焉耳。"看似漫不经心的记述中，作者还是注意了紧扣主题。出游的目的地终于到了，随着目睹"浣花溪"题榜，走过架于溪上的木桥，度越题有"百花潭水"的碑亭，经由梵安寺，"始为杜工部祠"。好难见的杜甫草堂，可能此番出游的兴致就在寻祠的过程中。借问草堂何处？却在那曲径通幽处。不过到得草堂，眼前景却不过如此："像颇清古，不必求肖，想当尔尔。石刻像一，附以本传，何仁仲别驾署华阳时所为也。碑皆不堪读。"要不是路途有美景，这杜甫草堂实在平常得很。

最后，作者大发感慨，由"严公不死，浣溪可老"，得到"患难之于朋友大矣哉"的结论，再归纳出人生的经验之谈："穷愁奔走，犹能择胜；胸中暇整，可以应世。"由浣溪严、杜友好的特例，发掘生活的一般道理。此记的总体风格，一如竟陵派倡导的峻峭幽冷。正如陆云龙所评："声色清冷幽峭，似与浣花溪争胜！"（陆云龙选评《明人小品十六家》）

王思任

王思任（1575—1646），字季重，号谑庵，山阴（今浙江绍兴）人。明文学家。万历间进士，历任南京刑部主事、九江佥事。顺治三年，清兵破绍兴城，绝食而死。生性放浪谐谑，好为小品。有《王季重十种》、《谑庵文饭小品》。

屠田叔《笑词》序

古之笑出于一[①]，后之笑出于二[②]，二生三，生四。自此以后，齿不胜冷也[③]。王子曰：笑亦多术矣！然真于孩，乐于壮，而苦于老。海上憨先生者[④]，老矣。历尽寒暑，勘破玄黄[⑤]，举人间世一切虾蟆、傀儡、马牛、魑魅，抢攘忙迫之态，用醉眼一缝，尽行囊括。日居月诸[⑥]，堆堆积积，不觉胸中五岳坟起，欲叹则气短，欲骂则恶声有限，欲哭则为其近于妇人。于是破涕为笑。极笑之变，各赋一词，而以之囊括天下之苦事。上穷碧落，下索黄泉，旁通八极，由佛圣至优施[⑦]，从唇吻至肠胃，三雅四俗，两真一假。回回演戏[⑧]，绦龙打狗；张公吃酒，夹糟带清。顿令虾蟆肚瘪，傀儡线断，马牛筋解，魑魅影避。而憨老胸次，亦复云去天空，但有欢喜种子，不更知有苦矣。此之谓可以怨，可以群[⑨]。此之谓真诗。若曰打起黄莺儿[⑩]，摔开皱眉事。憨老笑了一生，近又得龙耳，长进笑矣[⑪]。

奚其词也！

【注释】① 出于一：谓古之笑，出于专真的感情。一，专一。② 出于二：有二心，后人的笑就混杂了。二，不一。③ 齿不胜冷：谓贻笑于人而遭人讥嘲。齿冷，指久笑则齿为之冷。④ 海上憨先生：屠田叔为鄞县人，鄞县地处浙江东部沿海，故称"海上憨先生"。海上，海边。憨先生，即屠田叔。⑤ 玄黄：即天地。《易·坤》："天玄而地黄。"⑥ 日居月诸：谓岁月流逝。《诗·邶风·日月》："日居月诸，照临下土。"⑦ 优施：春秋时晋献公所蓄之优人。善演诙谐之剧。⑧ 回回：回族，或其他信仰伊斯兰教的民族。⑨ 可以怨，可以群：《论语·阳货》："诗可以兴，可以观，可以群，可以怨。"⑩ 打起黄莺儿：唐金昌绪《春怨》："打起黄莺儿，莫教枝上啼。啼时惊妾梦，不得到辽西。"金诗原义是赶跑枝上的黄莺儿，别让啼声惊醒正在梦中与戍边丈夫相会的少妇。此处指不要惊扰世间可笑之事。⑪ 龙耳：可致聪明之药。

【浅析】屠田叔为屠本畯，田叔是其字，自号憨先生，浙江鄞县人。历官太常典簿、辰州知府。屠田叔写了《笑词》一书，王思任为其写了这篇序。笑，本是世人受外间事物触动而生发的欢欣喜悦的表情显现。在《序》中，王思任对"笑"作出了多种解读："古之笑出于一，后之笑出于二，二生三，生四。自此以后，齿不胜冷也。"也就是说，古之笑，发自内心，是真诚会意的笑，可随着时间推移，笑逐渐变味了，且每况愈下，于今则更令世人齿寒了。笑虽说也有其技巧，但真率的笑出在少儿，欢快的笑得自壮年，苦涩的笑则发生在老人身上了。少儿有童心，壮年有信心，老人唯剩孤独残缺的心、识破世态的心了。出于对笑的独特认识，在王思任看来，年老的憨先生屠田叔，早已与童心、信心无缘，笑已成了一种无可奈何的情感宣泄，满眼的“虾蟆、傀儡、马牛、魑魅，抢攘忙迫之态”，真诚自信的笑还能发出来吗？在欲罢不忍、欲哭无泪的境遇下，田叔只能“破涕为笑”了。这笑里，饱含的是辛酸、是悲愤，徒有其笑之形，而再无笑之神了。屠田叔的《笑词》，已变为“以之囊括天下之苦事”的合集。在屠、王生活的时代，怨就是笑，群就是笑，一生就是笑。既然已经没了欢笑和悲苦的界限，既然已经“笑了一生”，那就选择笑吧！这多少还能和集名相符。

王思任作品，好谐谑放狂，嬉笑怒骂，皆成文章。一篇《笑词》序，我们读出了多少苦涩、多少辛酸。透过王思任的序，我们发觉，这屠田叔的合集，与其说是“笑词”，毋宁说是“哀词”。

朱国桢

朱国桢（？—1632），一作国祯，字文宁，号虬庵居士，乌程（今浙江湖州）人。明诗文家。万历间进士，历任礼部尚书、文渊阁大学士。为魏忠贤所劾，引疾归。有《朱文肃公集》、《涌幢小品》。

黄山人小传

苏州黄勉之省曾①，风流儒雅，卓越罕群。嘉靖十七年，当试春官②，适田汝成过吴门③，与谈两湖之胜，便辍装不果北上，来游西湖，盘桓累月。勉之自号“五岳山人”，其自称于人亦曰“山人”。田尝戏之曰：“子诚山人也。癖耽山水，不顾功名，可谓山兴；瘦骨轻躯，乘危涉险，不烦筇策④，上下如飞，可谓山足；目击清辉，便觉醉饱，饭才一溢，饮可旷旬，可谓山腹；谈说形胜，穷状奥妙，含腴咀隽，歌咏随之，若易牙调味⑤，口欲流涎，可谓山舌；解意苍头⑥，追随不倦，搜奇剔隐，以报主人，可谓山仆。备此五者，而谓之山人，不亦宜乎！”坐客为之大笑。此虽戏言，然人于五者无一庶几焉，而漫曰游山，必非真赏。

【注释】① 黄勉之省曾：黄省曾，字勉之，号五岳山人，江苏吴县人。嘉靖间举人。尝从王守仁、湛若水游，又学诗于李梦阳。博文好学，著作甚丰，有《五岳山人集》、《吴风录》、《山海经水经合刻》等。② 试春官：应科举试。黄省曾后屡试春官，未得中进士第。③ 田汝成：(1503—1557)，字叔禾，钱塘(今浙江杭州)人。明诗文家。嘉靖间进士，历官南京刑部主事、礼部祠祭司郎中、福建提学副使。有《田叔禾集》、《炎徼纪闻》、《西湖游览志》、《西湖游览志余》等。④ 筇(qióng)策：竹杖。⑤ 易牙：春秋齐桓公幸臣。长于调味。⑥ 苍头：指奴仆。汉时仆隶以深青色头巾包头。故称。

【浅析】博取功名和遨游山水，孰轻孰重，在一般士子眼里，自然会选择前者而摈弃后者。但是，黄省曾却因田汝成剧谈西湖之胜，竟弃试而从游。而促成这种非常态举动的原因大致有以下数端：朋友盛情相约；自己酷爱山水；内心无意名利。按《小传》看来，黄省曾游西湖的动因在这几方面可谓兼而有之。杭州人田汝成好游湖山，熟谙西湖名胜掌故，是《西湖游览志》、《西湖游览志余》的作者，与有着山人风范的黄省曾意气相投，能当面“戏”勉之，交谊当不薄。黄氏爱山水在文中也有披露，如“自号五岳山人”，如具备成为山人的多种内质。更使其游西湖并“盘桓累月”的是，在杭州山水和杭人诚邀面前，出试春官显得微不足道。黄氏“风流儒雅，卓越罕群”，当不会满足于当一个追名逐利的庸人。朱国桢的小传，就从舍科考而游西湖一事切入，展示了黄省曾的山人气和风流状。另外，田汝成的戏言，紧扣山兴、山足、山腹、山舌、山仆数端，深化了黄山人的人文素养，揭示了其成为山人的体魄条件和精神气质。这篇“小传”，就通过一件游事，只三言两语，便把个黄山人写得道骨仙风，神采超然。

张　岱

张岱（1597—1679），字宗子，一字石公，号陶庵，山阴（今浙江绍兴）人，曾寄居杭州等地。明清之际诗文家。出身仕宦家庭，好交游，多才艺。一生未曾出仕。明亡后隐居山野，以著书度日。小品多怀旧之作。有《琅嬛文集》、《陶庵梦忆》、《西湖梦寻》、《石匮书》等。

《陶庵梦忆》序

陶庵国破家亡，无所归至，披发入山，骇骇为野人①。故旧见之，如毒药猛兽，愕室不敢与接。作自挽诗，每欲引决[2]，因《石匮书》未成，尚视息人世[3]。然瓶粟屡罄，不能举火。始知首阳二老[4]，直头饿死，不食周粟，还是后人妆点语也。

饥饿之余，好弄笔墨。因昔思人生长王、谢[5]，颇事豪华，今日罹此果报：以笠报颅，以蒉报踵[6]，仇簪履也[7]；以衲报裘，以苎报绨[8]，仇轻暖也；以藿报肉[9]，以粝报粻[10]，仇甘旨也；以荐报床[11]，以石报枕，仇温柔也；以绳报枢，以瓮报牖，仇爽垲也[12]；以烟报目，以粪报鼻，仇香艳也；以途报足，以囊报肩，仇舆从也。种种罪案，从种种果报中见之。

鸡鸣枕上，夜气方回。因想余生平，繁华靡丽，过眼皆空，五十年来，总成一梦。今当黍熟黄粱[13]，车旋蚁穴[14]，当作如何消受！遥思往事，忆即书之，持向佛前，一一忏悔。不次岁月，异年谱也；不分门类，别志林也[15]。偶拈一则，如游旧径，如见故人，城郭人民[16]，翻用自喜，真所谓痴人前不得说梦矣。

昔有西陵脚夫为人担酒，失足破其瓮，念无以偿，痴坐伫想曰："得是梦便好。"一寒士乡试中式，方赴鹿鸣宴[17]，恍然犹意非真，自啮其臂曰："莫是梦否？"一梦耳，惟恐其非梦，又惟恐其是梦，其为痴人则一也。余今大梦将寤，犹事雕虫，又是一番梦呓。因叹慧业文人，名心难化[18]，政如邯郸梦断，漏尽钟鸣，卢生遗表[19]，犹思摹拓二王，以流传后世。则其名根一点[20]，坚固如佛家舍利，劫火猛烈，犹烧之不失也。

【注释】① 骇(hài)骇：同"骇骇"。害怕受惊的样子。② 引决：自裁，自尽。③ 视息：观看与呼吸。指生存，含苟且偷生之意。④ 首阳二老：指伯夷、叔齐二人。殷亡后，隐于首阳山，不食周粟而死。⑤ 王、谢：东晋两大望族。喻指作者亦出自名门世家。⑥ 蒉(kuì)：草鞋。⑦ 仇：相匹配、对应的意思。⑧ 苎：麻布。絺(chī)：细葛布。⑨ 藿：豆叶。⑩ 粝：粗米。粻(zhāng)：精米。⑪ 荐：草席。⑫ 爽垲(kǎi)：明亮、高燥的居所。⑬ 黍熟黄粱：以卢生黄粱一梦之典，喻富贵已成梦幻。事见唐沈既济《枕中记》。⑭ 车旋蚁穴：以淳于棼梦游大槐安国，醒后方知该地为一蚁穴之典，喻意同"黍熟黄粱"。事见唐李公佐《南柯记》。⑮ 志林：指苏轼《志林》。原为苏轼随笔所记零星琐事，后人辑录成书。⑯ 城郭人民：用《搜神后记》丁令威感叹人世变迁一典。据载，丁令威学道成仙，化鹤归来，不禁发现“城郭如故人民非”矣。⑰ 鹿鸣宴：科举考试放榜后开设之宴会，由州县长官宴请考官、学政及中式考生。⑱ 名心：好名之心。⑲ 卢生遗表：汤显祖《邯郸记》传奇，在沈既济《枕中记》基础上，增卢生临终写遗表谢恩一事，称：“俺的字是钟繇法帖，皇上最所爱重，俺写下一通，也留与大唐家作镇世之宝。”⑳ 名根：指好名的根性。

【浅析】张岱生长在一个世宦之家。张家数代均能诗文，好园林，并擅长书画艺术，懂得珍奇古玩。张岱就是在这样一个颇具学术传统和艺术氛围的家庭里长大的，既受到文化熏陶，也过惯了奢华放纵的生活，可谓集晚明才子气和纨绔风于一身的张氏后人。只是明清易代，打破了张岱的温馨梦。交杂着深切的家仇国恨，张岱强忍精神痛苦和物质生活的艰辛，坚持编撰《石匮书》，还完成了《陶庵梦忆》。本文就是张岱为《陶庵梦忆》所写的自序。顺治初，绍兴陷落，张岱“披发入山，骇骇为野人”，尝作《自挽诗》，欲了此一生。但为了修撰《石匮书》，而终未轻生，一如太史公之忍辱负重以完成《史记》。其中困厄之情状，在《序》中表露无遗。张岱以为身逢灾难，实为因果报应，早年享用“簪履”、“轻暖”、“甘旨”、“温柔”、“爽垲”、“香艳”、“舆从”，均已由今日的“罪案”得到了回报。这虽然在心灵上维持了暂时的平衡，为后半生的凄惨境遇找到了自欺欺人的解释，但遥想往日繁华，宛如梦境，还是禁不住要反刍咀嚼一番，“忆即书之，持向佛前，一一忏悔”。是真诚的反思，还是矫情的自恋？张岱的不幸，看上去好像是由不可抗拒的外力造成的，但张家数代人为之尽忠的明王朝就没有责任吗？深有史识的张岱是不会不思及的。或许，这也是张岱最终未学首阳二老“直头饿死，不食周粟”的原因之一吧？

梦已逝，情难已，姑且留下回忆，在书中“如游旧径，如见故人，城郭人民，翻用自喜”，便算是痴人面前说梦也不去管他了。梦对于痴人来说，或宁信其是，或宁信其非，一“脚夫”，一“寒士”，不管是梦非梦，无法躲避的厄运是相同的。可是，张岱明明知道这个道理，却偏偏还是要“事雕虫”，要作“梦呓”。作者自称是“慧业文人，名心难化”，心甘情愿地在“梦”途上奋进不辍。但无论如何，这“陶庵梦忆”终成了寒露中秋虫的悲鸣了。

西湖七月半

西湖七月半，一无可看，止可看看七月半之人。看七月半之人，以五类看之。其一，楼船箫鼓，峨冠盛筵，灯火优傒[①]，声光相乱，名为看月而实不见月者，看之；其一，亦船亦楼，名娃闺秀，携及童娈，笑啼杂之，环坐露台，左右盼望，身在月下而实不看月者，看之；其一，亦船亦声歌，名妓闲僧，浅斟低唱，弱管轻丝，竹肉相发[②]，亦在月下，亦看月而欲人看其看月者，看之；其一，不舟不车，不衫不帻[③]，酒醉饭饱，呼群三五，跻入人丛，昭庆、断桥[④]，嘄呼嘈杂[⑤]，装假醉，唱无腔曲，月亦看，看月者亦看，不看月者亦看，而实无一看者，看之；其一，小船轻幌[6]，净几暖炉，茶铛旋煮[7]，素瓷静递，好友佳人，邀月同坐，或匿影树下，或逃嚣里湖[8]，看月而人不见其看月之态，亦不作意看月者，看之。

杭人游湖，巳出酉归，避月如仇。是夕好名，逐队争出，多犒门军酒钱，轿夫擎燎，列俟岸上。一入舟，速舟子急放断桥，赶入胜会。以故二鼓以前，人声鼓吹，如沸如撼，如魇如呓，如聋如哑。大船小船，一齐凑岸，一无所见，止见篙击篙，舟触舟，肩摩肩，面看面而已。少刻兴尽，官府席散，皂隶喝道去。轿夫叫船上人，怖以关门，灯笼火把如列星，一一簇拥而去。岸上人亦逐队赶门，渐稀渐薄，顷刻散尽矣。吾辈始舣舟近岸[9]，断桥石磴始凉，席其上，呼客纵饮。此时月如镜新磨，山复整妆，湖复颒面[10]。向之浅斟低唱者出，匿影树下者亦出。吾辈往通声气，拉与同坐。韵友来，名妓至，杯箸安，竹肉发。月色苍凉，东方将白，客方散去。吾辈纵舟，酣睡于十里荷花之中，香气拍人，清梦甚惬。

【注释】① 优傒（xī）：倡优和奴仆。② 竹肉：参见袁宏道《虎丘记》注⑤。③ 帻（zé）：包头巾。初为民间所服，至西汉末上下通行。④ 昭庆、断桥：昭庆，昭庆寺。昭庆寺与断桥均为西湖著名景点。⑤ 噪（jiāo）：叫喊。⑥ 轻幌（huǎng）：质地细薄的帷幔。⑦ 茶铛（chēng）：煮茶用锅。⑧ 里湖：西湖有里外之分，里湖在岳庙近处，有堤与外湖相隔。⑨ 舣（yǐ）：参见颜延之《祭屈原文》注⑦。⑩ 颒（huì）面：洗面。喻西湖湖面洁净。

【浅析】张岱于西湖总是魂牵梦绕，情有独钟，即便阔别多年，西湖胜景也会如在目前。“西湖无日不入吾梦中，而梦中之西湖未尝一日别余也。”（张岱《〈西湖梦寻〉序》）西湖胜景，文人骚客吟咏多矣。张岱此文，别开生面，全以西湖游客为重心，给读者描绘了一幅民俗风情画卷。七月半为农历中元节，亦为鬼节。是日，民间会举行祭日活动，晚间则外出赏月游览。张岱对七月半的西湖风光似并不在意，反以为“止可看看七月半之人”。那就看看人吧。此记概括出了五类外出赏月者，所谓“名为看月而实不见月者”，“身在月下而实不看月者”，“亦看月而欲人看其看月者”，“月亦看，看月者亦看，不看月者亦看，而实无一看者”，“看月而人不见其看月之态，亦不作意看月者”。张岱的观察是精细的。这五类人身份不同、爱好各异，动机有别，举止纷然，给本无可看的西湖夜景增色不少。晚明时期，个性张扬、反叛礼教的社会风气已然形成。游人中固然不乏“峨冠”、“名娃”等尊显人物，“净几暖炉”、“素瓷静递”的清客雅士，或作者本人即为其中之一，但作品的许多笔墨却留在了市井俗人、方外散人身上，什么“名妓闲僧”、“不衫不帻”者、“嗅呼嘈杂”者，都为西湖七月半月光会的参与者。在看似热闹杂乱的场合，五类人的出场还是井然有序的，均以待月的方式渐次登场。特别对“看”的神态举动，文章刻画入微，声情并茂，给人以恍若亲历之感。

西湖的七月半，给了杭人一个粉墨献唱、放纵歌呼的场所，也使此间各色人等有了个各得其所的机会。游湖的人群是真诚的、直率的，该行则行，该归则归，一切以兴尽与否为准。大呼小喊，摩肩接踵，大部分终随灯笼火把消散而去。此刻，才轮到此前并不显山露水之人和“吾辈”互通声气，再造新景。西湖七月半的长度被延伸了，西湖七月半的魅力被印证了。

李 渔

李渔(1611—约1679)，字笠鸿，一字谪凡，号笠翁，原籍兰溪(今属浙江)，出生江苏雉皋(今如皋)。清戏曲家。明诸生，入清后绝意仕进。主要文学成就在戏曲理论、戏曲创作及小说创作。有小说集《十二楼》、《无声戏》(一名《连城璧》)，戏曲《笠翁十种曲》，诗文杂著《一家言》、《闲情偶寄》等。

芙 蕖

芙蕖与草本诸花①，似觉稍异，然有根无树，一岁一生，其性同也。谱云②：“产于水者曰草芙蓉，产于陆者曰旱莲。”则谓非草本不得矣。予夏季倚此为命者[3]，非故效颦于茂叔而袭成说于前人也[4]。以芙蕖之可人，其事不一而足，请备述之。

群葩当令时，只在花开之数日，前此后此皆属过而不问之秋矣。芙蕖则不然，自荷钱出水之日，便为点缀绿波；及其茎叶既生，则又日高日上，日上日妍。有风既作飘摇之态，无风亦呈袅娜之姿，是我于花之未开，先享无穷逸致矣。迨至菡萏成花[5]，娇姿欲滴，后先相继，自夏徂秋，此则在花为分内之事，在人为应得之资者也。及花之既谢，亦可告无罪于主人矣，乃复蒂下生蓬，蓬中结实，亭亭独立，犹似未开之花，与翠叶并擎，不至白露为霜而能事不已。此皆言其可目者也。可鼻则有荷叶之清香，荷花之异馥。避暑而暑为之退，纳凉而凉逐之生。至其可人之口者，则莲实与藕皆并列盘餐而互芬齿颊者也。只有霜中败叶，零落难堪，似成弃物矣；乃摘而藏之，又备经年裹物之用。

是芙蕖也者，无一时一刻不适耳目之

观，无一物一丝不备家常之用者也。有五谷之实而不有其名，兼百花之长而各去其短。种植之利，有大于此者乎？

予四命之中，此命为最。无如酷好一生，竟不得半亩方塘为安身立命之地。仅凿斗大一池，植数茎以塞责；又时病其漏⑥，望天乞水以救之。殆所谓不善养生而草菅其命者哉。

【注释】① 芙蕖：荷花别称。② 谱：当指明王象晋《群芳谱》。一介绍栽培植物的著作。③ 倚此为命：《闲情偶寄·种植部》："予有四命，各司一时：春以水仙、兰花为命，夏以莲为命，秋以秋海棠为命，冬以腊梅为命。无此四花，是无命也。"④ 茂叔：宋周敦颐，字茂叔。周敦颐有《爱莲说》。⑤ 菡(hàn)萏(dàn)：荷花别称。未开曰菡萏，已开曰芙蕖。⑥ 病其漏：以池水渗漏为苦。

【浅析】宋儒周敦颐《爱莲说》称："予独爱莲之出淤泥而不染，濯清涟而不妖，中通外直，不蔓不枝，香远益清，亭亭净植，可远观而不可亵玩焉。"几乎是喜爱荷花的经典理由。李渔此文开宗明义便说自己"非故效颦于茂叔而袭成说于前人"，似乎要在周敦颐的道德高度和名士精神的光环之外，唱出别样的芙蕖赞。李渔作为一位戏曲家，十分重视舞台形象，而那群芳斗艳，就像在舞台上一显风姿。一般来说，"群葩当令"，只在数日之间，花开之前后，则往往"过而不问"了，人们记住的只有那几天的风光。芙蕖可不同，其先“点缀绿波”，继而“花之未开，先享无穷逸致”，此后“菡萏成花，娇姿欲滴，后先相继，自夏徂秋”，最终“蒂下生蓬，蓬中结实，亭亭独立，犹似未开之花，与翠叶并擎”。这就是芙蕖的生长过程，假若与戏剧的开端、发展、高潮和结局四个部分作比照，不是很相似吗？李渔观花，心有独会，连花开花落，也与剧情发展的程式接近。

戏曲的魅力在于艺术手段的多样化，色彩、声响，舞蹈、音乐，情节、唱词等等，诉诸受众的感官，给予全方位的情感刺激、思绪上的联翩奇想，而戏曲艺术的综合性、多功能特点，不也就像芙蕖吗？除上述诸象皆“可目”外，“可鼻则有荷叶之清香，荷花之异馥”，可口则“莲实与藕皆并列盘餐而互芬齿颊者”，而“霜中败叶”，又可“备经年裹物之用”。不说不知道，芙蕖真是宝：“无一时一刻不适耳目之观，无一物一丝不备家常之用者也。”芙蕖独步花坛，何可多让！

李渔在文中点穿了自己酷爱芙蕖的缘由，可惜“竟不得半亩方塘为安身立命之地”，这又似其戏曲生涯。尽管李渔视戏曲为生命，将之作为精神的寄托、谋生的手段，但正统文人耻于为伍，不良书商肆意盗版，潜心戏剧创作也是举步维艰。精心写作，还得注意“不善养生而草菅其命”。李渔真是识破芙蕖者。

顾炎武

顾炎武（1613—1682），初名绛，字忠清。清兵南下，改名炎武，字宁人，号亭林，曾自署蒋山佣，昆山（今属江苏）人。清思想家、经学家、文学家。康熙十七年(1678),诏举博学鸿儒科,次年,修《明史》,大臣争荐之,并力辞不赴。卒以布衣终。顾炎武早年参加复社,关心现实,重经世之学。入清,遍游北地,以图复明。一生行万里路,读万卷书。为人讲究志节,以其广博学识,专精于经史考据、音韵小学之研究,开清代朴学风气。与黄宗羲、王夫之并称"清初三大儒";又与归庄文名相埒,有"归奇顾怪"之目。有《肇域志》、《天下郡国利病书》、《日知录》、《亭林文集》、《亭林余集》等。

规友人纳妾书

董子曰[①]:"君子甚爱气而谨游于房[②]。是故新壮者十日而一游于房,中年者倍新壮,始衰者倍中年,中衰者倍始衰,大衰者以月当新壮之日,而上与天地同节矣。"炎武年五十九,未有继嗣,在太原遇傅青主[③],浼之诊脉[④],云尚可得子,劝令置妾,遂于静乐买之[⑤]。不一二年而众疾交侵,始思董子之言而瞿然自悔[⑥]。立侄议定[⑦],即出而嫁之。尝与张稷若言[⑧]:青主之为人,大雅君子也。稷若曰:"岂有劝六十老人娶妾,而可以为君子者乎?"愚无以应也。又少时与杨子常先生最厚[⑨],自定夫亡后[⑩],子常年逾六十,素有目眚[⑪],买妾二人,三五年间目遂不能见物。得一子已成童而夭亡，究同于伯道[12]。此在无子之人犹当以为戒，而况有子有孙，又有曾孙者乎？有曾孙而复买妾，以理言之，则当谓之不祥；以事言之，则朱子斗诗有所谓《好人叹》者[13]，即西安府人，殷鉴不远也[14]。伏念足下之年五十九同于弟，有目疾同于子常，有曾孙同于西安之“好人”。故举此为规，未知其有当否？

【注释】① 董子：董仲舒。西汉哲学家，今文经学大师。② 游于房：指男女间交合事。③ 傅青主：名山，山西阳曲（今太原市）人，明、清之际思想家。④ 浼（měi）：请托。⑤ 静乐：县名。在山西省。⑥ 瞿然：心惊的样子。⑦ 立侄议定：康熙十一年，顾炎武寓书潘耒，商议立族子洪瑞为嗣。⑧ 张稷若：名尔岐。山东济阳人。⑨ 杨子常：名彝。江南常熟（今属江苏）人。⑩ 定夫：名静。杨彝子。⑪ 眚（shěng）：眼睛上长膜。⑫ 伯道：晋邓攸。石勒兵起，攸挈家而走，弃子以全其侄，后竟无嗣。⑬ 朱子斗：名谊泬。明宗室，秦愍王九世孙。曾与王弘撰交于青门。能诗，顾炎武有《朱子斗诗序》。⑭ 殷鉴：指以前朝事为鉴诫。

【浅析】王弘撰，字山史，陕西华阴人，是顾炎武好友，高隐不仕，大节无亏，而且很有学问，称关中人文领袖。对于王的纳妾之举，顾没有作直接的是非判断，而是多方面晓以情理，来表达自己的规劝之意。

为说服王弘撰，顾炎武首先抬出了西汉首儒董仲舒。董子从君子爱气惜身的信条出发，申言为人须淡于男女情欲，即所谓“谨游于房”，且随年龄增长，而愈趋寡欲，提出君子的最高行为规范，要力求合于天地的法度。现如今，王氏所求与董子所倡显然南辕而北辙。顾炎武点到为止，并不就此生发开去，因为读书人对君子之道心里总是明白的。亭林先生的这一手，无疑是对王的当头棒喝，对方似乎也无法辩解，原因在王本人曾声称：“秦汉以来，儒者之学，能出乎一世之上，而无愧于孔孟之道者五人”，其中第一位便是董仲舒（见《汉隋二人述序》）。以子之矛，陷子之盾，王山史确乎难以招架。

接着，顾炎武在这封信里现身说法，谈起了自己饱受纳妾之害的亲身经历。顾五十九岁那年，择言不慎，草率置妾，结果不但嗣子未得，反而“众疾交侵”，以此确证董子所言之不谬。顾自己最后将所纳之妾“出而嫁之”，十分洒脱地了结了这桩蠢事。信中“立嗣议定”，轻轻带过，再次透出自己纳妾事出有因，与王之纳妾有本质区别。

顾炎武在信中以圣人理论开道，亲身实例继后，随之告以人言可畏的道理，进一步劝王不可小视社会舆论。与顾纳妾一事极有关系的傅山，本来称得上是位“大雅君子”，道德文章，素为世人推崇。傅本人并未纳妾，劝顾纳妾，也是从“不孝有三，无后为大”的儒家古训出发的，无碍读书人的立身之本，张尔岐尚且认为傅不配“君子”之称。如果以一己之私欲，招来众君子的非议，也是万万使不得的。

顾炎武似嫌陈说自己一人纳妾的教训还不够，再以少时挚友杨彝为例，来加强反纳妾主张的说服力量。杨彝因子亡求嗣而纳妾，弄得眼疾加剧不能见物，更可悲的是，妾所生之子也

"已成童而夭亡"。其结局仍与晋邓伯道那样,未能得续一脉。顾本人纳妾不曾得子,徒伤了一二年身体;杨纳妾则得子而复失,还落得个目盲的下场。无子之人尚应引以为戒,你老兄膝下已有曾孙,又纳什么妾呢?顾炎武正话反说,语势逼人。

在一系列的旁敲侧击后,劝者以正面开导作结:纳妾实属不明事理的行为。大凡纳妾者,均成不幸人。顾请王对号入座,三思纳妾将产生的后果,重审自己的抉择。

顾炎武巧妙地借圣人以立旨,析实事以说理,从健康角度分析道德问题,就生活常情发挥君子之道。王在信中应该体会到顾的一片苦心,即使再横生纵欲之念,也只得口水倒咽,好生想想老朋友的规劝了。

汪琬

汪琬(1624—1690),字苕文,号尧峰,晚号钝翁,长洲(今江苏苏州)人。清散文家。顺治间进士,授户部主事。屡迁刑部郎中,以奏销案降北城兵马司指挥,再迁户部主事。以疾假归,结庐尧峰山,闭户著述。康熙十八年(1679)举博学鸿词,授翰林院编修,参与修《明史》。汪琬以古文名世,与魏禧、侯方域并称"清初三大家"。《四库全书》称其"接迹唐、归,无愧色也。"有《钝翁类稿》、《尧峰文钞》。

鸭媒

江湖之间有鸭媒焉①。每秋禾熟,野鸭相逐群飞。村人置媒田间,且张罗焉②。其媒昂首鸣呼,悉诱群鸭下之,为罗所掩略尽。夫鸭之于鸭类也。及其沕涩狡猾③,

而思自媚于主人，虽戕其类弗顾。呜呼，亦可畏矣哉！

【注释】① 鸭媒：捕鸭人驯养之鸭。用以诱捕野鸭。② 罗：捕鸟的网。③ 涊(niǎn)涩：污浊，肮脏。

【浅析】鹰犬帮主人行猎，鸬鹚替主人捕鱼。它们都不是以同类为渔猎目标的。而汪琬笔下的鸭媒，却不惜以戕害同类而取媚其主。“村人”以捕获野鸭为业，一则可得美味，二则可护庄稼，这本来无可厚非。汪琬这篇小品文议论的重心也并不在于村人该不该逮野鸭，所施的手段对不对，而是让鸭媒亮相表演，旨在提请人们从鸭媒的所作所为中得到某种启示。

鸭媒为村人所驯养，它效劳主子的方式十分奇特，它不必直接攻击猎物，而只要在村人布下罗网后，凭其天然的形与声，呼朋引类，“悉诱群鸭下之”。群鸭见田间的鸭媒亦为扁嘴禽，亦发“嘎嘎”声，便放松了警觉，又禁不住秋禾的引诱，终被村人一网打尽。群鸭的可悲，在于它们无法看清村人高明的手段，更没有警惕会被它们的同类所出卖。文章的前半部分是村人用鸭媒诱捕群鸭的实录，在描述村人、鸭媒配合默契的过程中，突出了鸭媒的关键作用及其欺骗性。

后半部分的议论，是作者对鸭媒做出的主观评判，作者笔锋所向，不在村人的狡黠和群鸭的轻率，而是针对鸭媒的“涊涩狡猾”，揭露它甘愿戕害同类的帮凶本质，以及取悦主人、苟且偷生的奴才本性。作者指出鸭媒之伤同类，确实为动物界一大“可畏”之事，其“可畏”就在野鸭们未作提防，轻掷性命；就在野鸭们难辨敌友，防不胜防。以此推及社会，如果身边时有鸭媒伴随,不亦人类“可畏”之事吗?

《姑苏志》对吴中弋人驯鹤媒以获同类有过记载:“乌见鹤同类,狎之无嫌疑,遂为矢所中。”同时指明“射鸭亦用此法”。明长洲诗人高启《射鸭词》有云:“秋菱叶烂烟雨晴,鸭群未下媒先鸣。草翳低遮竹弓彀,水冷田空鸭多瘦。”“觜唼唼,毛褷褷,潜机一发那得知。”生动地描绘了弋人利用鸭媒射鸭的场景。汪琬也是苏州人,对吴中驯养鸟媒诱捉野禽的方法当是熟悉的,这就为他发表诫言提供了依托物,而清初苏州的政治现状,更是《鸭媒》一文所发思想感触的社会基础。顺康之间,冤狱遍于江南,科场案、奏销案、哭庙案等接连发生,株连文人成千上万。汪琬本人也曾受奏销案牵累,遭降职使用。许多冤狱正是由于鸭媒式人物的告密所致。汪琬身历厄运,对“鸭媒”深恶痛绝,也是很自然的。

廖　燕

廖燕(1644—1705),字梦醒,一字人也,号柴舟,广东曲江(今韶关)人。清文学家。诸生,弃举业。筑室武水西,额曰“二十七松堂”,以著述终老。廖燕生性近于晚明性灵文人,好为闲雅小品。有《二十七松堂集》。

选古文小品序

大块铸人①,缩七尺精神于寸眸之内②。呜呼,尽之矣!文非以小为尚,以短为尚。顾小者大之枢,短者长之藏也。若言犹远而不及，与理已至而思加，皆非文之至也。故言及者无繁词，理至者多短调。巍巍泰岱，碎而为嶙砺沙砾，则瘦漏透皱见矣；滔滔黄河，促而为川渎溪涧，则清涟潋滟生矣。盖物之散者多漫，而聚者常敛。照乘粒珠耳[3]，而烛物更远，予取其远而已；匕首寸铁耳，而刺人尤透，予取其透而已。大狮搏象用全力，小不可忽也；粤西有修蛇，蜈蚣能制之，短不可轻也。

【注释】① 大块:大自然。铸:铸造，铸就。② 寸眸:指眼睛。③ 照乘粒珠:指一粒宝珠虽小，却可为一乘四马的车驾照明。

【浅析】廖燕好为小品，曾将自己的零星散乱的短篇杂著，以“小品”的名目，附在《二十七松堂集》后，一起刊行。在清初文坛普遍摈弃小品文之际，这是难能可贵的。廖燕不但创作小品，还提出了许多颇有识见的理论主张。本文一开头即以比喻形象地刻画出小品文的特性:“大块铸人，缩七尺精神于寸眸之内。”偌大的世界，寥廓的大自然，都可以凝聚浓缩在方寸之间，为人们所观察、所感受。文章固然未必以短小为尚，但短小者可以为枢纽、可以为藏府。同样，“言犹远而不及”，“理已至而思加”，就是言辞开阔远大，但不及要义；道理已达目标，但构思过程冗长夸张。这样也“非文之至也”。廖燕在正面阐明小品特性后，又作了反面的论述，深化了论题，彰显了主旨："言及者无繁词，理至者多短调。"小品文正可扬其长而避其短。

为使议论更具直观性和说服力，廖燕运用一连串的比喻来申述：泰岱碎，而"瘦漏透皱见"；黄河促，而"清涟潋滟生"。美往往就产生在细碎中，显现在散漫中。宝珠烛物，虽远亦明；匕首刺人，虽小亦透。以大制小，须尽全力，短小者务必不能轻忽之。小品文的旨趣，就这样被说清道透。可以发现的是，廖燕对小品文并非为短小而短小，而是倾注了多样因子，重视其实际功能。唐显悦在《〈媚幽阁文娱〉序》中称小品文："幅短而神遥，墨希而旨永"，"一字可师，三语可掾"。（郑元勋辑《媚幽阁文娱》）与廖说可谓异曲同工。

戴名世

戴名世（1653—1713），字田有，一字褐夫，号南山，又自号忧庵，江南桐城（今属安徽）人。康熙间进士，授编修。《南山集》祸作，被劾语涉悖逆，遂逮下狱，竟坐大逆罪伏法。戴名世文学成就在古文，尤长于史传，得方苞推重而为世人关注。有《戴名世集》。

鸟　说

余读书之室，其旁有桂一株焉，桂之上，日有声喧喧然者[①]。即而视之，则二鸟巢于其枝干之间，去地不五六尺[②]，人手能及之。巢大如盏[③]，精密完固，细草盘结而成。鸟雌一雄一，小不能盈掬[④]，色明洁，娟皎可爱⑤，不知其何鸟也。雏且出矣，雌者覆翼之，雄者往取食，每得食，辄息于屋上，不即下。主人戏以手撼其巢，则下瞰而鸣⑥，小撼之小鸣，大撼之即大鸣，手下，鸣乃已。他日，余从外来，见巢坠于地，觅二鸟及鷇⑦，无有。问之，则某氏僮奴取以去。

嗟乎！以此鸟之羽毛洁而音鸣好也，奚不深山之适而茂林之栖⑧，乃托身非所，见辱于人奴以死。彼其以世路为甚宽也哉！

【注释】① 唍唍(guān)：也作“关关”。象声词，鸟和鸣声。② 去地：离地。③ 盏：浅而小的杯子。多指酒杯。④ 盈掬：满握。⑤ 娟皎：指美好、光洁。⑥ 瞰(kàn)：从高处往下看，俯视。⑦ 鷇(kòu)：须母鸟哺食的幼鸟。⑧ 奚：何。

【浅析】《鸟说》是一篇以鸟喻人的寓言。作者戴名世为清初桐城文人，曾因牵涉当时一桩文字案件而被逮下狱。那不知什么种类的鸟儿，“色明洁，娟皎可爱”，本该受到人们的关爱。它们也是这么想的，以为“世路”“甚宽”，对周边环境毫无警觉，天真地将鸟巢构筑在“人手能及之”的树上。尽管鸟巢建造得“精美完固”，但不具备抵抗外力侵犯能力的鸟儿，只能用鸣叫对付“主人”撼动鸟巢。最终鸟巢遭歹人毁坏，鸟儿也

“全家”受难，无一幸免。这个故事寓意是很深刻的，讥讽了像作者自己这样的汉族知识分子，满以为依仗出色的才干，就能为朝廷、为百姓效力，选择了积极参与政事的路途，谁知“托身非所”，落得家毁人亡的下场。寓言告诫文人学士，应该远离险恶的生存环境，在世外的山林里寻求安居。

戴名世的散文饱含深情。《鸟说》寄寓着对险峻世态的郁愤，对可怜二鸟的无奈。而情感的发抒，运用的是平淡的语言、细微的描述，在娓娓道白中深蕴愤世嫉俗之情。同时，这则寓言也暗喻着作者的生平遭际，起到了鉴戒时人的警世作用。篇末点题，理正而意远。

郑 燮

郑燮(1693—1765)，字克柔，号板桥，江苏兴化人。清书画家、诗文家。乾隆间进士，官山东范县、潍县知县。因开罪豪绅罢官，居扬州，以鬻画为生。书画名重一时，为“扬州八怪”之一。诗文皆自抒胸臆，独具一格。有《郑板桥集》。

竹

江馆清秋，晨起看竹，烟光日影露气，皆浮动于疏竹密叶之间。胸中勃勃遂有画意①。其实胸中之竹，并不是眼中之竹也。因而磨墨展纸，落笔倏作变相②，手中之竹又不是胸中之竹也。总之，意在笔先者，定则也；趣在法外者，化机也③。独画云乎哉！

【注释】① 勃勃:盛而多的样子。② 倏(shū)作:迅速创作。③ 化机:自然造化的迹象。

【浅析】这是一篇郑板桥的论画小文,似乎在探讨艺术创作的规律。清秋看竹,光影露气,飘忽升腾,在竹叶中浮动,美不胜收。画家见此,胸中难免涌动着"勃勃"的创作冲动,想要畅其画笔,一抒心意。作者认为,此刻"胸中之竹",并不能等同于"眼中之竹",这"胸中之竹"已然打上了创作者的主观印记,就像陆机所称,文学家受外界的激发,会见物动情,所谓"遵四时以叹逝,瞻万物而思纷;悲落叶于劲秋,喜柔条于芳春"(陆机《文赋》)。"胸中之竹"抑或就是意象,而"眼中之竹"却仍是客观的存在物,保留着竹子的常态,抑或就是物象。当画家"磨墨展纸",顷刻间迅速落笔,竹子却已成变相,这"手中之竹又不是胸中之竹"了。落纸所成之象,又非眼中所见之竹,姑且称之图像,犹如文学作品的文字符号。画家画成图像的高下优劣,又受到画家艺术功力、经验的限制,往往眼高而手底,心有余而力不足。意象、物象、图像难得同一,道理就在于此。郑板桥总结道:"意在笔先者,定则也;趣在法外者,化机也。"想想也对,意若不在笔先,画画不就成无的放矢了;但画家之画,纵然技法高超,还是不能全部展现画物的天趣。要知道,那是大自然的造化啊。"巧夺天工",该是多高的境界!郑板桥说的并不全是画理,生活中的人情物理,都不能外此而呈现于世。

袁　枚

袁枚(1716—1797),字子才,号简斋,钱塘(今浙江杭州)人。清文学家。乾隆间进士，选庶吉士，历知溧水、江浦、沭阳、江宁等县。告归后，卜筑随园于江宁小仓山，以诗酒自娱，并授徒著述度日。诗主性灵，与赵翼、蒋士铨并称“乾隆三大家”。亦工古、骈文。有《小仓山房诗文集》（含《续集》、《外集》）、《随园诗话》、《随园随笔》、《随园尺牍》等。

所好轩记

所好轩者，袁子藏书处也。袁子之好众矣，而胡以书名？盖与群好敌而书胜也。其胜群好奈何？曰：袁子好味，好色，好葺屋，好游，好友，好花竹泉石，好珪璋彝尊[①]、名人字画，又好书。书之好无以异于群好也，而又何以书独名？曰：色宜少年，食宜饥，友宜同志，游宜晴明，宫室花石古玩宜初购，过是欲少味矣。书之为物，少壮、老病、饥寒、风雨，无勿宜也。而其事又无尽，故胜也。

虽然，谢众好而昵焉，此如辞狎友而就严师也[②]，好之伪者也。毕众好而从焉，如宾客散而故人尚存也，好之独者也。昔曾皙嗜羊枣[③]，非不嗜脍炙也，然谓之嗜脍炙，曾皙所不受也。何也？从人所同也。余之他好从同，而好书从独，则以所好归书也固宜。

余幼爱书，得之苦无力。今老矣，以俸易书，凡清秘之本，约十得六七。患得之，又思失之。苟患失之，则以“所好”名轩也更宜。

【注释】① 珪璋彝尊：此处指古董、古玩。珪璋，古时贵重玉器，朝会时所执。彝尊，古代青铜器，用于祭祀等礼仪。② 狎友：指亲昵接近常共嬉游饮宴之友。③ 曾皙嗜羊枣：事见《孟子·尽心》下。曾皙，孔子弟子。羊枣，一种果子，形与色似羊屎，故称。

【浅析】袁枚是个性情中人，身上还留存着晚明性灵文人的作派，真诚、多才而又放浪不羁。这也正是袁枚的可爱之处。“好”者，喜好、爱好、嗜好也。明末清初张岱曾经自言其所好：“少为纨绔子弟，极爱繁华，好精舍，好美婢，好娈童，好鲜衣，好美食，好骏马，好华灯，好烟火，好梨园，好鼓吹，好古董，好花鸟，兼以茶淫橘虐，书蠹诗魔。”（《自为墓志铭》）对照袁文：“袁子好味，好色，好葺屋，好游，好友，好花竹泉石，好珪璋彝尊、名人字画，又好书。”两人大同小异，特别都将“好书”这一最爱，置之众“好”之末。这样说，无非是要与一本正经的道学家、附庸风雅的当官者，以及不谙世事的冬烘先生有所区隔。袁与张岱一样，是个生性洒脱的读书人。声色犬马，吃喝玩乐，都无改袁子才的书生本色。或为避免世人误读随园，袁枚特意强调了众好中独以书名，“盖与群好敌而书胜”，理由是“书之为物，少壮、老病、饥寒、风雨，无勿宜也。而其事又无尽，故胜也”。而其他诸好均有其难以舍却的弱点。文章至此，为所好轩主设计的自我表彰之词应该完成了，一个嗜玩多欲的风流才子形象也呼之欲出了。但袁枚并未就此打住，作者还想对众好多说几句，要不风流才子真性情的理性展示似嫌不足。袁枚一针见血地指出，回绝玩乐，独与书昵，就如“辞狎友而就严师”，那是假正经、伪君子。刻意装出好读书，疏离饮宴客，是失“真”之举。但是，在保持天性的前提下，还应维护其独立性、个别性，该读书还是要读书，送走了吃喝客，就要善待“故人”了。这“故人”无疑是书。曾皙为何“嗜羊枣”，并非羊枣是美味，而是曾皙不愿“从人所同”，抹杀自己的个性。我袁某人“他好从同”是不失天性，“好书从独”是保留个性。如此说来，袁枚倒是能左右逢源，横竖都在理。最后作者道出以“所好”名轩的另一层意思：其藏书来之不易，实在与书难分难舍，将“所好轩”做藏书之所，以志永怀也。

龚自珍

龚自珍(1792—1841)，字璱人，号定庵，晚号羽琌山民，更名巩祚，仁和(今浙江杭州)人。清思想家、文学家、学问家。道光间进士，官礼部主事。曾支持林则徐禁烟。后辞官南归，任丹阳云阳书院讲习。通经学、小学、史地之学，倡导经世致用，为“今文学派”重要人物。和魏源都主张改革，并以汉学批宋学，并称“龚魏”。其诗瑰丽奇肆，才情纵横，写有著名的《己亥杂诗》。其文好讥切时政，富有现实意义，风格奇诡，语言多样。有《龚自珍全集》。

书汤海秋诗集后

人以诗名，诗尤以人名。唐大家若李、杜、韩及昌谷、玉溪①；及宋元，眉山、涪陵、遗山[2]；当代吴娄东[3]：皆诗与人为一。人外无诗，诗外无人，其面目也完。益阳汤鹏[4]，海秋其字，有诗三千余篇，芟而存之二千余篇[5]。评者无虑数十家，最后属龚巩祚一言。巩祚亦一言而已，曰："完。"何以谓之"完"也？海秋心迹尽在是，所欲言者在是，所不欲言而卒不能不言在是，所不欲言而竟不言，于所不言求其言亦在是。要不肯挦撦他人之言以为己言[6]。任举一篇，无论识与不识，曰："此汤益阳之诗。"

【注释】① 李、杜、韩：指唐诗人李白、杜甫、韩愈。昌谷、玉溪：指唐诗人李贺、李商隐。② 眉山、涪陵、遗山：指宋诗人苏轼、黄庭坚及金诗人元好问。③ 吴娄东：指清初诗人吴伟业，号梅村，江苏太仓人。④ 汤鹏：字海秋，湖南益阳人。清代诗人。道光进士，有经世之才，与龚自珍、林则徐、张际亮等交契，多有诗作往还，并享一时诗名。有《海秋诗集》、《浮丘子》。⑤ 芟(shān)：删除。⑥ 挦(xián)撦(chě)：摘取。特指写作中割裂文意，剽窃词句。

【浅析】龚自珍是一位带着启蒙情怀呼号于文坛的文学大家，其文学观念有着明显的批判性和创新性。其好友汤鹏为人狷介，不愿附炎趋势。其诗则常常发抒愤世嫉俗的心情，风格奇峭，不落俗套。两人的人品、诗品正相契合，龚自珍此文就是对汤鹏诗集的高度肯定和倾心赞扬。文章并未就诗论诗，而是跳出圈外，纵论诗、人合一。龚自珍列举的唐宋大家及本朝的吴伟业，都是“诗与人为一”者。文中数位诗家，几乎全都生活在时代变迁和政治漩涡中，无论行为是否有所误失（如李白从永王李璘之“叛”，吴伟业明亡仕清，持正统道德观者以为此类行为于节操有亏），其共同的特点就是通过自己的诗作真实地反映了特定的历史风貌和社会现实，坦诚地抒发本人的情感，勇敢地唱出民间的心声，这就是人、诗的高度统一，也即龚自珍所说的“人外无诗，诗外无人，其面目也完”。这些诗人生平经历的凝结就成了诗，他们的诗作就是当时当地、其人其事的实录和写照。“完”展现的是诗人、诗情、诗史的水乳交融，“完”是诗人主观情志和社会客观实际的无缝衔接。“完”在汤鹏那里可具体认定为：“海秋心迹尽在是，所欲言者在是，所不欲言而卒不能不言在是，所不欲言而竟不言，于所不言求其言亦在是。”汤鹏其人在其诗中，汤鹏其诗可以窥见其人所处的整个大千世界，因为汤诗是真实独到的，汤诗“但见其陶铸变化之功，而绝无支离剽窃之弊”（姚燮《海秋诗集评跋》）。为使龚说有更形象更深入的认识，姑且以定庵的这首诗来作注脚：“觥觥益阳风骨奇，壮年自定千首诗。勇于自信故英绝，胜彼优孟俯仰为。”（《己亥杂诗·别汤海秋户部鹏》）

林纾

林纾（1852—1924），原名群玉、秉辉，字琴南，号畏庐、畏庐居士，别署冷红生，晚称春觉斋主人，福建闽县（今福州）人。清末民初文学家、翻译家。光绪间举人。工诗古文，以意译外国名家小说见称于时，译笔典雅流畅。有《畏庐文集》、《诗集》、《畏庐笔记》等。

湖之鱼

林子啜茗于湖滨之肆[1]，丛柳蔽窗，湖水皆黯碧如染，小鱼百数来会其下。戏嚼豆脯唾之[2]，群鱼争喋[3]。然随喋随逝，继而存者，三四鱼焉。再唾之，坠缀葑草之上[4]，不食矣。始谓鱼之逝者皆饱也。寻丈之外，水纹攒动，争喋他物如故。余方悟：钓者将下钩，必先投食以引之。鱼图食而并吞钩，久乃知凡下食者皆将有钩矣。然则名利之薮[5]，独无钩乎？不及其盛下食之时而去之，其能脱钩而逝者几何也？

【注释】① 林子：作者自谓。肆：此处指茶馆。② 豆脯（fǔ）：黄豆脱水后制成的食品。③ 喋（zhá）：鱼或水鸟吃东西。④ 葑：生于水泽的蔬类植物。⑤ 薮（sǒu）：指人或东西聚集的地方。

【浅析】湖滨啜茗，柳下观鱼，本是游湖者怡然自得的一刻。作者却借鱼喻人，由自然而及社会，发了一通感慨。

作者面临碧水丛柳，见湖中小鱼聚集，顿生戏鱼之心。随着作者吐出豆脯，马上观赏到群鱼争喋的湖景。游客喂鱼以取乐,本是人之常情;群鱼见饵而争食,亦为鱼之天性。作者平平叙来,笔下的群鱼并无反常之举。百数之鱼,在争抢了一阵后,存者只剩三四,甚而不再食豆脯,听任作者唾之于“葑草之上”。文章至此,出现了波澜,使人产生疑惑:鱼何故弃食而逝呢?鱼有点儿反常了。出于粗浅的观察,作者起初还以常人之心度鱼群之腹,认为“逝者”都吃饱了。然而,这群鱼仅在“寻丈之外”,“争喋他物如故”。笔锋再一折,否定了作者刚才的认定,群鱼并非吃饱,实为易地而食。由于疑团仍不得解,这就引发了作者的进一步思索。

经过作者的一番观察推断,对鱼群的认识得到了深化,个中原委终被悟出:人们往往利用鱼的“贪饵吞钩”这致命弱点来使鱼成美食。鱼不恋食一处,正是他们保持警觉的策略。鱼争食,是为免饥;鱼逝去,是为避祸。两种行为的目的全在求生。自然界的鱼在遭人类暗算的境况下,选择了易地而食的两全之法。作者感悟之前所表露的不解与惊奇,正是不知鱼的缘故。

反顾人世间,名利正如钓饵,引诱众人竞以逐之。作者深谙“君子喻以义,小人喻以利”的儒训,趋利舍义,必然如同爱饵而衔钩之鱼,失去君子安身立命之本。作者以鱼为鉴,提醒君子们早作藏身之计,以免上名利之钩,因为“不及其盛下食之时而去之”,就难以“脱钩而逝”了。作者虽未明说“下食者”为谁,实暗指仗势以售其私的权贵们,已尽在不言中了。作者由知鱼进而知世,巧妙地将自然现象和社会现象联系起来,并与本人的生活体验相合。林纾光绪八年中举后,即不求进身之阶,自觉“宦情早淡岂无因,乱世诚难贡此身”(《七十自寿诗》),断然回绝袁世凯、段祺瑞等“下食者”的招聘,在名利面前，拒不受饵。

《湖之鱼》描述湖滨观鱼一景，通过设疑与解疑，溶进作者的主观感受，以具体可感的形象来点明道理，充满了天趣。虽然本来一幅游湖戏鱼图，生发出对世态的联想，很有点煞风景，但作者对社会的丑恶现象作了淡化处理，使之不致与美妙的自然景象产生太大的反差。

冷红生传

冷红生，居闽之琼水，自言系出金陵某氏，顾不详其族望①。家贫而貌寝②，且木强多怒③。少时见妇人，辄踧踖隅匿④。尝力拒奔女，严关自捍。嗣相见，奔者恒恨之。迨长，以文章名于时。读书苍霞洲上，洲左右皆妓寮⑤。有庄氏者，色技绝一时，夤缘求见⑥，生卒不许。邻妓谢氏笑之，侦生他出，潜投珍饵。馆僮聚食之尽，生漠然不闻知。一日，群饮江楼，座客皆谢旧昵。谢亦自以为生既受饵矣，或当有情，逼而见之，生逡巡遁去⑦。客咸骇笑，以为诡僻不可近⑧。生闻而叹曰："吾非反情为仇也！顾吾褊狭善妒，一有所狎⑨，至死不易志，人亦未必能谅之，故宁早自脱也。”所居多枫树，因取“枫落吴江冷”诗意[10]，自号曰冷红生，亦用志其癖也。生好著书，所译《巴黎茶花女遗事》[11]，尤凄惋有情致。尝自读而笑曰：“吾能状物态至此，宁谓木强之人，果与情为仇也耶？”

【注释】① 族望：氏族之有声望者。② 貌寝：容貌丑陋。③ 木强：倔强，不和柔。④ 踧(cù)踖(jì)：恭敬不安的样子。⑤ 妓寮：指妓院。寮，小屋。⑥ 夤缘：攀附。⑦ 逡(qūn)：有顾虑而徘徊或退却。⑧ 诡僻：奇异，怪癖。⑨ 狎：参见韩愈《毛颖传》注⑥。⑩“枫落吴江冷”：唐崔信明的名句。《全唐诗》录此句而无全篇。⑪《巴黎茶花女遗事》：林纾所译法国作家小仲马的小说。书中描写了一对青年男女受金钱和世俗观念阻碍而分离的爱情悲剧。

【浅析】传记文，是用来表其人、彰其德、寓其意的。按照姚鼐认可的说法：“古人为达观名人者，史官识之，文士作传，凡为《圬者》、《种树》之流而已。”(《古文辞类纂序目》)林纾《冷红生传》，显然属于后者，它与韩愈《圬者王承福传》、柳宗元《种树郭橐驼传》等文学性传记一脉相承。如果以自传一体而论，则又是陶渊明《五柳先生传》的嗣响。

自传不出传主姓名，而以别号“冷红生”称之，连家世籍族、科名宦绩也一并隐去，只记载了几件年轻时不近女色的往事。传记以遇女与拒女为线索，在情欲与理性的冲突中表现传主的脾气秉性，显示其生平的点滴。

作者称传主“家贫貌寝”，“木强多怒”，尤其是个见了女子便会局促不安的人。应该说,他本与红颜无缘。谁知,接二连三的桃花运降临在这位冷红生身上。三名身世、品性各异的女子撞进他的交往圈子,使平静的读书生活顿起涟漪。冷红生摆出坐怀不乱的君子风度,兵来将挡,水来土掩,在情海欲壑面前,严守男女之大防,未曾有逾规的举动。第一位是个奔女,这个不守礼法的自由婚姻者,慌不择路,向冷红生求一栖身之处,却饱尝闭门之苦,连姓甚名谁,何缘出奔,也不得而知。"捍"字下得奇特,俨然一个卫道的少年英雄,形神俱现;"恨"字品来苦涩,此奔女"恨"其绝情?抑"恨"己命苦?笔下竟不免流露出一丝内疚来。第二位是个庄姓妓女。此时传主业已长成,且享文名,而庄氏又"色技绝一时",才子佳人,往往纠缠不清,这无疑给冷红生的守贞增添了难度。结果是痴心女有意攀附,读书郎无心入彀,冷红生于苍霞洲上再战告捷。但"卒"字背面,倒说不定将庄氏频传秋波、传主几番动心的故事略去了呢!第三位谢氏也是青楼中人,与庄氏不同的是,她颇谙鱼贪饵上钩的常理,巧施小计,以求诱得爱心。谁知冷红生在馆童误食珍饵(本人浑然不知此事),谢氏逼迫其就范的情势下,以退为攻,最终维持了他软硬不吃的礼法护卫者的形象。

冷红生几次三番不因美色而移心志,被人哂为"诡僻不可近"。使读者产生疑虑的是,一位满腹笥书的读书公子,尽可以力陈大义,早早断绝多情女的非分之想,也不致风波迭起了。据作者称,他虽拒女色,却也有专情的另一面。冷红生把自己的行为,解释成因避免坠入情网而不能自拔,采取了不接触求解脱的策略。为证明冷红生并非"反情为仇"的木强之人,作者举出了翻译《巴黎茶花女遗事》一例。确实,林纾古雅的译笔,把一对法国恋人的爱情悲剧写得"凄婉有情致"。严复曾称道:“可怜一卷《茶花女》,断尽支那荡子肠。”林译《茶花女》,是在他新丧偶后牢愁寡欢,经朋友劝说下为破岑寂而动笔的,其中羼入些许译者的感情,也是不言而喻的。否认“反情为仇”,似乎也有道理。至此,一个冷红生的自画像算是完成了,两次自言针对三桩轶事,使他的“木强”,他的“僻”,也有了周全的解释。

这篇看上去遮遮掩掩、亦明亦暗的传记,总嫌难见传主全貌。其原因在于,作为文学家的林纾,选取几个典型事例,婉媚动人地表达了他的爱情观和妇女观,而作为程朱理学信奉者的林纾,并没有正面出现。如果在传中直接地宣扬一通纲常名教,那将是令人乏味的。实际上,情的诱惑始终没有冲破冷红生的礼防。自传的成功之处,也在于林纾以小说家的手法,塑造了一位专于情、拘于礼的封建文人的形象。